O DIÁRIO DA MADRASTA

Fay Weldon

O DIÁRIO DA MADRASTA

Tradução de
Vera Whately

EDITORA RECORD
RIO DE JANEIRO • SÃO PAULO

2011

CIP-Brasil. Catalogação-na-fonte
Sindicato Nacional dos Editores de Livros, RJ

W474d   Weldon, Fay, 1931
Diário da madrasta / Fay Weldon; tradução de Vera Whatelly. — Rio de Janeiro : Record, 2011.

Tradução de: The Stepmother's Diary
ISBN 978-85-01-08710-2

1. Madrastas — Ficção. 2. Segunda família — Ficção. 3. Romance inglês.
I. Whately, Vera. II. Título.

11-2821.   CDD: 823
                                     CDU: 821.111-3

Título original:
THE STEPMOTHER'S DIARY

Copyright © Fay Weldon 2005

Editoração eletrônica: FA Editoração

Texto revisado segundo o novo Acordo Ortográfico da Língua Portuguesa.

Todos os direitos reservados. Proibida a reprodução,
no todo ou em parte, através de quaisquer meios.
Os direitos morais da autora foram assegurados.

Direitos exclusivos de publicação em língua portuguesa
somente para o Brasil adquiridos pela
EDITORA RECORD LTDA.
Rua Argentina, 171 — Rio de Janeiro, RJ — 20921-380 — Tel.: 2585-2000,
que se reserva a propriedade literária desta tradução.

Impresso no Brasil

ISBN 978-85-01-08710-2

Seja um leitor preferencial Record.
Cadastre-se e receba informações sobre nossos
lançamentos e nossas promoções.

Atendimento e venda direta ao leitor:
mdireto@record.com.br ou (21) 2585-2002.

Março de 2008

O relato de Emily

Eu li o diário da minha filha no outro dia. Vou contar tudo para vocês. Nós pensamos saber muito bem o que acontece na nossa família, mas não sabemos. Acreditamos que coisas horríveis acontecem somente em outros países, em outras culturas, em lugares distantes, mas na verdade podem acontecer no nosso próprio quintal, nas melhores famílias, e com pessoas boas e em perfeita sanidade mental — o tipo de gente que separa o lixo reciclável e tenta salvar a África.

Gwen, avó da enteada da minha filha Sappho, é uma mulher falsa, uma puta gananciosa. Ela foi recentemente agraciada com um prêmio OBE por atos de caridade. Vejam bem, o dinheiro usado por ela foi roubado de Sappho.

Estive a ponto de dizer o seguinte a Isobel, minha linda neta, que atualmente está terminando o ensino médio e passa os sábados limpando jardins de idosos, uma menina fria mas de boas maneiras: "Você é uma menina má. Sua maldade não é comum, é realmente satânica." Não disse porque não queria ser amaldiçoada. Isobel não lança vômito nem gira a cabeça no pescoço, como a menina do *Exorcista,* mas é só o que faltava. Como veem, estou com bastante raiva dela no momento.

Isobel não é exatamente minha neta, é a enteada da minha filha, Sappho. Existe uma diferença. Não é um parentesco de sangue. Eu não gostaria de pensar que a maldade está nos meus genes. Essas nossas famílias modernas assimiladoras, criadas pelo interesse sexual passageiro de um casal, seja ele hetero ou homossexual, podem gerar um caos. Ocorrem divisões. Os filhos fazem as malas e não têm outra escolha a não ser seguir aquele que tem metade dos seus genes, deixando a outra metade para trás. Uma semana com um pai, um fim de semana com o outro. Se eles nos amam tanto, pensam as crianças, por que não vão morar juntos de novo e solucionam tudo isso?

Como resultado dos tempos modernos, minha filha Sappho, madrasta de Isobel, aparece na minha porta às 10 da manhã, grávida, com *ar ausente* e infeliz.

Em geral, quando abro a porta para Sappho, ela entra na minha frente, cheia de alegria e energia, com as bochechas rosadas — característica sua desde que nasceu. Seu nascimento foi rápido, não tive tempo nem de ir para a sala de parto. Não é da natureza dela ficar esperando. Mas nesse dia ela hesitou na porta e me entregou uma sacola pesada do supermercado Waitrose. Sappho estava grávida de cinco meses, não deveria carregar coisas pesadas.

— Não vou entrar — disse ela. — Aqui estão os meus diários. Quero que você os esconda, mas por favor não leia.

— Meu Deus. Você não tem espaço suficiente em casa para esconder isso?

Sappho e seu marido, Gavin, e os filhos dele, Isobel e Arthur, moravam na nossa querida Apple Lee, uma casa colonial com seis quartos, um tanto velha e de valor incerto, localizada ao lado de uma área retalhada que "ninguém" queria comprar. Só porque fazia parte do Nível II foi poupada da especulação imobiliária. As construções em volta eram pobres, esperando há décadas por um desenvolvimento da região que nunca se deu. Embora a casa tivesse sofrido pouco antes uma bela reforma (Sappho tornou-se inesperadamente muito rica), era empilhada de coisas, pois ninguém na família tinha intenção de desfazer-se de nada. Com exceção de Laura, a secretária perfeita, que vivia isolada no seu escritório.

Eu morei em Apple Lee durante trinta anos. Sappho nasceu lá e seu pai também. Foi lá que me tornei uma jovem viúva em busca de amantes assíduos e de uma carreira. Sou hoje psicanalista e trabalho em casa. Ainda considerava Apple Lee minha, como se eu estivesse ausente apenas temporariamente. Por um lado lamentei ter passado a propriedade para o nome de minha filha. Por outro não, pois era ela, e não eu, que tinha de cuidar do jardim, das escadas, das correntes de ar, dos fantasmas ruidosos, das leis de tombamento, da velha macieira que precisava de tratamento especial, dos protegidos morcegos sopranos *pipistrelles* da garagem que fora anteriormente um estábulo, dos vizinhos com seus cachorros ferozes e filhos terríveis, do lixo da rua repleto de caixas de comida vazias e seringas usadas.

Prefiro morar em um confortável apartamento térreo em Hampstead, com aquecimento central. Meus poucos clientes (Freud saiu de moda ultimamente) certamente preferem me ver aqui a ir a Apple Lee.

Não vi com bons olhos a mudança de Gavin com os filhos para a casa de Sappho. É claro que estava escrito que ela se casaria, embora dissesse que não tinha essa intenção. Mas que abandonaria o mundo e sua sanidade por amor foi uma coisa que simplesmente não me ocorreu.

— Não quero deixar meus diários em Apple Lee, lá não é mais um lugar seguro — disse Sappho. — Isobel pode encontrar tudo e usar contra mim. Aquela maldita putinha. — Isso me deixou chocada.

Nos quatro anos que se seguiram ao casamento dela, sua lealdade à nova família — embora nenhum deles do seu sangue — foi extrema. Mas, quando finalmente engravidou, e o sangue Stubb-Palmer (de Sappho) ia misturar-se ao sangue Garner (de Gavin) no filho que ia nascer, suas reações tornaram-se menos civilizadas e mais darwinianas. Chegou a tentar tirar os filhos rivais do seu ninho. O gene egoísta se afirmaria; Sappho começou a agir mais como uma madrasta perversa e menos como um anjo tentando superar sua antecessora, em termos de cuidado e carinho pelos filhos herdados. Nós notávamos isso. Naquela manhã ela me pareceu um tanto paranoica. Eu esperava que estivesse bem, pois embora todos gostem de comprovar suas teorias, ninguém quer que o sangue do seu sangue sofra por elas. Melhor descobrir que estavam erradas. Quando Sappho disse "Aquela maldita putinha", vi que alguma coisa estava fora do lugar.

Ela xingava ocasionalmente, mas quase sempre objetos inanimados: "computador de merda", "merda de impressora" talvez, mas não isso.

— Preciso ficar sozinha por algum tempo — disse ela. — Tenho coisas para resolver.

— Você e Greta Garbo — comecei, mas parei.

Ela devia ter mesmo um problema. Não estava usando seus habituais sapatos de salto muito alto, nem roupas de seda ou de camurça. Usava um chapéu de lã com riscas vermelhas e azuis, uma parca velha de náilon azul marinho e sapatos que tanto podiam ser dela como de Gavin. Eu sei que a gravidez modifica muito a mulher no tocante à moda, mas ela não parecia a mesma pessoa. Tinha o olhar desnorteado, como os daquelas pessoas que aparecem na televisão diante de suas casas queimando, ou postados entre os corpos dos mortos, sem saber se aquilo é sonho ou realidade. Usava a mochila e o chapéu de Arthur, especiais para explorar cavernas.

— Você não deve usar mochila — eu disse. — É ruim para a coluna. O que está tentando fazer? Perder o bebê?

— Eu sabia que você diria alguma coisa assim — disse ela, desanimada. — É uma projeção. No fundo, você quer que eu perca mesmo.

Eu levei um susto.

— Por que acha que eu quero isso? É claro que não.

— Porque você detesta o Gavin — respondeu ela, num tom frio. — E o filho é dele.

De quem mais seria? Infidelidade não fazia parte da linguagem deles.

— Você está tão cheia de hormônios que não vai saber quem detesta e o que quer — falei.

Eu não queria que ela se casasse com Gavin, mas não o detestava. Nem ela imaginava isso, acreditava eu. Cansava de ver e ouvir meus pacientes soltarem sua raiva nos cônjuges, dizendo que os desprezavam, odiavam, que queriam que morressem, e na sessão seguinte voltarem perfeitamente calmos e afetuosos, possivelmente graças à intervenção do sexo. Gavin e Sappho tinham brigas homéricas, mais ou menos uma por mês. Ocorria sempre no seu período pré-menstrual, fato que ela detestava que eu mencionasse, então eu tentava calar a boca. Agora que estava grávida, me senti com direito de fazer esse comentário, mas não devia ter feito.

Sappho me olhou enraivecida, como se tivesse de novo 7 anos, e virou-se para ir embora com tanto rancor que eu tentei segurá-la, o que não era do meu feitio: tento reservar o contato físico para a atividade sexual. Sou em geral considerada uma mãe reservada e distante, mas amo muito a minha filha.

O problema é que uma conscientização exagerada da fragilidade do desenvolvimento erótico da criança pode incorrer em erros em termos de cautela. Muitos pacientes contam histórias de fobias e neuroses — digamos, o fetiche de um sapato, ou um terrível complexo de Electra — iniciadas na infância por alguma ação aleatória da mãe, ou pela má interpretação da criança quanto ao que ocorria em volta. O conhecimento pode fazer com que andemos pela vida na ponta dos pés, quando deveríamos pisar com força. Vendo que Sappho estava infeliz, o amor materno superou minha reserva, pegou-me de surpresa, e eu estendi a mão para ela. Mas Sappho me empurrou para o lado e disse:

— Vou embora por algum tempo. Não tente me deter, ok?

E lá se foi ela, me deixando muito magoada.

Quando entrei, tentei entender suas palavras. Por que ela achava que eu detestava Gavin? Sempre fui muito gentil com ele. Embora tendesse a depreciá-lo, como as mulheres da minha geração depreciam os homens, ele fora escolhido por Sappho. As mulheres fazem uma escolha quando seus hormônios e suas expectativas estão agindo. Só me restou cerrar os dentes e não deixá-la ver que eu estava horrorizada.

Eu me dava bastante bem com Gavin. Ele era fascinado por pássaros e pequenos animais silvestres, pois tinha sido criado nas charnecas de Yorkshire, próximo a onde o poeta Ted Hughes passou a infância. Meu falecido marido, Rob, era amigo de Hughes e compartilhava seu amor por pequenas criaturas de pelos e plumas. Eu aderi a esse interesse, portanto tinha alguma coisa para conversar com Gavin, pelo menos sobre roedores, corvos e águias. Não sou muito entusiasta do teatro clássico, que é outro interesse dele, só ia ao teatro quando as peças eram escritas por Sappho. Depois que ela se casou com Gavin e ele mudou-se para Apple Lee com os filhos, isso não aconteceu mais. Sua carreira de escritora foi interrompida. Ela tem uma família, um emprego e obrigações. É isso o que o casamento faz? Sim. Viver com um companheiro é ainda pior. Sempre olhando de esguelha para ver se o outro continua entusiasmado? Nunca!

Barnaby diz que gostaria de viver sob o mesmo teto que eu. Tudo bem ele descer para comer um sanduíche e me fazer carinho na cama — ele tem problemas —, mas nada mais que isso. Deus me livre!

E "aquela maldita putinha"? Isobel era uma menina de ouro. As meninas podem "mudar" de repente quando começam a menstruar, eu sei disso: deixam de ser umas gracinhas e tornam-se frequentadoras de inferninhos quase da noite para o dia, entregando-se a um monte de porcaria e ao sexo brutal — como que num processo de enantiodromia, num estilo Dr. Jekyll e Mr. Hyde, ou Saulo na estrada para Damasco, tão conhecido por Jung —, mas não nossa Isobel. Não esqueçam que ela era uma enteada. Enteados tendem a ter "problemas" na adolescência.

— Qualquer mulher que assume um homem com uma filha, assume problemas — eu disse a Sappho quando ela me contou que ia se casar com Gavin. — Espero que você saiba disso.

— Nem sempre é verdade, mas você quer que seja. — Ela não podia aceitar que eu estivesse certa, assim como eu não podia aceitar que minha mãe estivesse certa quando me casei com Rob, mas isso foi há muitos anos.

— Nos dias de hoje, os pais têm laços profundos e duradouros com as filhas — avisei a ela. — Muitas vezes chegam quase a um envolvimento sexual. Quem dorme no travesseiro ao lado pode mudar, mas uma filha é para sempre.

"A filha continua a compartilhar as lembranças, os lugares, as risadas, e mantém o passado e a juventude vivos. As esposas podem ir e vir, mas a filha fica, para amar e ser amada e tentar afastar qualquer nova mulher do leito conjugal."

— Comigo será diferente. A mãe deles morreu, pobrezinhos. Por que não me amariam se eu os cercasse de amor? Farei tudo que estiver ao meu alcance para compensar a perda deles. É contra minha natureza ser uma madrasta malvada.

Entretanto, ela simplesmente não conseguiu nem conseguiria isso. Sappho resiste a mim, e eu não a culpo. Não deve ser nada divertido ser filha de uma viúva analista e sexualmente ativa. Mas o arquétipo mudou, queira ela admitir ou não. Enteadas malvadas são mais comuns agora do que as madrastas foram um dia. Os pobres João e Maria não perambulam mais pela floresta de mãos dadas, as segundas esposas é que tremem de frio na chuva, sozinhas, chorando, tropeçando nas raízes das árvores, arranhadas por cardos e espinhos que podem penetrar no coração. João e Maria ficam em casa, bem aquecidos.

A campainha toca de novo. Quem sabe não é Sappho voltando para fazer as pazes? Teoricamente posso apertar uma série de botões para abrir a porta, mas isso nunca funciona. Agradeço a Deus por morar no térreo e não ter de subir e descer o tempo todo, nem morar mais em Apple Lee, onde o tapete da escada no meu tempo era rasgado e perigoso. Estou na faixa dos 60 anos, e tenho uma ligeira artrite no joelho. Abro a porta e vejo Gavin.

Por trás dele vejo os cidadãos de Hampstead passando para baixo e para cima, como fazem diariamente, com suas roupas charmosas e suas sacolas de algodão de lojas orgânicas — hoje não se veem mais sacolas de plástico. Meu apartamento fica perto da estação do metrô, em frente a um café. Os clientes do café têm consciência cívica clara e só Deus sabe o que acontece à noite em suas camas antialergênicas. Gavin está com bom aspecto, bonitão, mas ligeiramente agitado, o que não é raro. Ele não entra.

— Sappho está aqui, Emily? — pergunta.

Eu sacudo a cabeça.

— Não. — É verdade. Não quero me envolver.

— Você não a viu?

— Não — respondo, cruzando os dedos. Freud via isso como um gesto inconsciente de sedução, mas eu faço conscientemente para desculpar uma mentira.

Gavin passa a mão pelo cabelo, que ficou ralo de repente. Seu cabelo era especialmente bonito — castanho, encaracolado e muito vigoroso! —, fazia parte do seu charme, além do ar inteligente e dos bons modos. Ele é 19 anos mais velho que Sappho e só dez anos mais novo que eu. Quando ele tiver 70, ela terá 51 e sentirá a diferença. Quando chegar à minha idade, ele terá 85. Eu não ia querer um homem de 85 anos. (Barnaby tem 67 e já o acho bastante velho. Ele mora no andar de cima e vai descer a qualquer hora para comer um queijo quente.) Agora, com a gravidez, será difícil Sappho sair desse relacionamento. Muitos jovens de hoje têm um primeiro casamento descartável, depois entram em outro que consideram verdadeiro. Infelizmente, isso não ocorreu com Sappho. É bem verdade que eu quero um neto e sei que mais vale um pássaro na mão que dois voando, mas minha filha conseguiu complicar muito sua vida — intencionalmente — casando-se com esse homem.

— Tem ideia de onde ela possa estar? — pergunta ele, tentando aparentar naturalidade. Alguma coisa está acontecendo.

— Não — respondo. — Ela não avisou a ninguém para onde ia? Em geral avisa, caso precisem dela.

— Você sabe como Sappho é. Escreve um e-mail e apaga, em vez de enviar.

— Laura não sabe?

Laura é a secretária da família, muito eficiente; conhece os hábitos de todos, e atende os telefonemas para certificar-se de que as datas e horas estão anotadas na Agenda Garner, e para que todos compareçam aos devidos compromissos com a roupa certa, na hora determinada. O couro da capa da agenda não tem nada gravado — uma das poucas economias de Gavin. A Agenda Sappho Stubb-Palmer, entretanto, tinha seu nome gravado em ouro.

— Laura está temporariamente fora — diz Gavin. Eu espero um pouco, mas ele não diz mais nada.

— Tentou ligar para o celular dela? — pergunto.

Gavin faz um gesto de desprezo. Ele suporta e-mails, mas não os celulares e outras coisas digitais. Ele é um dinossauro, tenho medo de que um dia caia por cima de uma areia primeva quente e esmague minha pobre filha, um flamingo rosado e delicado.

— Está desligado, é claro. — Ele fala de Sappho com hostilidade. O que ela terá feito?

— Isobel tem o dia livre na escola amanhã — continua Gavin. — Preciso lembrar Sappho. — Mas isso não me parece verdade.

Agora que Sappho está grávida, as coisas se agravarão. A competição pelo pai se tornará aberta. Daquele "maldita putinha", pode-se esperar qualquer coisa.

Digo a Gavin que entrarei em contato assim que souber alguma coisa. Sugiro que ele ligue para a faculdade onde ela dá aula uma vez por semana, mas ele diz que ninguém responde no escritório. Depois pergunta se por acaso ela deixou comigo uma sacola com uns papéis. Então é isso, penso. Por alguma razão ele está atrás dos diários de Sappho.

— Não. Por quê?

— Deixei uns papéis dentro dessa sacola e vou precisar deles. — Ele explica que vai fazer uma conferência no fim de semana nas Ilhas Faroe.

— Ah — eu digo —, o pássaro maçarico!

Ele fica contente com meu conhecimento ornitológico, e dá um sorriso charmoso; espero que não tenha sido grave o que aconteceu entre os dois, e que as coisas se ajeitem.

Gavin vai embora. Ofereci-lhe uma bebida, mas felizmente ele não aceitou. Não quero ter de mentir mais e talvez ele veja a sacola do Waitrose por ali.

Esses diários, que Sappho não quer que "aquela maldita putinha" veja e que Gavin agora está procurando, estão seguros comigo. É claro que eu pretendia lê-los. Sou mãe, e os interesses da minha filha estão gravados no meu coração. E em uma sacola feiosa do Waitrose também; se a sacola fosse do Tesco, os diários seriam igualmente importantes.

Era meu dever de mãe ler ou não o que Sappho escreveu? Eu lia seus diários quando ela era criança, até o dia em que ela descobriu. Não disse nada, mas começou a escrever como se fossem cartas para mim, até que nós duas cansamos da brincadeira. Talvez ela tenha parado pelo acúmulo de deveres de casa que sua escola, só para meninas, lhe passava. Será que Sappho queria que eu lesse esses diários embora dissesse que não queria? Sim, eu decidi. É claro. Senão teria guardado com uma de suas amigas. Fui fazer uma xícara de café para mim.

Levo minhas juntas cansadas e artríticas até a mesa e ajeito o corpo. A sacola Waitrose está ali, me desafiando a abri-la. Eu vou adiando a decisão. Será que quero mesmo ler isso? Já é cansativo o bastante me lembrar de certas coisas, que dirá ler as memórias de uma filha sobre sua vida conjugal.

Volto a considerar a dificuldade da criança moderna no atual clima de casamentos múltiplos. O modelo de um único marido está fora de moda. O filho do casal com vários casamentos deve viver com um provedor da metade de seus genes, e provavelmente com a metade errada. A cama onde eles foram concebidos vibra com os *cris de jouissance* dos novos companheiros, em uma casa construída com especificações modernas, com paredes grossas o suficiente para abafar os gritos animalescos do acasalamento humano. A cena primal, que Freud considera tão importante para o desenvolvimento sexual inconsciente da criança — a primeira conscientização da ligação sexual dos pais —, não ocorre necessariamente entre os dois criadores da personalidade (o ego, como a natureza pretendia), é adulterada pela intrusão de um estranho. No caso de Isobel, pela minha filha,

Sappho. Quanto mais o pai ama a recém-chegada, mais a filha a detesta.

A mãe biológica de Isobel é Isolde Garner, falecida há dez anos e mártir de perfeita memória, mas ainda muito viva, creio eu, na casa dos Garner. Sappho e Gavin dormem com um quadro de Isolde na parede do quarto. Foi pintado por uma artista da moda, mas não muito boa, uma composição sombria em tons de cinza, dando a impressão de que a vida foi drenada da modelo — o que aliás aconteceu pouco depois de terminado o quadro. A única luz da pintura é vista em volta de sua cabeça, como uma espécie de halo. Uma obra depressiva.

Quando Sappho estava tendo dificuldade para conceber a neta tão desejada por mim, eu disse que talvez o quadro de uma ex-esposa acima da cama não fosse o melhor dos augúrios de fertilidade.

— Eu tentei me livrar do quadro — disse ela, laconicamente. — Mas Isobel ficou histérica. Gavin gostaria de tirá-lo de lá, mas Isobel considera isso uma deslealdade.

— Por que ela não leva para o próprio quarto? — perguntei.

— Porque interferiria no seu planejamento de cores — disse Sappho. — Os cinzas são muito azuis. Ela é muito artística.

— E para o quarto de Arthur?

— Nem eu desejaria isso para Isolde — Sappho respondeu. — O quarto de Arthur é cheio de meias sujas e pratos de feijão seco e velho. — Mesmo com todo o seu dinheiro, Sappho não consegue organizar uma casa.

A campainha toca de novo. Abro a porta e vejo Barnaby, meu namorado. Gosto de chamá-lo assim, é claro, e tecnicamente é o que ele é, mas uma dose de Viagra ajudaria bem. Ele é mais chegado a um carinho que ao ato sexual. Mora no apartamento em cima do meu, é um junguiano especializado em análise de sonhos e terapia do sono. Nós entramos e saímos das duas casas o tempo todo e também brigamos o tempo todo. Na minha opinião, a terapia junguiana é um saco, e ele acha o mesmo da freudiana. Às vezes sugiro que deveríamos nos casar, pois sei que essa é a melhor forma de mantê-lo a certa distância. Às vezes o casamento parece tentador, mas na maior parte do tempo não. *Por quê?* Companhia é muito bom, mas eu poderia encontrar outra pessoa que não precisasse tanto de Viagra. O problema continua, década após década. Quando você se liga a alguém tem de abrir mão de um outro, a não ser que queira enfrentar uma fantástica confusão. Por sua vez, ele pode conhecer uma junguiana simpática, boa, mais jovem e mais meiga que eu, disposta a morar com ele, e eu não acharia graça alguma nisso. Então seguimos pela vida. Sem grandes mudanças.

Digo a Barnaby que Gavin esteve aqui procurando Sappho. Digo que Sappho esteve aqui um pouco antes e deixou seus diários comigo.

— Espero que não esteja lendo — ele diz.

— É claro que estou. Foi por isso que ela os deixou aqui.

— Maldita freudiana. Às vezes as pessoas querem realmente dizer aquilo que dizem.

— Muito raramente — retruco.

Ele pergunta se estou preocupada com Sappho e eu digo que meu nível de preocupação é seis de um total de dez. Não muito. Meu nível normal é cinco. Gavin, contrito, veio atrás dela; Sappho está grávida e com excesso de hormônios no momento. Eles têm brigas, como todo casal normal, mas se recuperam rapidamente; ela tem dinheiro suficiente para fazer o que quer, é agraciada pelo destino.

— Tenho pena das crianças — digo —, mas como elas não têm ligação de sangue comigo, até mesmo essa pena é teórica.

Ele me acusa de imparcialidade freudiana, que leva a frieza. Eu o acuso de moral junguiana piegas. Dividimos uma garrafa de vinho e eu preparo torradas com queijo processado, o que o deixa ofendido. Ele gostaria de um cheddar mais caprichado, mas eu não me importo. Queijo processado é perfeitamente aceitável. Pergunto se ele acredita que a cena primal afeta muito os enteados na nossa sociedade moderna. Ele fala sobre a mãe arquetípica Gaia, que conspira contra seu consorte para livrar o filho do controle do pai. Eu explico que estou falando sobre a erotização prematura da criança em crescimento.

— Pense bem — digo. — Gavin, descontente com a cama vazia depois de sete anos, liga-se a Sappho, arrasta os filhos com ele para presenciarem essa nova felicidade conjugal e obriga-os a ouvir seus gritos de amor. Apple Lee pode ser antiga, mas só as paredes externas são feitas de pedra sólida; dentro as divisórias são finas.

— Talvez seja ideia dela — diz Barnaby. — Talvez ela é quem tenha arrastado as crianças para lá. Talvez esteja conspirando com o filho contra o pai. Quantas vezes Sappho foi casada?

— Só essa. Para ele, é o segundo casamento.

— E todos vivem na casa dela. Isso vai contra a lei natural, segundo o qual o homem provê a casa e introduz a mulher e depois os filhos ali e todos respiram o mesmo ar, sentem os mesmos cheiros, desde o início.

Barnaby sabe ser bem astuto. Tão intensa é a experiência, tão forte é esse nascimento inicial, que os irmãos, quando são separados na infância, tornam-se estranhos e podem apaixonar-se um pelo outro. Nós dois concordamos com isso.

— Então qual deles arrastou as crianças para lá? — ele insiste.

— Foi uma questão de bom-senso morar em Apple Lee. É uma casa grande, com jardim, perto da escola das crianças, e é onde a família de Sappho morou por gerações. Eu me mudei para lá quando casei com o pai dela. Ele morreu, eu assumi a casa e tive a impressão de que aquele lugar era amaldiçoado. Quase morri com o mofo que havia por ali. Então resolvi passar a casa para o nome de Sappho. Ela não parece se importar com esse mofo e, como é rica, as maldições não a afetam. Simplesmente continua a dar trabalho para os operários.

— Eu diria — ele fala, de forma enigmática — que a cena primal é o menor dos problemas de qualquer pessoa. Por que está tão obcecada com isso? Está escondendo alguma coisa de si própria?

Eu me canso de Barnaby e mando-o embora quando ele termina a torrada de queijo com chutney. Agora estou pronta para enfrentar os diários.

Está tudo dentro da pesada sacola de plástico — seis fichários velhos de papelão com presilha de elástico em volta, contendo uns papéis datilografados, outros escritos à mão em blocos de papel A4 e várias folhas soltas. Sappho empacotou-os com pressa, não à vista de Laura, que teria catalogado tudo por ordem de data e copiado os textos em disquetes. São os diários da minha filha, são seu ego, sua vida, seu ser. São minha própria criação, até certo ponto, já que fui eu que a trouxe à vida. Como são sensíveis os filhos que, em busca de seu próprio ego, normalmente escondem todo esse material das mães. Sappho devia estar mesmo desesperada. A primeira página que pego é a história do seu casamento com Gavin Garner, há quatro anos. Dia do desastre, para ser bem sincera.

Diário de Sappho: 26 de junho de 2004

Querido Diário,

Semana passada me casei com Gavin. Foi uma bela festa, no dia mais longo do ano. O sol brilhava e os convidados estavam felizes, exceto minha mãe, minha secretária, meu agente, algumas de minhas melhores amigas, várias colegas de trabalho e a mãe da falecida esposa do meu recém-marido.

"*Eu, Sappho, aceito você, Gavin, como meu legítimo esposo.*"

Mas eles vão mudar de opinião, tenho certeza. O amor tudo conquista. Os que fizeram mais oposição ao casamento são os que mais têm a perder com ele.

A queixa da minha mãe é que Gavin é muito mais velho que eu, tem dois filhos e uma renda incerta. Por que devo fazer parte de uma instituição fora de moda como o casamento? Por que ele simplesmente não se muda para minha casa? A preocupação dela é que se eu me casar legalmente com Gavin seus filhos acabarão herdando Apple Lee. Ela diz que só deseja me ver feliz. Todas as mães dizem isso, mas acho que a minha fala com sinceridade. Confie em mim, mãe. Vou cuidar de todos os contratos legais, fazer testamentos, esse tipo de coisa.

"Eu, Sappho, aceito você, Gavin, como meu legítimo esposo." Para amá-lo, confortá-lo...

Meu agente diz que mulheres casadas não cumprem prazos de entrega. O que ele realmente quer dizer é que o marido pode sentir-se competitivo, começar a checar os saldos bancários, ler os contratos, tentar reduzir a percentagem do agente e interferir em termos gerais. Pode até vir a despedi-lo.

"Eu, Sappho, aceito você, Gavin, como meu legítimo esposo." Para honrá-lo e mantê-lo...

Laura, minha secretária, diz que um marido vai me distrair do trabalho, mas o que ela quer mesmo dizer é que até agora ela teve pleno controle da minha vida e tem medo de que as coisas mudem quando eu me casar. Ela não é contra sexo nem, ao que eu saiba, contra amantes temporários, mas é contra homens em geral e certamente contra casamento.

Talvez seja lésbica. Não sei. Ela trabalha diariamente na minha casa e conhece todos os detalhes da minha vida, mas eu não sei quase nada da dela.

Durante toda a vida eu fui observada. Minha mãe me vê como um caso de estudo e tenho certeza que faz anotações sobre mim. Quando eu estava na escola de teatro, todos os meus passos eram fiscalizados. Agora que sou famosa (moderadamente), os jornalistas consultam o Google antes de vir conversar comigo para saber de cada bobagem que eu disse ou escrevi, e eu não sei nada sobre eles. Os jornalistas me veem como um objeto da mídia, não um ser humano. Gavin vai me salvar de tudo isso. Seremos só nós dois e, de vez em quando, seus filhos.

"Eu, Sappho, aceito você, Gavin, como meu legítimo esposo." Não para entrar no casamento de forma desavisada ou superficial, mas de forma reverente e deliberada, conforme os objetivos instituídos por Deus...

Minhas amigas não querem que nossa vida social seja desfeita, têm medo de que paremos com nossas reuniões vespertinas para mulheres. Casamentos dentro do grupo deixam todas inseguras. Muitas têm madrastas e preveem que Isobel será um desastre na minha vida. Mas eu sei que vai dar tudo certo. A mãe dela morreu, não houve um divórcio. Não há animosidade alguma, pelo contrário. Eu estava lá no dia do nascimento dela, quando sua mãe entregou-a aos meus cuidados. Ou seja, eu era a babá. Embora Isobel fosse muito pequena para se lembrar, eu não esqueço. Ela era a coisinha mais linda do mundo. Minha amiga Belinda diz que meu enteado Arthur tentará me seduzir, pois todos os enteados competem com o pai com relação a sua nova esposa, mas isso é uma loucura.

"Eu, Sappho, aceito você, Gavin, como meu legítimo esposo." Enquanto vivermos...

Gwen, a ex-sogra de Gavin, tem medo de perder os netos. Não quer que eles sejam influenciados por mim. Mas serão, sinto muito. Eu não quero que sofram sua influência. Ela não gosta de mim, nunca gostou. Sou real demais para ela, estou por todo lado, e ela paira pela vida, com as lindas sobrancelhas arqueadas e os sapatos Prada. Sempre suspeitou de mim, mesmo quando não havia nada para suspeitar, quando a pobre Isolde estava no seu leito de morte e eu cuidava de tudo. As crianças me amam e aguentam a avó, com quem viveram nos últimos sete anos, pobrezinhas. Desde a morte de Isolde ficam com o pai somente nos fins de semana e feriados.

Os paparazzi do lado de fora do cartório começaram a tirar fotos. Clique, clique. Não sei quem contou a eles.

— Olhe para cá, Gavin! Olhe para cá, Sappho. — Mas a maioria dos flashes era para mim. Espero que Gavin não se importe. Espero que consiga terminar de escrever seu romance e que brilhe mais que eu. Espero que não se torne amargo com o fato de o mundo não reconhecer que ele é uma pessoa séria e eu, uma pessoa trivial. — Um sorriso para nós, Sappho, um sorriso.

Senti minha mãe levantar a sobrancelha quando Isobel foi para o lado do pai durante a cerimônia do casamento, segurou sua mão e não saiu mais dali, nem quando ele beijou a noiva, ou seja, eu. Para mim ela foi corajosa. Tem apenas 11 anos e não quer ser deixada de lado. Não tinha sua própria mãe, agora terá a mim. Quero que ela compreenda que está ganhando uma mãe, não perdendo um pai. Então eu a incluí no abraço e ficamos nós três bem juntinhos. Dava para ouvir o suspiro sentimental de aprovação dos convidados, e eu pensei: vou fazer com que tudo dê certo para nós.

Pobre Isobel! Naquela manhã ela nos telefonou às 5h30. Eu detesto receber telefonemas muito cedo; em geral são más notícias. Alguém na prisão, no hospital, alguma coisa terrível. Mas era Isobel. Estava na casa da avó Gwen e havia tido um pesadelo. Soluçava de terror.

— Papai, estou muito assustada. No meu sonho você estava se casando e a noiva se parecia com a Sappho mas era na verdade um metamorfo, como no filme, e começou a comer você vivo. Tentei gritar, mas minha voz saía muito fraca e esganiçada, então acordei. — Gavin a acalmou e lembrou que como ela ia morar conosco estava a salvo, era apenas um sonho. Não deveria ver filmes impressionantes assim. O que Gwen estava pensando?

Mas Isobel levou horas para parar de soluçar e só muito tempo depois de o meu desejo sexual ter diminuído é que o telefone foi desligado. Gavin voltou a dormir logo, mas eu não, pois estávamos no meio do verão e os passarinhos sabiam disso; logo em seguida chegou a hora de nos prepararmos para a cerimônia do casamento. Minha cara não estaria boa. Os olhos estavam encovados pela falta de sono.

"*Eu, Sappho, aceito você, Gavin, como meu legítimo esposo.*" A vida torna-se muito monótona quando nada acontece, nada muda. Tape o nariz e vá fundo!

* * *

A visão de Emily sobre o assunto

Fechei o diário, mas só temporariamente. É claro que tinha intenção de continuar a ler. Só precisava descansar um pouco. Senti que aquela leitura me perturbaria; Sappho estava evidentemente se preparando tanto para publicar esses diários como para se autoexpressar. Fazia parte da natureza da minha filha ser publicada e condenada — afinal de contas, era assim que ela ganhava a vida. "Tape o nariz e vá fundo" de fato, no diário, no casamento e no que veio atrás — ou seja, eu, que a considero um caso de estudo. Outras mães medem a altura dos filhos no marco da porta; eu tentava anotar os marcos do seu desenvolvimento psicossexual em um caderninho — embora não soubesse onde o guardava. Confiava tanto na minha afeição por ela e na dela por mim que achei que ela não escreveria nada de muito terrível a meu respeito. O que viesse seria merecido, eu continuaria a ler o diário.

Pensei em telefonar para Barnaby e falar sobre o sonho de Isobel, mas desisti. Ele provavelmente diria que a criança tinha inventado o sonho para perturbar a madrasta. Não pensei que Isobel, aos 11 anos, fosse capaz de tanta sofisticação, mas nunca se sabe. Durante quatro anos de casamento Sappho fez poucas queixas de Isobel e nenhuma de Arthur, mas ela não se queixaria mesmo, não é? Não daria o braço a torcer, não admitiria que estávamos certos. Até hoje, quando chegou tremendo na minha porta e virou o rosto resoluto para o mundo.

Mas ela estava certa. A festa de casamento foi boa, ao que me lembre. Todos disseram isso, a maioria com sinceridade. Depois de termos expressado nossas dúvidas algumas semanas antes da cerimônia e Sappho insistir em seguir em frente, não havia nada a fazer senão desejar boa sorte ao casal. Nós todos sabíamos da dedicação de Gavin a Isolde, em agonia durante dois anos. Durante 18 meses Gavin escreveu para uma coluna de jornal sobre o assunto, num tom terno e elegante. Como poderíamos não querer que fosse feliz? Trinta convidados participaram da cerimônia no cartório de Camden, e mais cinquenta apareceram no andar de cima do bar Groucho's, reservado para a ocasião. Foi um encontro de várias gerações: o pai de Gavin, de 88 anos, era um homem de aspecto digno, uma versão mais velha do filho porém ainda vigoroso, esperto e mentalmente alerta, o que deixou os convidados do lado da noiva tranquilos e foi alvo de congratulação do lado do noivo.

— Parecem Michael Douglas e Catherine Zeta-Jones — disse alguém. — E o casamento deles está durando, não é?

Sappho tinha mesmo alguma semelhança com essa atriz, olhos brilhantes, pernas longas, bonita sob todos os aspectos.

Gavin tinha um olhar inteligente, queixo firme e muito cabelo; faria uma bela figura no altar, em uma mesa de trabalho ou no cartório. Todos querem que sua filha se case em uma igreja, mas como eu não a tinha batizado, não podia pretender isso.

Luke, o agente de Sappho, me procurou na festa e disse que tinha contado o número de alianças ali.

— Só 14, querida, dentre oitenta convidados. Dá para ver como o mundo se transformou! E quatro pertencentes a casais idosos heterossexuais, como era costume no passado.

O companheiro de Luke, Hugo, disse que tinha contado dez alianças entre cinco casais gays desde que começaram a permitir uniões civis. O ex-companheiro de Hugo, Lionel, declarou que relacionamentos estáveis eram mais encontrados em comunidades gays que em heterossexuais.

Eu tinha feito uma coisa que não era do meu feitio: escrevi para Hilary Alexander, do *Telegraph*, e perguntei o que a mãe da noiva deveria usar nessa ocasião. Sabia que Gwen Lance, mãe da primeira mulher de Gavin, de quem não gostávamos muito, estaria presente. Com a ajuda de babás, ela cuidava dos netos Arthur e Isobel desde a morte de Isolde, de câncer de pulmão. Gwen foi modelo de David Bailey, e, embora já tivesse mais de 60 anos, vestia-se muito bem e ocasionalmente ainda aparecia na revista *Vogue*. Eu não queria parecer melhor que ela, mas queria estar a sua altura.

Hilary Alexander sugeriu que eu telefonasse para Gwen e me apresentasse, e eu assim fiz. Gwen foi fria e distante:

— Não é exatamente um casamento, minha querida, quando não ocorre em uma igreja. E são segundas núpcias. Sappho já foi casada? Não? Extraordinário! Acho que não devemos exagerar na roupa. Outro dia encontrei no meu armário um conjunto Chanel clássico, na altura do joelho, amarelo e branco: acho que você deve usar alguma coisa assim. Nada de chapéu. Preciso ir agora, tem um táxi me esperando na porta.

Comprei um modelo Dior bem discreto, muito caro, que parecia ter vindo da Marks & Spencer, e Gwen apareceu com um vestido creme Yves Saint Laurent, com uma espécie de jaqueta safári por cima e um chapéu de aba grande. Parecia ter uns 35 anos e me ofuscou por completo. Barnaby não fazia parte da minha vida na época, então fui sozinha. Graças a Deus, Laura estava encarregada da organização e tudo correu de forma perfeita. Isobel usava um vestido branco, que parecia mais uma roupa de noiva que a de Sappho, que era de chiffon cinza e não a favorecia muito: provavelmente foi comprado por Laura na Fenwick's. Sappho estava sempre ocupada demais para se preocupar com roupas, mesmo as do dia do seu casamento.

O pai do noivo conversou tão animadamente com Gwen que houve quem pensasse que talvez estivesse interessado nela e em como os noivos reagiriam. A diferença de idade seria mais ou menos a mesma. A convidada mais jovem da festa tinha 5 anos, era a filha de Polly, amiga de Sappho — que diziam que era fruto de um banco de esperma.

Arthur não participou da festa, pois supostamente estava no meio das provas de biologia. Todos concordaram que se um garoto não quisesse participar do casamento do pai viúvo, não deveria ser forçado a ir.

Basta de falar da cerimônia do casamento. Isso já passou, pensemos no agora. Voltemos aos diários.

Estou muito contente que Sappho não tenha feito menção a sua infância. Seus escritos começam na época em que saiu de casa, então serei muito poupada. As primeiras páginas foram escritas quando ela entrou para a escola de teatro.

Eu esperava que ela fosse para a universidade, mas não. Sappho era teimosa. Era uma menina bonita, graciosa, obstinada, aberta, sincera, de espírito muito generoso, muito viva, com certa ingenuidade e desejo de escrever peças de teatro. Desejo esse que eu desencorajei e interpretei como uma evasão do papel principal do ego. Eu tinha muito orgulho e muita preocupação com ela. Sappho vivia tentando assumir outras personalidades. Eu tinha horror de que ela assumisse uma que não fosse exatamente *dela*. Achava os rapazes de sua idade chatos, preferia ficar no quarto fazendo o dever de casa. Tinha passado direto do *Meu pequeno pônei* para *O senhor dos anéis,* passando por Georgette Heyer e livros água com açúcar, para pôsteres de Arthur Miller, com suas botas grandes com cordão duplo por toda a parede. Creio que pensava que o que fora bom para Marilyn Monroe seria bom para ela também.

Sappho tinha decidido ir estudar na Universidade de Cambridge quando foi tomada de uma crise de antielitismo e resolveu entrar no mundo real. Eu fui contra e, conforme a evidência dos diários, estava certa. Foi um erro. Ela conheceu os Garner.

Diário de Sappho: 1º de janeiro de 1992

Querido Diário,

Aqui estou eu, na minha nova casa, em um novo ano, começando a vida. Com direito a viver fora de Apple Lee finalmente, viver sem ser observada; todos estão muito ocupados e envolvidos consigo mesmos para se preocuparem com o que eu faço. Ninguém atrás de mim, tentando saber o que eu penso ou anotando meu desenvolvimento psicossexual. Vou ser uma atriz famosa. Tenho talento, sei que tenho, mas se tentar falar com sotaque muito carregado da fronteira vão rir de mim. Pelo menos aqui eles sabem rir, embora sejam um pouco afetados. Passei um semestre em Cambridge, onde todos tinham um ar tão grave que seus rostos se desfariam se sorrissem. Depois vim para a Academia Real de Artes Dramáticas. Minha mãe ficou furiosa, mas tenho dinheiro reservado para isso e posso fazer o que quero. Os rapazes são meio sem graça, muito jovens, e as garotas dizem que eles são gays, mas imagino que estejam apenas tentando me despistar. Não podem ser todos gays. Um dia vou abrir este diário e lembrar como foi quando comecei aqui.

A professora do curso de dramaturgia chama-se Isolde Garner. É uma mulher muito famosa, suas peças são encenadas na Zona Oeste. Acabou de ter um filhinho chamado Arthur. Sua mãe chama-se Gwendolyn, então tudo é como nos Cavaleiros da Távola Redonda. Escrevi um esquete sobre isso; nosso grupo encenou e ela disse que eu tinha muito talento para escrever, mas não creio que tenha. Posso ser uma atriz, mas dramaturga? Não creio.

Vi o marido de Isolde outro dia. Ele veio buscá-la carregando o bebê num canguru. Ela tinha de terminar umas páginas e tentou amamentar ali mesmo na mesa de trabalho, mas o bebê reclamou e preferiu ficar com fome. O marido tirou a mamadeira que estava pronta na sacola e eu esquentei sob água quente. Arthur estava faminto, dava para ver, e parecem satisfeito depois de tomar a mamadeira. É um bebê lindo, mas bebês são um transtorno.

— Vou ter de desistir de amamentar — disse Isolde. — Você se importa? Meu cérebro vai virar mingau.

— Lactação não é uma palavra agradável — concordou o marido. — Então talvez não seja uma coisa boa também.

Tento seguir esse raciocínio, mas não consigo. Só sei que eles vivem em um mundo onde as regras estéticas e o mero som de uma palavra podem mudar seu sentido. Penso que ter um bebê não deve ser tão ruim se o pai cuidar dele. O nome do marido de Gwen é Gavin Garner, ele é um escritor famoso. Os dois aparecem às vezes nas páginas de artes de domingo. Ele é alto e largo, parece uma águia real, e ela parece um tordo, com a cabeça sempre de lado, como se considerasse o que foi dito. Um tordo pequeno depois de um inverno forte. É magrinha, pálida e muito bonita, e é adorada pelo marido. Ele é muito velho e famoso para mim. Eu ficaria travada se tivesse de lhe dar uma opinião. Sou só uma estudante de teatro. Ele faz críticas bem longas sobre o teatro clássico, e pode ser terrível quando quer.

A interpretação de Emily

É claro que Gavin foi o homem com quem Sappho acabou, uns 12 anos depois, quando Isolde saiu de cena. Arthur não se tornou gay, mas tinha certa falta de testosterona e ímpeto sexual. Talvez por culpa da mamadeira. Não que amamentação seja necessariamente superior à mamadeira — amamentação é um requisito mínimo para a sobrevivência do bebê, não o único —, mas porque a mamadeira não é mais de vidro e sim de plástico, rico em estrogênio, e libera partículas quando é aquecida.

Mas são coisas passadas. Eu não falei isso com Sappho porque ela lavava várias vezes a mamadeira de plástico antes de dá-la a Arthur, e não quero aumentar seu sentimento de culpa com os enteados, o que torna mais difícil lidar com os dois do que deveria.

Pobre Sappho, ela sente falta do próprio pai, como se vê claramente nas primeiras linhas do diário. Ele morreu quando ela tinha 3 anos. Chamava-se Rob, era médico, clínico geral. Sappho era filha única. Foi um verão muito quente, tudo estava tão crestado naquele ano que a macieira mal deu frutas. Eu tinha acabado de entrar para o Instituto de Psicanálise. É um treinamento muito longo. Tinha me qualificado como clínica geral, mas me interessei tanto pelo id, o ego e o superego que mudei de ramo. Sabia tanto sobre narcisismo e estados fronteiriços, distúrbios de caráter e personalidade, estados psicossomáticos, traumas simples e complexos, interação das forças neuróticas e psicóticas, que mal notei o que estava acontecendo a minha volta na vida real. Não passou pela minha cabeça que Rob pudesse acabar com a própria vida. Ele sofria de depressão com um grau de paranoia, mas quase todos os homens que eu conhecia tinham isso. Angústia fazia parte do mundo masculino naquela época, pois o feminismo estava estourando por todo lado. Há quem diga que a depressão é uma raiva reprimida, mas naquele tempo eu a via como culpa reprimida. Os homens sentiam-se culpados de sua atitude patriarcal, e com razão. Eu tinha acabado de receber meu primeiro paciente, sob supervisão. Era um executivo bonitão, me lembro bem, mas anoréxico.

— Além de tudo — disse Rob —, agora eu tenho que ficar me preocupando em saber se você tem um caso com alguns de seus pacientes.

Eu prometi que isso não aconteceria. Pensei que ele estivesse brincando, mas talvez não estivesse.

— Eu sei como você é — ele se queixou. — E aprendi que existe essa coisa chamada de "transferência positiva".

Eu disse que essa transferência era equilibrada pela transferência negativa. Os pacientes podiam tanto me odiar como me amar. Nem a emoção, garanti a ele, tinha necessariamente um elemento erótico.

E não pensei mais no assunto. Rob tinha parado de clinicar. Dedicou-se a lutar contra os incorporadores, que estavam tão determinados a demolir Apple Lee quanto ele estava determinado a salvá-la. Era um trabalho de expediente inteiro. Ofertas de compras enchiam a caixa do correio. Eu era a favor da venda; a casa estava na família havia gerações, mas isso não queria dizer que devessem mantê-la para sempre. O telhado tinha goteiras, a fiação estava em risco, o encanamento era barulhento.

— A casa vai desabar — me lembro de ter dito — se você não tomar uma providência. E isso vai custar milhares de libras, coisa que não temos. Venda esta casa, pelo amor de Deus, venda!

— Eles só comprarão por cima do meu cadáver — ele falou, e não estava brincando. — Terão de me tirar daqui à força.

E foi o que ocorreu. Foi exatamente o que ocorreu.

Depois que Rob morreu, passei por uma fase descrita pelo psicanalista que me supervisionava como sexualidade polimorfa pré-edipiana, ou seja, ia para a cama com qualquer um, o que não deve ter feito bem para Sappho. Para me justificar, como se faz, acreditava que estava agindo por princípio e não por desespero, que estava buscando uma sexualidade livre, salvando o mundo e a mim mesma, fazendo amor e não guerra, como Marcuse doutrinava. Sexo é bom, repressão é ruim. Segui essa ideia ao longo dos anos seguintes e hoje me contento com Barnaby, esperando um dia melhorar minha escolha.

Mas estamos falando da vida de Sappho, não da minha. Só que, conforme Freud explica, o desenvolvimento psicossexual da criança em crescimento é interdependente do desenvolvimento dos pais. E o fato de Sappho ter decidido viver com Gavin é uma fonte de mistério para Barnaby e para mim.

— Minha querida Emily — diz Barnaby —, há uma resposta simples e óbvia: Sappho está substituindo o pai, que morreu quando ela tinha 3 anos.

— Mas por que um homem mais velho com uma filha? Há muitos homens desimpedidos por aí. Por que Gavin? A não ser que ela esteja identificando-se com a filha dele.

— Ou talvez você a tenha exposto demais à cena primal quando ela era pequena. Muitos amantes, muitos gritos apaixonados à noite. Acho que está falando de si própria.

Agora basta. Voltemos a Sappho aos 17 anos. O que quer dizer isso? "Minha mãe ficou furiosa, mas tenho dinheiro reservado para isso e posso fazer o que quero."

Pelo amor de Deus, será que essa menina não podia pensar no que significou criar uma filha sozinha? Tudo que tive de abrir mão por ela? Não ter me casado de novo por causa dela? Eu não aprovava padrastos; as tensões durante o crescimento não são nada boas, ainda mais quando a menina é bonita como ela. Tudo bem, talvez porque sempre que encontrava o homem certo para me casar tivesse medo de que ele viesse a preferir minha filha a mim, uma menina mais jovem e mais fresca. Ela sentiu-se culpada por ter saído de casa mesmo tendo uma casa ótima, mas para mim foi bom. Passou 17 anos comigo e depois foi embora. Isso acontece na natureza: você tem filhos, eles crescem e se aprontam para deixar o ninho e, se você os criou bem, sente-se aliviada quando vão embora. Alguns colegas meus argumentam que o mau comportamento dos adolescentes é programado por uma natureza beneficente, para que os pais se sintam felizes quando eles saírem de casa. Mas eu nunca notei que a "natureza" tivesse a menor preocupação com a felicidade de ninguém, tudo que preocupa essa puta é a propagação da espécie; no instante em que a mãe passa da idade de ter filhos, a natureza não tem mais nenhum interesse por ela e a descarta como se fosse uma luva velha.

Quanto ao dinheiro reservado para os estudos, que ela podia usar como quisesse, é uma bobagem. Esse dinheiro estava a meu encargo, e, se ela realmente precisasse de alguma coisa, eu nunca lhe negaria.

O que estou evitando que me deixou com tanta raiva? Por que estou usando essas táticas para fugir do assunto? Tem a ver com o grito primal? Creio que sim. Voltemos ao diário.

Diário de Sappho: 10 de março de 1993

Querido Diário,

Isolde me diz que adotar o hábito de descrever a vida em cenas cria certo desprendimento. Então aqui vai a cena de hoje, que provavelmente não vou esquecer. (Na verdade, aconteceu na semana passada, no dia do meu aniversário, mas só agora tive tempo de escrever.)

Luz sobre Sappho no seu aniversário de 19 anos, limpando a chaleira por trás do palco do Royal Court. Ela faz isso com prazer, embora seus colegas se sintam usados para fazer trabalho barato. Pessoalmente, Sappho se considera a pessoa mais feliz do mundo. Vê Isolde pelo menos em duas a três sessões uma vez por semana, o que significa que tem aulas individuais com uma das maiores dramaturgas vivas, entrada grátis para todas as peças do Royal Court, e

Gavin agora fala com ela como se ela fosse um ser humano. O telefone toca.

SAPPHO: Alô, Gavin. O bebê já deu algum sinal? Não? *A morte e a donzela?* Sim, é claro, arquivei os acréscimos na semana passada. Vou levar para vocês. Mas ela com certeza não vai querer trabalhar hoje. O bebê não está para nascer a qualquer momento?

Luz sobre Isolde, segurando a barriga a toda hora, mas ainda escrevendo à mesa da cozinha. Gavin põe o telefone no gancho e vai espremer laranjas para o filhinho Arthur, de 3 anos, uma gracinha de criança. Gavin Garner é o melhor pai e marido do mundo.

Entra Sappho com as anotações.

GAVIN: Obrigado, Sappho! Não sei o que faríamos sem você.

ISOLDE: Obrigada por vir, Sappho. Oh, querido, acho que a bolsa estourou.

Não é uma boa cena para o palco. Melhor acontecer em off.

(Obs.: Sempre tomar cuidado com água no palco. Pode causar algum problema elétrico. As estrelas de rock vivem levando choques, às vezes fatais, ao usarem água como

parte de um ato. Não importa. Cuido disso mais tarde.
Continuando.)

ISOLDE: Que bagunça, Gavin. Acho melhor você telefonar para o hospital.

SAPPHO: Posso ajudar?

ISOLDE: Acho que poderia limpar isso, mas é uma coisa tão pessoal... E eu prometi a mim mesma que nunca lhe pediria para fazer trabalho doméstico. Só que é uma tentação, porque você é muito prestativa.

SAPPHO: Mas isso é diferente. É uma emergência, não é?

GAVIN: Não consigo falar com esses idiotas, só entra uma mensagem gravada. Todas as operadoras estão ocupadas. Vou ligar para a emergência.

ISOLDE: Não, francamente, por que não me leva até lá? Sappho, você pode tomar conta do Arthur? Pode lhe dar um chá e levá-lo para a cama? Não quero você na hora do parto, Gavin, não se preocupe. Essas coisas não são para gente sensível.

Isolde sai e Gavin fica falando sobre os méritos e desméritos de os pais estarem presentes no parto.
Inserida cena de Gwen, a mãe perua de Isolde, falando para a câmera, se for um filme, ou para a plateia se for uma peça.

GWEN: O quê? Um homem na sala de cirurgia? Não permita isso. Ele nunca mais vai fazer sexo. As mulheres que insistem nisso estão cavando a própria sepultura matrimonial. Os homens saem com meninas mais jovens não por elas serem jovens, mas porque não tiveram de vê-las em uma situação animalesca, grunhindo, gritando e suando.

Corta para/luzes em Sappho telefonando para a mãe.

SAPPHO: Oi, mãe, Isolde foi para o hospital às pressas ter o bebê e deixou o filho pequeno comigo. O que crianças de 3 anos comem?

Luzes sobre Emily em Apple Lee, atendendo o telefone, transtornada.

EMILY: Mas Sappho, você deveria estar aqui. É seu aniversário. Fiz um bolo de chocolate especialmente para você. O jovem Piers veio da África do Sul só para vê-la. Ah, meu Deus, a água do banho está derramando, escorrendo pela escada. Esses Garner abusam muito de você.

SAPPHO: Mãe, por favor, não faça eu me sentir culpada.

* * *

Emily, ou Freud, sobre masoquismo

"'Não faça eu me sentir culpada!' Será que ela disse uma coisa tão lamentável assim?", eu me queixei com Barnaby, que veio aqui em casa lavar meias e camisas porque sua máquina está quebrada. Fiquei contente de largar o diário. Seria uma leitura perturbadora. Eu tinha lido a entrada para ele e agora estávamos sentados diante da máquina de lavar na cozinha, vendo uma meia vermelha tingir tudo de cor-de-rosa. Para não torcer as roupas à mão, aceitamos a situação.

— Por que não? Que idade ela tinha? Dezenove? É o tipo de coisa que os jovens dizem. Assim se livram de seus problemas de consciência.

— Mas é uma coisa muito crua. Uma supersimplificação. A versão shopping da linguagem do espírito. Uma guerra primal entre mãe e filha pode ser chamada de *fazer alguém sentir-se culpado*?

— É compreensível — disse Barnaby, com suavidade. — A mãe repreende, a filha projeta seu próprio senso de culpa na mãe, que fica se sentindo mal. Olhe só você, está infeliz. Tenha calma.

— Não gosto de ver minha filha sozinha por aí — eu disse. Me senti impotente. Quando os filhos são pequenos, você pode pegá-los por baixo do braço e correr para um local seguro. Mas eles crescem e não se pode protegê-los de si próprios. — Me lembro bem daquele dia. Fiquei muito zangada com ela. Tinha feito um bolo de chocolate para seu aniversário e convidei uns amigos para comemorar. Precisei cancelar tudo por causa dos malditos Garner. Tudo teve de ser cancelado. Eu não disse que a água estava descendo pela escada, por que ela tem essa mania de exagerar as coisas? Estava pingando do teto da cozinha.

— Ela acabou se tornando dramaturga — disse Barnaby. — Espero que tenha a ver com esse exagero.

Era muito bom ficar sentada ali com ele. Barnaby é uma pessoa muito calma e me tranquiliza. Foi provavelmente uma boa coisa suas camisas terem sido deixadas na máquina. Já estavam cinzentas e não havia esperança de saírem dali com um tom agradável de cor-de-rosa, sairiam cinzentas e manchadas de vermelho. Ele precisava de uma mulher, só que não eu.

— Eu deveria ter ido ajudá-la. Veria o que estava acontecendo e afastaria os Garner da sua vida. Mas fiquei zangada e tudo deu errado. O bolo de chocolate saiu horrível, uma massa grudenta e disforme. Em geral meus bolos não ficam bons, mas a gente gosta de pensar que o mundo reconhece nossas boas intenções e não nossa incompetência.

— Você nem notou essa parte — disse Barnaby. — Pensei que o fato de o bolo solar fosse uma coisa nitidamente freudiana.

— Deixa pra lá. Eu culpei o forno. Estava enferrujado e velho e não era limpo desde sua instalação, em 1930 provavelmente. Era um forno mais estreito que os de hoje. Minhas mãos ainda guardam as marcas das bordas daquele forno. É claro que a cozinha está modernizada agora. O fogão novo dela deve ter custado mais de 3 mil libras.

— Não sabia que fogões podiam ser tão caros — diz ele.

O aluguel do apartamento de Barnaby termina daqui a dois anos. Será que é por isso que ele está sendo tão gentil comigo? Será que pensa em vir morar aqui? Que pense! Ele pode fazer uso da minha máquina de lavar roupa, mas não da minha vida.

— Laura compra sempre o melhor — eu digo. — Segundo ela, comprar coisas baratas é falsa economia.

Depois que Sappho começou a fazer dinheiro e assumiu Apple Lee, a casa foi remodelada segundo o gosto da última década do último século, para não mencionar o de Laura. Quando Gavin se mudou para lá, a cozinha era toda de aço inoxidável e tampos de granito, e tudo girava e piscava, acendendo luzes vermelhas. Não era uma cozinha aconchegante, e nada ao gosto de Gavin, que Sappho descreveu uma vez como um "mouro bruto do norte".

— Quem é Piers, da África do Sul? — perguntou Barnaby. — O que aconteceu com ele?

Eu disse que não me lembrava, devia ser um estudante de medicina. Tentei apresentar Sappho a rapazes com a mesma formação intelectual que ela os rapazes da Academia Real de Artes Dramáticas pareciam muito frágeis e autorreferenciados. A última coisa que eu queria era que ela acabasse namorando um ator.

— Emily — disse Barnaby —, console-se. Mesmo você querendo controlar a vida de Sappho, deve ter feito alguma coisa certa, senão hoje ela seria uma alcoólatra ou uma drogada.

— Ela era minha única filha — falei. — Pobre Sappho! Vejo agora que a deixei maluca.

— Ela me parece bastante saudável mentalmente. Só um pouco neurótica.

Neurótica? Por se permitir ser usada como empregada pelos Garner? Casar-se com Gavin? Ele era praticamente vinte anos mais velho que ela, com dois filhos nas costas, ela abriu mão de sua carreira para agradá-lo e engravidou quando tinha o futuro a sua frente.

— Neurótica é apelido. Minha filha é quase uma masoquista patológica. O masoquismo existe tanto no plano moral quanto no erótico. Pertence tanto ao superego quanto ao id.

— Maldita freudiana — diz Barnaby. — Maldita metapsicóloga. Você e sua divisão do cérebro. Imagino que pense que foi tudo culpa sua, não é?

— É claro que penso. Eu fui uma mãe muito repressiva. O pai morreu quando ela tinha 3 anos. Na pior idade. Ela se considera responsável pela morte dele. Masoquismo é a forma de convertermos a dor, seja física ou moral, em prazer. Existe para mitigar uma grande culpa inconsciente. Masoquismo e repressão são interligados. Sofrer, sentir-se desamparado e sem escolha, é livrar-se de culpa. Por que as pessoas vão às sex shops Anne Summers admirar as algemas de veludo e sonhar com prazeres proibidos?

— Você está preocupada com sexo — reclama ele. — O segredinho sujo de Michel Foucault, que domina toda a atividade humana, é pelo menos produtivo. Seja positiva. Veja como sua filha se tornou rica depois que saiu da casa dos Garner, veja como é bonito o forno dela! Qual foi o segredo proibido do historiador Edward Gibbon que o levou ao sucesso? Uma idade produtiva é uma idade de culpa. O proletariado suava e sofria na Era Industrial para proporcionar prazeres sádicos aos seus patrões. Qual foi o segredo da sua filha? É por causa da culpa que a cozinha de Sappho hoje brilha enquanto seu fogão era um ferro velho enferrujado. A culpa equipara-se à riqueza, e a riqueza equipara-se à culpa.

— Maldito marxista — digo.

O ciclo de rotação da máquina chega ao fim. Barnaby examina as roupas manchadas e olha para mim com ar infeliz.

— Posso passar a noite aqui? — pergunta.

— Não, é claro que não. Preciso ficar sozinha.

— Você e Greta Garbo.

Eu digo para ele não pendurar as roupas molhadas nas costas das cadeiras, para levar tudo lá para cima. E ele faz o que eu digo. Barnaby é muito obediente. Talvez queira que eu pegue um chicote e bata nele, mas não ousa dizer isso.

Os diários me perturbam muito. Meu nível de preocupação chega a sete de um total de dez, e aumenta cada vez mais. Não fazer nada é uma irresponsabilidade. Sappho é minha filha. Saiu pela noite metafórica, no escuro, pedindo para ser deixada em paz, e me ofereceu seu passado para ser esmiuçado. Não posso ficar inerte. Ela pede que eu faça alguma coisa, mas não sei bem o quê. Vou telefonar para Laura e perguntar o que está acontecendo. Mas não quero lhe dar nenhuma impressão de que estou preocupada.

Ligo para Apple Lee, mas a chamada cai na secretária eletrônica. É estranho. Laura, a mulher supereficiente, fica lá até tarde atendendo os telefonemas — ou "personalizando-os", como ela diria, com suas risadas entre sérias e brincalhonas. Talvez tenha ido comprar alguma coisa para a casa. O Conselho de Camden gastou milhões de libras para renovar o bairro e algumas lanchonetes que vendem *tapas* foram abertas ultimamente. Os Garner não pintam nem reformam a fachada de Apple Lee para não chamar a atenção dos ladrões. Têm circuito de vigilância dentro de casa e células fotoelétricas, que são acionadas cada vez que alguma raposa ou gato passa por ali.

Vou esperar mais duas horas, depois tentar Laura de novo. Talvez vá me encontrar com Isobel na saída da escola para ver se ela sabe de alguma coisa. Lembro que é sexta-feira, dia em que em geral ela passa a noite com Gwen. Arthur acabou de entrar para a Universidade de Warwick para fazer o curso de biologia marinha; se não fosse por isso, eu perguntaria a ele. Arthur e eu nos damos bem, sempre nos demos. Há várias amigas e colegas de Sappho com quem posso conversar, mas não quero levantar suspeitas. Sappho ficaria furiosa se eu fizesse isso.

Voltemos aos diários. Fiquei com pena de ter mandado Barnaby embora. Companhia é uma boa cura para ansiedade, que me dá uma ligeira pontada na espinha. Procuro uma razão para isso e não encontro nada. Barnaby tem razão. Eu também estou em negação.

* * *

Diário de Sappho: 10 de abril de 1994

Querido Diário,

Uma cena de hoje que não posso deixar de registrar.

Gwen, a mãe de Isolde, muito elegante no seu suéter de cashmere — com costas longas de modelo, pernas longas de modelo (mas pés grandes demais) e seu habitual ar de ligeira surpresa e vaga condescendência, talvez devido à sobrancelha fina demais —, visita Isolde e Gavin. Entra na cozinha quando Sappho está dando almoço para Arthur e Isobel. Sappho usa calça jeans e uma camiseta encardida e seu cabelo está precisando de um corte. Ela não tem tempo. Felizmente as crianças estão bem-comportadas, e Sappho é poupada dos costumeiros comentários mordazes. Meu Deus, como ela detesta essa mulher. E o sentimento é mútuo. Gwen põe a chaleira no fogo e fala com Sappho, fingindo naturalidade. Tem alguma coisa a dizer e decidiu dizer.

GWEN: Como vai, Sappho? Você é Sappho só de nome ou também por natureza? Ou ambos?

SAPPHO: Desculpe, não entendi o que você quer dizer.

GWEN: Estou falando de lésbicas, minha querida. Sáficas.

SAPPHO: Ah, acho que não sou lésbica. Minha mãe é feminista e psicanalista de profissão, mas uma heterossexual normal. Aliás, mais que normal.

Meu nome foi dado em homenagem à poetisa que viveu na Ilha de Lesbos na antiguidade. Eu não fui produto de um banco de esperma ou coisa parecida. Tive um pai verdadeiro, mas ele morreu em um acidente. Minha mãe é viúva.

GWEN: Mas nós todos nos perguntamos por que você, uma menina tão bonita assim, não tem namorado.

A própria Sappho perguntou-se a mesma coisa durante algum tempo e concluiu que afasta os homens com sua inteligência. Quando está entediada, vira a alma da festa, bem exibida. Os homens gostam de colidir com ela na rua. Ela é perseguida no metrô. O namorado potencial gosta de tê-la como amiga, mas não se apaixona por ela. Eles tendem a apaixonar-se por moças quietas, calmas e altivas, de braços finos e cabelo liso. Sappho nunca mostra que é inteligente, muito menos que tem grande senso de humor. Mas é coisa demais para explicar a Gwen, que está só procurando conflito. Gwen fala muito depressa e dá uma lambida na colher com geleia de framboesa na mesa das crianças. Talvez ela use cocaína, ou quem sabe maconha. (Ou talvez ambas?) Mas Sappho continua a falar a verdade, que é sua filosofia de vida.

SAPPHO: Não tenho tempo para namorar, acho que é isso. Esse intercâmbio de fluidos corporais me parece uma coisa grosseira. Não digo isso em casa porque sei que será uma fonte de discussão e preocupação. Ou talvez eu não atraia os homens, não tenha os feromônios apropriados.

Gwen: Se está atrás do meu genro, desista.

Sappho leva um susto tão grande que derruba a colher que está usando para dar de comer a Isobel, espalhando gema de ovo por todo lado, até no cabelo da criança. Isobel fecha a cara e, aflita com essa sujeira, começa a choramingar.

Gwen: Ou você é uma ótima atriz — que sei que não é, pois já a vi em cena —, ou é de fato a Miss Inocência. Esqueça, Srta. Lesbos, vamos deixar isto pra lá. Peço desculpas.

A louca sai, ainda lambendo a colher com geleia. Sappho consola Isobel.

Bem, essa foi uma coisa horrível, o que ela disse sobre a minha atuação. Sei que não sou muito boa, mas também não sou ruim assim. De qualquer forma, prefiro escrever as linhas a dizê-las. Gosto da força que os escritores têm. "Há uma explosão maciça" — apenas quatro palavras, mas que querem dizer que pelo menos dez pessoas têm de usar toda a sua aptidão e treinamento, que eu não tenho, para criar uma coisa mais real que a realidade. É melhor ser escritor que ator. O enigma é o seguinte: por que Gwen consegue fazer com que eu me sinta tão inferior? Ela só sabe pavonearse com roupas lindas. Sua mente é desagradável, vulgar e idiota. Gavin tem idade suficiente para ser meu pai, e naturalmente eu nunca faria nada para aborrecer Isolde. Embora às vezes pense que ela deixa Gavin um pouco de lado, pois vive absorvida no próprio trabalho. E nem ouve as crianças quando elas fazem algazarra. Mas deve ser difícil para Isolde ter uma mãe como Gwen. Gwen foi famosa nos anos 1950 e fez vários trabalhos para a *Vogue*. Aparentava 40 anos quando tinha 17, o que parecia ser a moda da época, e hoje ainda aparenta 40. Imagino que sejam os cremes. Gwen é realmente muito desagradável e um pouco maluca. Gavin é um Deus, não um homem. Deuses e mortais simplesmente não combinam. Minha mãe tem ideias estranhas às vezes, mas pelo menos não é totalmente maluca. E não põe a colher lambida de volta no pote de geleia.

Se um dia eu me casar, se alguém quiser se casar comigo, e eu acho que só poderia ser pelo meu dinheiro — e dinheiro eu não tenho, só um pequeno fundo que tem de ser assinado pela minha mãe, como se eu fosse uma criança, válido somente até meus 25 anos —, gostaria que fosse um homem como Gavin. (Isolde diz que preciso me lembrar de fazer frases mais curtas e evitar as vírgulas de respiração.) Ele é muito gentil, é um bom pai e tem um cabelo muito bonito. Quando aparece na televisão com luz por trás, parece um santo com um halo. A pequena Isobel adora o pai. Quando era bem pequena ele a carregava em um canguru preso no peito. Junto do seu coração, como dizia. E ela olhava para ele, solenemente, com aqueles grandes olhos verdes.

Eu tinha vontade de proibir esse olhar, me parecia indecente — confiança e fé demais. Como duas pessoas podiam ter tanta confiança uma na outra? Será que não sabem que as coisas podem dar errado no mundo? Eu gostaria de ter tido um pai como Gavin, não queria ser órfã. Talvez tivesse mais autoconfiança. Arthur põe um pé diante do outro e segue pela vida. Ele nasceu sem problemas e feliz.

Emily se justifica

Como assim, órfã? Ela tinha mãe, não tinha? E teve pai até os 3 anos. Ele a adorava, e também a carregava num canguru. Ela também era a menina dos olhos do pai. Tanto que eu às vezes sentia ciúmes e, como diz Sappho, tinha vontade de me meter entre os dois. Interromper o olhar deles. Eu, eu, eu e eu? Eu também existo, não é? Pobre mãe, cujo destino é dar vida a um monstro que lhe tira tudo, mama no seu peito e depois a despreza. O filho existe à custa da mãe, rouba o amor do pai, a nutrição emocional que foi antes da mãe, e vai embora rindo.

A horrível verdade é que, quando Rob morreu, tive uma coisa a menos para enfrentar. A existência de Sappho não me lembrava mais minha própria depravação — eu, Emily Stubb-Palmer, psicanalista, com ciúmes da própria filha! Patético. Isso não ocorria de vez em quando, mas o tempo todo. Pobres mães, pobres filhas. Dois é bom, três é demais.

Considerem. Só considerem. Não existe essa coisa chamada acidente, dizia Freud, sempre com razão, aquele danado. Aniversário de Sappho. (A interpretação de Barnaby é solipsista, naturalmente; pode deixar pra lá.) Mamãe faz um bolo horrível, que não dá para comer, deixa a água derramar da banheira e vazar para o teto da cozinha. Convida um rapaz com quem a filha vai antipatizar imediatamente, a fim de deixá-la constrangida. Que tipo de aniversário eu estava programando para minha filha? Decerto queria que ela estivesse doente, pois estava então com 19 anos, na flor da idade, e eu, em declínio. Quando as coisas dão errado, considerem sua própria pessoa e seus motivos reais. Deixem a livre associação funcionar. Tânatos, o desejo de morte. Masoquismo. Repressão. Falsas lembranças. Fantasias. Segredos proibidos. Não adianta continuar. O que estou escondendo de mim mesma?

Ligo de novo para Laura. Nenhuma resposta. Lembro-me do celular de Sappho, antes tarde que nunca. Está desligado. Meu Deus, o que está acontecendo? Esqueça da vida *dela*: e a minha?

Será que senti ciúmes por Gavin ter se casado com ela e não comigo? Ele tem idade para ser pai dela? Não. É ir longe demais, mesmo para Freud.

Que bom ela dizer que minhas ideias não são estranhas como as de Gwen. Obrigada, Sappho. Ela colocou pontos de exclamação no final da página; depois um ha-ha-ha dos lados. Continua a mesma criança de sempre.

O que mais me desagradou com relação aos Garner no início foi usarem Sappho não só como empregada doméstica, mas também como escrava intelectual. Tinha certeza de que cenas completas de uns famosos dramas de televisão de Isolde foram escritas por Sappho. Mas seu nome nunca apareceu nos créditos. "Cenas adicionais escritas por", ou coisa parecida. Nunca.

— Isso é ruim, Sappho — eu dizia. — Estão explorando você.

— Ah, mãe. Que nada. Eu sou uma estagiária. Estou aprendendo. Tive sorte de conseguir isso.

— Até parece! — eu respondia, mas ela ficava muito zangada e eu achava por bem me calar.

Quando as peças eram adaptadas para o cinema, os Garner costumavam dar uma festa para seus admiradores e alguns críticos. Sappho trabalhava até tarde na cozinha, depois de pôr as crianças na cama. Eles não contratavam ninguém para ajudar, embora pudessem pagar. Ambos ganhavam bastante dinheiro. Meu Deus, que gente mesquinha.

Então Gavin ou Isolde dizia: "Você não prefere assistir em casa com sua mãe?" Na verdade, o que queriam dizer era: a) você é uma mera empregada, b) não queremos que saibam que uma dessas falas é sua, não de Isolde. E Sappho ia para Apple Lee e nós assistíamos ao filme juntas. Por que ela nunca reagia? Em retrospecto, é óbvio. Era a culpa maciça — ela gostou de Gavin desde o início, mas não conseguiu admitir para si própria. E achava que Isolde não "cuidava" muito bem dele. Mulheres que contratam empregadas para trabalhar em casa devem ter muito cuidado. Os chineses têm concubinas, o muçulmano tem quatro esposas. Isso acontece em metade do mundo. É uma situação bastante natural. A mulher gosta de um homem específico na cama. O homem aceita naturalmente o que estiver disponível.

Não era só Isolde que se aproveitava dela, era Gavin também. Eu vi publicada no *Ornithologist* uma foto que Sappho tirou de um pássaro maçarico sobrevoando Kenwood, atribuída a Gavin, sem qualquer menção a Sappho. Lembrem que foi Gavin quem a ensinou a tirar e a revelar fotografias (ele desprezava câmeras digitais). E eu sabia que Sappho se sentou na galeria para assistir às peças enquanto Gavin dormia na poltrona da primeira fila. Pais de filhos pequenos vivem com sono. De uma forma ou de outra eram os julgamentos de Sappho, as opiniões de Sappho que apareciam nas colunas de críticas de Gavin. Eu sabia porque lia essas críticas. Bastava dar a Sappho uma chance que ela se encarregava do resto. Era seu maior talento, ou foi. Depois de quatro anos de casamento com Gavin, ela apareceu na minha porta debaixo de uma parca azul-marinho e me pediu para esconder seus diários. Por quê?

Na época em que ela trabalhou para os Garner, parou de estudar durante um ano, depois outro; mas eles pelo menos lhe abriram caminho, e ela tornou-se uma das artistas extras do National Theatre, com permissão até mesmo de dizer alguma frase ocasional no palco, quando não estava envolvida com afazeres domésticos.

— Meus papéis eram sempre de prostitutas, mulheres de bordel e mensageiras que diziam apenas uma frase — queixava-se ela. — Não sei por que isso, há gente que faz mais. Creio que não tenho um talento natural. Vai ver minha atuação é constrangedora, mas ninguém quer me dizer.

— Você é muito boa — eu comentava. — Mas seria melhor ir para outro lugar. — Ela não aceitava isso. Os Garner não seriam tão gentis com ela como eu.

— Eu gosto de me apresentar no palco — ela dizia. — Mas não sou natural. Isolde tem razão, meu forte é escrever.

Talvez ela tivesse razão e eu não quisesse admitir. Sappho tinha uma personalidade forte demais para se fazer passar por outras pessoas. Mas por que será que ainda não tinha namorado? Qual seria seu problema? Eu? Será que eu, na minha preocupação com o desenvolvimento psicossexual da pobre menina, havia detido esse processo? Será que ela estava presa na fase homossexual? Ou reprimida, seguindo os Garner como um filhote de ganso segue a primeira coisa que vê quando sai do ovo? Se estivesse apaixonada por um deles naquela época, devia ser por Isolde, não Gavin.

Fui ao apartamento de Barnaby perguntar se ele não queria usar minha secadora. Perguntei também o que ele achava da teoria de Freud de que os desejos edipianos na mulher eram de início desejos homossexuais pela mãe, mudando depois para um desejo mais aberto pelo pai.

— Você está vendo Isolde e Gavin como pais substitutos? Acho que isso explica — disse Barnaby. Tinha posto o aquecimento no máximo para secar as roupas e andava pelo apartamento nu da cintura para cima. — Mas precisamos pensar em Sappho o tempo todo? Não podemos pensar em mim? Todas essas idas e vindas do seu apartamento para o meu são uma perda de tempo. — Ele era um homem bem-apessoado para 67 anos. Sem barriga e musculoso. Era uma pena sua disfunção sexual. Se é que tinha alguma. Parecia gostar bastante de mim, embora uma vez tivesse sonhado que eu era uma espécie de tubarão; talvez me considerasse uma predadora sexualmente voraz e tivesse medo de mim. Se aceitasse tomar Viagra ou Cialis, eu poderia tentar excitá-lo; ele se sentiria mais confiante e quem sabe aproveitaria a oportunidade. Ou poderia amassar uns comprimidos de Viagra e misturar no seu chá. Eu em geral não me importava de ser acariciada na cama em vez de trepar, mas às vezes era frustrante.

Sappho como um bebê, regredindo e começando sua vida psíquica de novo? Levada a isso por mim, tentando desenvolver-se sem ser observada? Fazia sentido.

— Quer dizer que Sappho pode ter ficado presa na fase materna? — perguntei. — Depois passou para Gavin, pois Isolde não tinha pênis. Ele tem um pênis grande, segundo ouvi dizer. E devia usá-lo bastante quando vivia sozinho, antes de Sappho entrar em cena. Não é impossível que tenha seduzido minha filha depois que Isolde ficou doente. Ela era praticamente uma escrava.

— Para mim, é uma questão de indiferença — disse Barnaby. Bem, ele era junguiano. Os junguianos tendem a ter medo de sexo, preferem a metáfora religiosa e espiritual. Nós, freudianos, nos prendemos ao sexo. Eu e ele nunca daríamos certo. Não haveria uma escada em espiral.

— Pelo amor de Deus, Emily — ele disse (acho que se irritou comigo). — É pouco provável. Eles vinham de gerações diferentes e Gavin é, em termos gerais, um homem correto, aparentemente muito apaixonado por Isolde na época da morte dela. Eu também li suas colunas no jornal: muito comoventes e esclarecedoras. Ele dizia que a pessoa é que é amada, não o corpo.

— Conversa fiada hipócrita — eu disse.

— Podia-se falar muita coisa contra Gavin Garner — disse ele, em tom sério —, mas não que tivesse banalizado suas emoções. Homens casados, literatos, gente de teatro, acadêmicos, observadores de pássaros levam-se muito a sério. Não caem na cama com menininhas ingênuas de 20 anos.

— Seque você mesmo sua roupa — falei, e desci de novo.

Peguei outra folha de papel. Dava para ver, pelo estado da sacola do Waitrose, que Laura não tivera acesso aos diários. Francamente, a bagunça imperava. Talvez a pasta que dizia 1993 contivesse papéis de outro ano. Tenho a impressão de que Sappho saiu de casa às pressas. Juntou todas as pastas, marcou os anos, jogou os papéis lá dentro e saiu. Mas por quê?

Não adianta me preocupar com ela, o que, claro, não significa que eu não me preocupe. Gostaria de ter-lhe dito qualquer outra coisa diferente de "O que está tentando fazer? Perder o bebê?". Não era hora de procurar saber sua motivação inconsciente. Ela se esforçara muito para engravidar. Às vezes é difícil mesmo, com mulheres que adiam a maternidade. E Gavin não era exatamente um jovem. Imagino que seu esperma estivesse cansado. Mas ela estava nitidamente com problemas e eu não deveria ter dito aquilo. Mas por que virou as costas para mim? Existe muita projeção entre mãe e filha, sei bem disso. O filho culpa os pais por seus próprios erros. O pai culpa o filho quando suas próprias inadequações são aparentes na sua prole, e julga-os com mais rigor.

Continuei a leitura. A página que peguei referia-se ao início, antes de Isobel nascer, quando ela tinha acabado de designar Isolde e Gavin como seus novos pais.

Diário de Sappho: 16 de janeiro de 1995

Querido Diário,

Pensando bem, você é meu único confidente. Não tenho ninguém mais com quem conversar. Você me é muito querido. Outras meninas conversam com as mães, creio eu, mas para mim é impossível. Minha mãe fica me olhando à distância, imaginando se eu já atingi o estágio genital do meu desenvolvimento psicossexual. Em outras palavras, se ainda sou virgem. E eu sou mesmo, Querido Diário, e espero permanecer assim durante muito tempo, mas não quero que ela saiba disso. Não quero que saiba nada de mim. Aliás, não está realmente muito interessada. Para ela, sou apenas mais um caso de estudo. Minha mãe atende seus pacientes na nossa sala. As consultas começam dez minutos antes da hora certa, de hora em hora, é um fluxo constante. Ela ouve o que eles dizem, dá para escutar do meu quarto lá em cima. O chão é tão fino que se eu baixar a cabeça e afastar o tapete posso distinguir o que estão dizendo. Assim descanso um pouco dos deveres de casa. As vozes nem sempre são muito nítidas, o que é bom, pois muitas vezes eles dizem coisas horríveis. Ouvi um homem contar que gostava de transar com cachorros e pagava meninas para participar. Ela deveria tomar mais cuidado para eu não ouvir essas conversas.

"Pare de ouvir, então", ela diria. Mas tenho de passar anos tentando não fantasiar que sou uma dessas meninas. Aposto como minha mãe sabia que eu ouvia. Não pense, Querido Diário, que vou lhe dizer todas as coisas que passam pela minha cabeça. É perigoso escrever coisas, que dirá falar; lembranças vagas tornam-se certezas depois de serem proferidas.

Os pacientes falam o tempo todo; minha mãe diz apenas uma ou duas palavras. É uma profissão peculiar. Ouvir. Um ouvinte pago. Eles deveriam falar com os amigos. Mas a maioria parece infeliz demais para ter amigos. Eu não tenho muitos, mas não porque sou infeliz. Não sou uma solitária ou coisa parecida. Só não gosto de andar em grupos. Os pacientes provavelmente assumem um ar infeliz quando ela lhes abre a porta. Pagam para ela ter pena deles. Eu li os livros da estante da minha mãe para tentar entender, mas ela descobriu e começou a censurar minha leitura. Fiquei muito brava com isso.

Um fluxo constante de homens na porta. A maioria homens, ela gosta de homens. Uma moça vem às 3 da tarde aos sábados. Ela é anoréxica e se trata com minha mãe há anos. Pelo menos ainda não morreu. O tratamento deve valer a pena. Mas por isso nós duas nunca pudemos fazer uma coisa normal como ir ao shopping nos sábados à tarde.

Havia quem pensasse que Apple Lee era um bordel. Os homens vêm à noite também, é claro, mas então são os "amigos da mamãe", não os "pacientes da mamãe". Às vezes passam a noite aqui. Ela não os leva necessariamente para o quarto; eu tento não ouvir, mas não há jeito. Posso jurar que uma vez ouvi três pessoas. Acho que uma pessoa como ela deveria ter mais autocontrole. Eles são todos políticos. Não estou interessada. Disse a ela uma vez que estava cansada dessas conversas marxistas que ouvia, e ela falou "Querida, eles não são marxistas, são trotskistas", e me pôs no meu lugar. Vou muito à casa dos Garner agora. Janto lá uma ou duas vezes por semana e posso conversar com Gavin. Isolde é mais mãe para mim que Emily.

Emily se perturba

É tudo fantasia! Não é verdade. Não havia como Sappho ouvir o que se passava no meu consultório. Ela ouviu o que quis ouvir. Nenhum paciente meu jamais disse que transou com cachorros. Eu não me esqueceria disso. Por que negaria? De onde ela tirou essa bobagem?

Uma vez a peguei lendo um livro de Krafft-Ebing que encontrou na minha estante, e tirei da sua mão. Sappho devia ter uns 12 anos, estava saindo do estado latente, quando as crianças podem ser sexualmente sugestionáveis; achei que o estudo de Krafft-Ebing sobre zoofilia não era particularmente apropriado para uma menina daquela idade. Foi por isso que tirei o livro dela. Sappho fez uma cena terrível, desproporcional ao que estava acontecendo, deu um ataque próprio de uma menina de 6 anos. Naquela época, considerei isso um comportamento regressivo, por eu não ter promovido seu espírito de questionamento, o que eu normalmente tentava fazer; não foi causado pelo conteúdo do maldito livro. Ela internalizou o trauma, que apareceu como uma coisa realmente lembrada, e me culpou. Eu escreveria isso como um caso de estudo, mas ela é minha filha; além do mais, tenho de preparar uma palestra sobre gênero.

Estou mais calma agora. Creio que devo agradecer por Sappho se lembrar do incidente como relatado por um dos meus pacientes. Como ela acha que eu a sustentaria se não ganhasse esse dinheiro? O seguro de vida de Rob não existia mais havia muito tempo; eu tinha uma pequena renda privada e uma aplicação que estavam chegando ao fim, mas tive de trabalhar para ganhar a vida e fui uma boa profissional. Que bom que ela se lembrou de Alison, que sofria de uma neurose ascética; embora eu e Sappho não pudéssemos sair juntas nas tardes de sábado, valeu a pena. Recebi um convite para seu casamento, e ela finalmente engravidou.

Pelo menos Rob morreu quando Sappho era bem pequena; a natureza masoquista dela era tal que eu podia vê-la crescendo e imaginando ter sido abusada pelo pai. A menina projeta seu desejo sexual no pai, confundindo fantasia com realidade, e anos depois diz ter sofrido abuso sexual, destruindo sadicamente a família nesse processo. Fui poupada dessa angústia. Por outro lado, nunca pude julgar pela minha própria experiência com Sappho qual seria o caso mais provável. Seria a crença inicial de Freud de que todas as meninas fantasiavam abuso sexual do pai, o que na realidade ocorre raramente, ou suas convicções tardias de que se a menina nega que houve abuso é porque realmente houve, e ela é forçada a se lembrar do ocorrido em favor de sua saúde psíquica. Eu solucionei o dilema — que encobriu por tanto tempo a paisagem da memória recuperada — ficando em cima do muro e pensando em outras coisas, como cenas primais. Sou boa em ficar em cima do muro. Só espero não ter passado por osmose para Sappho minha preocupação da época com o debate fantasia/realidade e que ela não use Gavin para substituir o pai perdido. Quem pode dizer o que se passa entre a mãe e a filha ainda no seu ventre?

A lembrança de que eu levava amantes para o consultório é absolutamente falsa. Que eu fazia sexo a três é uma loucura. Passei realmente por uma fase muito desregrada na meia-idade, lembro bem, tentando lutar contra o envelhecimento, sem dúvida, mas nunca quando Sappho estava por perto. Que isso fique registrado. Espero que seja óbvio caso Sappho um dia decida publicar esses diários (ao que parece, Gavin também está preocupado. Até aqui ele é visto como um herói, mas e depois?). O problema com uma transa a três ou mais é que poderá haver testemunhas. Nada, nada se mantém sigiloso para sempre. O segredinho sujo é muito interessante, energiza muito nossa vida. Minha dificuldade com Jung é que ele é espiritual demais, gentil demais; não vê a energia vulgar do sexo impulsionando o universo. Prefiro um pouco de Freud e um pouco de superego tedioso e difícil a qualquer hora.

Eu perdoo Sappho. Que menina não passa por um estágio de rejeição da mãe para se autoafirmar? As mães idem, para suavizar a dor da separação.

Ligo de novo para Apple Lee, mas ainda é a secretária eletrônica que atende. Então lembro que Gavin disse que Laura ficaria temporariamente ausente do escritório. Será que está doente ou tirou férias? Em geral eu cuido dos seus gatos quando ela viaja; eles ficam comigo e criam um caos na casa, com pulgas e miados por todo lado, e o pelo deles faz Barnaby espirrar. Mas assumo essa obrigação porque gosto de Laura e sei que sem ela a vida de Sappho seria uma grande confusão. Talvez ela simplesmente não esteja bem.

Ligo para a casa de Laura, mas ela não está. O telefone toca e ninguém atende. Não posso acreditar que ela tenha esquecido de conectar a secretária eletrônica, mas pelo visto esqueceu. A vida de Laura é muito organizada; ela é uma pessoa criteriosa, não aprova o amor porque acha que ele leva à instabilidade e à falta de objetivo, mas é entusiasta de sexo. Sei disso porque um dia a peguei vendo uns vídeos pornográficos no computador. Imagino que Laura seja a sádica e Sappho, a masoquista; é ela quem usa o chicote e o cronômetro, é ela a compulsiva-obsessiva que precisa ter tudo categorizado e sob controle. Funciona com o lado esquerdo do cérebro, e Sappho com o lado direito, com suas tendências dispersivas, vagas e atabalhoadas. São uma boa dupla para fazer dinheiro, ou eram até Gavin voltar e distorcer a clareza da cena.

O telefone toca. É Laura retornando a chamada.

— Foi você quem telefonou ainda há pouco? — pergunta, num tom frio, sem a cortesia profissional normal, o entusiasmo criado.

— Fui eu, sim. Estou procurando Sappho. ,

— É mesmo? — diz ela, vagamente. Eu espero que diga alguma outra coisa, mas ela para por aí.

— Sabe onde ela está?

— Não.

Fico em silêncio. Se não disser nada, a próxima resposta terá de vir dela. E vem.

— Não quero nem saber onde ela está. Nem aquele marido imbecil dela. Pedi minha demissão, e o filho da puta aceitou.

Dessa vez fico chocada e em silêncio. Não pela linguagem dela — já ouvi Laura xingar, mas só depois de o telefone ser desligado —, mas só de pensar em como a casa dos Garner funcionaria sem Laura. Quando passei Apple Lee para o nome de Sappho e me mudei, tomei essa decisão porque sabia que Laura estaria lá para supervisionar a remodelação da casa, pagar os operários, enviar os e-mails certos para as pessoas certas e fazer Sappho cumprir os prazos. Todas as coisas que Sappho não era capaz de organizar, nem Gavin, mais tarde.

— Não estou entendendo — digo.

— Não vou trabalhar na casa em que Gwen mora.

— A outra vovozinha é mesmo difícil — eu disse, com cuidado. — Sei que Sappho teve problemas com ela em certa época.

Gosto de me referir a Gwen como "a outra vovozinha" sempre que posso. "*Grandmère*" Gwen aguentaria, ou "*Nona*", como dizem os italianos, mas "vovozinha" é vulgar. Essa expressão a aborrece, e ela demonstra passando a linguinha rosada nos lábios perfeitos, depois secando-os com um lenço de papel, por medo que rachem. Não sei por que isso me irrita tanto. Talvez porque minha mãe também fizesse isso. Lamber os lábios e depois secá-los. Na sua determinação de ter uma "família respeitável", quando Sappho se casou, pediu para as crianças chamarem Gwen de "vovó", mas Gwen não aceitou.

— Por que cargas d'água vou querer ser chamada assim se já tenho um bom nome? Gwen é abreviação de Gwendolyn. Não acha um pouco pejorativo que se refiram a mim como um mero adjunto dos outros? Você gostaria de ser chamada de madrasta o tempo todo?

— Não, obrigada — disse Sappho.

— E por que devemos mudar esses detalhes só porque você e meu ex-genro tiveram uma cerimônia de casamento? Isso não faz de você um membro da família, uma parente de sangue. Sabia que eu fui Guinevere da Távola Redonda em uma vida passada?

— Como pode saber? — perguntou Sappho, curiosa.

— Fiz uma regressão com um terapeuta especializado em hipnose, um homem muito conceituado — respondeu Gwen.

— Pobre mulher — falei para Sappho na época. — Não seja tão dura com ela. Ela perdeu a filha única de câncer. O sofrimento não enobrece as pessoas, as torna piores.

— Você também não gosta dela — disse Sappho. — Não seja hipócrita.

Verdade. Era difícil gostar de Gwen. Isobel herdara a frieza, a beleza e a finura dela, por sorte, mas também o jeito de dizer verdades desagradáveis com a finalidade de magoar. Depois desse desentendimento com Sappho, a relação das duas tornou-se mais distante.

Laura e eu ficamos em silêncio por algum tempo, ela com seu ressentimento e eu com o meu. De repente, ela começa a falar:

— Aquela velha filha da puta me chamou de mentirosa. Disse que eu não era da família e que não precisavam mais de mim. Aquela casa só se mantém de pé graças a mim. Bom, que caia agora.

Contou que Gwen apareceu no escritório e pediu dinheiro da caixinha para pagar o táxi, mas Laura não encontrou a chave. Quando Gwen veio com a conversa sarcástica de que ela não pertencia à família, Laura sugeriu que ela procurasse a chave na gaveta de Isobel; devia estar debaixo das calcinhas que ela furtara da Victoria's Secret. Gwen chamou Laura de mentirosa, Laura procurou Gavin e pediu demissão. Não admitia que ninguém a chamasse de mentirosa. E Gavin disse: "Acho melhor você ir embora mesmo, Laura."

— Mas essa decisão não é dele — digo. — Você trabalha para Sappho, não para Gavin.

— Não exatamente. Gavin renegociou meu contrato. Fiquei encarregada de datilografar seu futuro romance. Mas ele não o escreveu.

— E onde está Sappho?

— Ela acabou de sair. Creio que tiveram uma briga por causa de cartões de crédito. Eu estava pondo as coisas em ordem quando Isobel começou a gritar, subindo e descendo as escadas como sempre, estavam todos lá no sótão. Depois Sappho desceu para o porão, enfiou umas coisas em uma sacola e saiu, dizendo que cada um deve cuidar de si. A primadona. Acho que ela só queria um pouco de paz e silêncio para continuar a escrever seu romance.

— Romance? — pergunto. — Não sabia que ela estava escrevendo um.

— Eu lhe disse que não há dinheiro para isso, mas ela não me ouve mais. Disse que ela deveria continuar a fazer o que faz bem, novelas para televisão, mas Sappho não entrega os capítulos a tempo, então pararam de procurá-la. Aí apareceu a Vovozinha. É impossível trabalhar nessas condições.

— Sinto muito por isso, Laura. Tenho certeza de que as coisas vão voltar ao normal em breve. E é claro que vão lhe pagar tudo a que você tem direito.

Laura dá uma risada.

— O banco devolveu o cheque do meu último salário por falta de fundos. Pode imaginar alguém pagando em cheque nos dias de hoje? Gavin é um troglodita. Agora Sappho está grávida e tem de aturar esse homem pelo resto da vida.

No pagamento com cheque eu posso acreditar, mas na devolução por falta de fundos, não. Eles tinham bastante dinheiro, Laura era paga regiamente.

— Você é maluca sendo tão generosa assim — eu disse a Sappho quando ela a contratou, mas quando *Ms. Alien* foi encenada no National Theatre e Sappho ficou rica e famosa da noite para o dia, foi Laura que manteve tudo e todos sob controle. Qualquer dificuldade financeira seria temporária. Ao que eu soubesse, Sappho estava trabalhando em outra peça, que decerto seria um sucesso igual. Chamava-se *I Liked it Here*. Mas ela estava escrevendo sem nenhuma pressa. A data de entrega foi adiada uma ou duas vezes. Eu me preocupei com isso na época.

— Mãe, eles podem esperar. Sou uma artista, não uma escritora assalariada. Às vezes não *sinto vontade* de escrever. Às vezes não tenho nada para dizer. Não fomos postos neste mundo para trabalhar incessantemente, temos direito a ficar olhando para o teto de vez em quando. Por que você fala comigo como se fosse a Inquisição Espanhola? Você é uma psicanalista, deveria entender essas coisas. Prazos de entrega. Se eu entregar a peça, não conseguirei ter o bebê. A ginecologista disse que eu poderia engravidar se não fizesse nada por algum tempo. E eu segui sua orientação. Não é exatamente nada, pois tenho de cuidar da casa e aguentar as crianças, além disso estou procurando um emprego de professora...

— Para quê?

— É só uma vez por semana. Quero pensar em mim um pouco, como Isolde fazia. Então, talvez eu seja recompensada pelo destino.

Quando uma mulher está determinada a engravidar, não vê nenhum obstáculo no seu caminho, nem o trabalho que foi sua paixão durante uma década. Sappho não se importava que sua renda estivesse encolhendo. Eu sabia que as despesas eram enormes. Ela tinha gastado uma quantia absurda em Apple Lee, misturando seu gosto com o de Laura, e a coisa deu muito certo. Mas o dinheiro gasto não seria necessariamente recuperado no mercado. Eu não estava mais a par do que acontecia. A não ser que o direito autoral de *Ms. Alien* ainda lhe rendesse alguma coisa.

— Eles estão endividados até a raiz dos cabelos — confidencia Laura. — Eu pelo menos tenho minhas economias.

Ela é o que se chama de empregada insatisfeita. Pode até estar com síndrome de Tourette não diagnosticada, causada pelo choque.

— Mas não é possível — falo. Laura ri jovialmente.

— Isobel é quem mais gasta na casa. Quando ela e Gwen saem para fazer compras, é um desastre.

— Espere um instante, Isobel é uma criança.

— E Sappho é uma tola. E Gwen a odeia. Você não tem nem ideia.

Laura dá outra risada e desliga.

Esse telefonema me lembrou a cantiga infantil francesa sobre o senhor que chega em casa depois de uma longa ausência e pergunta à empregada como vão as coisas. *Très bien, très bien:* muito bem, muito bem, ela responde, só que os estábulos pegaram fogo e os cavalos morreram, a casa também pegou fogo e a família toda morreu, mas *très bien, très bien.*

Por mais que eu antipatizasse com Gwen, me preocupei durante algum tempo com as tentativas de Sappho de conquistar as crianças e afastá-las da "outra vovozinha". Digo isso a Barnaby quando subo a escada para tentar suavizar o impacto da minha conversa com Laura.

— Sua Sappho parece estar procurando encrenca — observa Barnaby. — A maioria das mulheres preferiria dividir o máximo possível seu encargo de madrasta. Ela continua vendo as crianças como espólio de guerra. Na verdade, elas são sempre um perigo. Nicostratus, enteado de Helena de Troia, destronou-a, e nós todos sabemos o destino na madrasta da Branca de Neve. Cinderela, no seu borralho, ficou rica. "Trema, trema, minha arvorezinha, e despeje prata e ouro sobre mim", Cinderela pedia a sua mãe morta, transformada em aveleira. E a mãe morta a atendeu. Havia também Phineus, genro do vento norte Bóreas, santo patrono de todos os anoréxicos. A anorexia floresce nas famílias de novos elementos; como é Isobel em termos físicos?

— Ela é magra e elegante — digo, e me calo. É informação demais.

Foi ideia de Sappho e de Gavin passar as crianças aos poucos da casa de Gwen — onde moravam desde a morte da mãe — para Apple Lee. Iam à mesma escola desde que eram pequenas, e eles tentaram não tirá-las de lá. No início passavam fins de semana e feriados com Gavin e Sappho e moravam com Gwen para poder frequentar a mesma escola. Aos poucos, convicta de que Gwen gostava de conforto e de que Isobel era influenciada demais por ela, Sappho foi tirando as crianças da avó. O ônibus escolar subia até Archway e passava pela rua de Apple Lee. Depois do último desentendimento com Gwen, Sappho passou a convidar as crianças para fazer um lanche — com torrada e Marmite — e depois ver televisão ou ir ao cinema, até ficar decidido que seria melhor se mudarem para lá, já que passavam mais tempo com ela que com Gwen.

— Você vai se arrepender desse aliciamento — avisei. — Deixe as crianças onde estão.

— Como assim, "aliciamento"? — disse Sappho, indignada. — Não estou "aliciando" ninguém. Estou só oferecendo torrada com Marmite. Estamos tirando os dois da influência de Gwen. Vão ficar muito melhor conosco. Estamos agindo com tato, para que a ideia pareça partir deles; ninguém os está forçando a nada.

Que seja. Eu tenho um senso de dever com meus netos postiços, não os culpo por não serem do meu sangue. É impossível não ter pelo menos alguma afeição por gente jovem que fica sob nossos cuidados. Se me perguntassem quem eu excluiria de um barco salva-vidas, a ordem seria a seguinte: Gwen, Gavin, Laura, depois Barnaby, Isobel, Arthur e por último Sappho, é claro. Mas provavelmente pularia fora do barco para ter certeza de que Sappho sobreviveria. Ela é *minha* filha, tem o meu sangue. As crianças têm precedência sobre Barnaby simplesmente por serem crianças; Isobel seria excluída antes de Arthur porque, simplesmente, o menino é mais simpático que ela. Às vezes ele até esquece e chama Sappho de "mamãe", o que sempre a agrada.

Isobel nunca a chama assim, refere-se à madrasta como Sappho, Sap, ou "sua mulher" ou "minha madrasta". Gavin aderiu ao hábito de chamá-la de Sap também, o que podia parecer carinhoso, vindo dos lábios vermelhos de Isobel, mas era simplesmente uma desconsideração; mas como Gavin também a chamava assim, não se podia fazer nenhuma objeção.

Depois da minha conversa desconcertante com Laura ao telefone ligo para duas amigas, que dizem que até onde sabem tudo vai bem na casa dos Garner. Alguém envolvido com a Liga de Proteção às Aves de Rapina diz que a organização recebeu uma doação de 25 mil libras de Sappho. Tudo vai bem. Laura é que está espalhando boatos, tentando criar problemas. Sappho está grávida, Laura não gosta da ideia. Quando as mulheres engravidam, todo tipo de hostilidade vem à tona. A vingança é minha, diz a obstetra com inveja da barriga, a parteira estéril, a amiga infértil, a mulher muito pobre que não pode ter outro filho, a amiga cujo marido fez vasectomia. Muita gente para dizer *por que ela e não eu?* E também a mulher que vivia uma relação simbiótica com sua querida empregadora, que conseguiu aceitar a chegada de um marido mas não conseguiu superar a ideia da gravidez. Laura sentiu-se abandonada e desertada por Sappho. Mas por que Sappho me falou tão pouco disso?

Há uma outra interpretação. Laura é uma mulher desprezada. Apaixonou-se por Gavin, fez uma investida, foi rejeitada, e então a raiva que sentia dele não teve limites. Isso também explicaria as alegações dela sobre Isobel, a próxima da fila na afeição do pai.

A dificuldade da condição humana é que, embora se saiba que dois é bom e três é demais, está sempre surgindo um terceiro elemento. A união Laura/Sappho é perturbada e estragada quando Gavin entra; e a união Gavin/Isolde é perturbada com a chegada de Sappho. Gwen decidiu que só a família é que conta; seu status baseia-se em uma ascendência que data da época do rei Arthur — e todos são levados a uma certa loucura, espero que temporária.

Alguns abençoados, como Arthur, parecem escapar da confusão por terem um temperamento plácido. Ele não herdou, graças a Deus, o cérebro dos pais. Se tivesse herdado, poderia ser autista. Pais com QI muito elevado — especialmente quando ligados à habilidade matemática — parecem produzir filhos autistas. Há também outra união que eu não posso negar: a união Emily/Sappho. Tentei até agora não me ressentir muito com Gavin, e sou positivamente magnânima com relação aos filhos dele.

Se eu pegasse um táxi agora poderia encontrar Isobel na saída da escola para ver o que ela teria a me dizer da situação. Mas talvez fosse interpretado como uma intromissão, e com razão. Ou poderia falar diretamente com Gwen. Por outro lado, se eu saísse do apartamento, Sappho poderia telefonar e não me encontraria. Estou sem o meu celular. Roubaram minha bolsa quando saía da estação de Hampstead, e lá se foi o celular e todos os números de telefone nele registrados. Além do mais, eu detesto confrontos. Quando você tem filhos, deve haver um momento em que os deixa livres para viverem sua vida, não é?

Tenho uma hora livre. Vou ler um pouco mais do Diário.

O texto que pego é escrito à mão, datado de 1995. Os escritores são bem confusos.

* * *

Diário de Sappho: 17 de outubro de 1995

Querido Diário,

Hoje foi o pior dia da minha vida. Fui com Isolde ao hospital. Ela andava se queixando de tosse, mas não ia ver o médico; quando finalmente foi, ele a mandou direto a uma clínica de pulmão fazer uns exames e agora querem que ela vá ver os pneumologistas no hospital. Isolde não quis que Gavin a acompanhasse, pois ele tem horror a hospital, a menos que seja para assistir a seus partos, o que lhe dá muito prazer. Então lá fui eu. Estou tremendo tanto que mal consigo escrever. Não posso acreditar. Deve ter havido um engano. Fiz esse comentário quando estávamos voltando de táxi do hospital, mas Isolde sacudiu a cabeça.

— Não, eles estão certos. Eu estou sentindo. São meus últimos dias de vida.

— Como assim, está sentindo?

— Eu sei. Você notou um corvo preto na cerca quando entramos no táxi? Foi um sinal.

Não sei bem se ela estava brincando ou não. Talvez estivesse em choque. A forma como o médico lhe deu a notícia deixaria qualquer um chocado.

— Você não deve pensar assim — falei. — Mesmo que eles estejam certos, e aposto que não estão, é preciso lutar.

— Besteira — disse ela. — Pense só. O que significa "lutar"? Por que gastar energia à toa? A doença sempre vence. E quanto mais rápido, melhor.

— Agora não é mais assim. Câncer não é mais uma sentença de morte.

— Mas é quando se trata de câncer de pulmão. E quando a metástase já atingiu a coluna.

— Como você sabe?

— Porque olhei os exames, idiota. — Eu notei que ela estava realmente chiando muito. Isolde fumava demais. Ela e Gavin. Eles enrolavam os próprios cigarros. — O prognóstico é de oito meses no máximo, se eu não me tratar.

— Mas você vai se tratar, não vai?

— Não — respondeu ela, num tom frio.

Isolde tem apenas 40 anos.

Quando chegamos ao hospital, um homem de paletó branco olhou os exames, mas nem a examinou; foi logo dizendo que ela tinha um câncer de pulmão, em estado terminal, e que decerto morreria em um ano. Mas que poderia tornar a situação mais confortável com radioterapia e quimioterapia. Talvez perdesse o cabelo.

Eu disse bobamente:

— Mas ela é Isolde Garner, uma mulher famosa.

O homem de paletó branco sacudiu a cabeça. Nunca tinha ouvido falar nela. Seus óculos antiquados estavam manchados, o rosto era rechonchudo e os olhos, pequenos. Ele não impressionava.

Então Isolde disse:

— Deixe de bobagem, Sappho, todo mundo morre.

Por algum motivo, comecei a citar o poema de Shelley, "Ozymandias rei dos reis". O médico deu de ombros; Isolde levantou-se e saiu da sala, batendo a porta com força. Segui-a e também dei de ombros, como minha mãe fazia para os outros, como que pedindo desculpas, quando eu era pequena e me comportava mal. Detestava quando ela fazia isso, e me detestei ao me descobrir fazendo o mesmo. É incrível como herdamos maneirismos.

— Ele gosta desse trabalho — disse Isolde. — Fica excitado quando informa aos pacientes que eles vão morrer. Só por isso escolheu a especialidade de oncologia. — Acendeu um cigarro. Um forte cheiro de maconha invadiu o corredor. Ela devia ter fumado muito antes de sairmos de casa.

Achei que Isolde estava sendo pouco caridosa. Talvez o médico não soubesse o que fazer, não tivesse sido treinado para dar más notícias, mas não falei nada. Estava chocada também, e sem ajuda de maconha. Ela tinha suas suspeitas, deveria ter pedido ao marido ou à mãe para acompanhá-la, não eu. Não era justo.

Essa ideia era mesquinha, mas eu não pertencia à família. E lembrei que minha mãe tinha dito que eles me exploravam. Não só eu cuidava das crianças como escrevia cenas de televisão para Isolde. Ela criava a história, que não era meu forte, é bem verdade, mas quando o diálogo não "funcionava" passava as páginas para mim e eu terminava. Muitas coisas que eu dizia para Gavin depois do teatro acabavam na coluna dele, e ele não me convidava nem para tomar um drinque no intervalo. Houve também o incidente da foto do maçarico, que saiu no nome dele e não no meu e ganhou um prêmio. Eram só 25 libras, mas mesmo assim ele podia ter me dado o crédito, ou pelo menos dividido o prêmio comigo. Eles me pagavam o mínimo que podiam. Por outro lado, Isolde me ensinou a construção dramática e Gavin me ensinou fotografia, de graça, e eu conheci pessoas influentes.

Em outras palavras, eu estava pensando em muitas coisas, menos na sentença de morte de Isolde. Era um absurdo, deviam ter inventado aquilo, tinham trocado as chapas, estavam acobertando sua inépcia; e Isolde tinha razão, o idiota de óculos antiquados e manchados se divertia com as más notícias, e provavelmente dizia o mesmo a todos os pacientes que passavam pelo seu consultório. "Bang, bang, você é uma mulher morta." Isolde voltaria para casa, contaria a Gavin e ele poria tudo no seu devido lugar.

Estou escrevendo isso na casa da minha mãe. Ela está ok, graças a Deus. Não chia nem tosse. Está um pouco infeliz porque acabou de mandar seu último namorado embora, e porque recebeu a conta de gás e ameaçou de novo vender Apple Lee. Mas é melhor não vender, a casa é minha, mesmo que eu não more mais lá. E também porque um dos seus pacientes que lhe foi enviado como suicida potencial acabou se matando mesmo, em uma garagem fechada, com o motor do carro ligado, e ela sentiu-se um fracasso. Mas não estou surpresa de ela ter se sentido assim, pois a mesma coisa aconteceu com meu pai, só que ele morreu em um acidente. Estava limpando a lama dos faróis do carro quando fomos fazer compras, deixou o motor ligado e a porta da garagem bateu e ninguém notou.

Não me lembro muito bem. Tenho certa lembrança de estar na garagem, alguém abrir a porta e um homem sair cambaleando lá de dentro; quando falei sobre isso com minha mãe, ela ficou zangada e disse que eu não estava perto da garagem naquele dia, e nunca mais mencionamos o acidente. Conversa-se muito nessa casa, mas as coisas importantes ainda não são faladas. É como se as pessoas preferissem esquecer ou quisessem pensar no assunto em outro dia.

Como a sentença de morte de Isolde.

Emily sente-se melhor

Pelo menos ela ficou contente de eu não mostrar sinal algum de doença. As filhas muitas vezes desejam que a mãe morra. Outro dos segredinhos sujos existentes na raça humana, os que alimentam o esforço e o capitalismo. Lembro que fui assistir ao *Mágico de Oz* com minha melhor amiga, Teresa, quando tinha 8 anos, e de cantar "Ding-Dong a bruxa está morta". Vi minha mãe como a bruxa, me senti culpada e contei para Teresa.

— Não — ela falou. — Por que acha que a bruxa malvada é sua mãe? Ela é minha mãe. Agora que está morta posso cuidar do meu pai direito.

— Mas é só um filme — eu falei. — Não é a vida real.

— Ah — disse ela, e corou. Depois falou: — Mas eu gostei da música.

Acho que essa foi uma das razões que me levaram à profissão que tenho hoje. Se Sappho já teve esses desejos secretos, livrou-se deles.

Não tenho nenhuma lembrança de um paciente suicida, o que é muito estranho. Talvez na minha aflição eu tenha dito alguma coisa a Sappho quando ela veio chorando para mim, depois que Isolde recebeu o diagnóstico de câncer; talvez tenha quebrado as regras e falado a ela sobre Rob. Sappho achou que eu estava falando de um paciente, não podia imaginar que eu estivesse falando de seu pai. Quando eu nego as situações, me esqueço; ou ela, quando nega, se lembra. Meu Deus, tantas cascas nessas cebolas, camada por camada. Tiremos as cascas e as lembranças chorando.

Talvez eu estivesse bêbada. É possível. Decerto estava aflita. Meu namorado tinha me largado e fiquei muito triste. A gente só sabe o que quer quando perde.

O nome dele era Harry. Ele queria casar comigo, o que seria conveniente, mas hesitei por tanto tempo que ele desistiu, conheceu outra pessoa e se casou. Uma perda irreparável, um psicólogo pesquisador com uma renda estável, complementada por palestras internacionais, bonitão, de seus 40 anos. Bebia um pouco, mas não muito. Naquela época eu bebia bastante.

Mas quem quer coisas convenientes? Todas as mulheres que conheço que se ligaram por conveniência separaram-se há muito tempo.

Pensando bem, Barnaby é uma reedição de Harry. Eu não deveria ter sido rude com ele. Talvez vá lá em cima pedir desculpas. Não queria que outra mulher oferecesse os espaldares das suas cadeiras para secar a roupa dele. Ursula, a aromoterapeuta do quarto andar, está de olho nele, mas ela não é muito brilhante. Ele não quer nada com mulheres pouco brilhantes. Ou pelo menos é o que diz. Ela tem 40 anos.

É muito mais fácil rejeitar do que ser rejeitada.

Além disso, Harry era um ótimo faz-tudo. Naqueles dias em Apple Lee a necessidade de um faz-tudo era imensa. Certa noite, quando ele voltou para a cama, disse:

— Estou sentindo um cheiro esquisito no banheiro. — Depois desceu e pegou umas ferramentas velhas de Rob. — Vou ver o que posso fazer.

— Por favor, agora não — falei. — Tenho um paciente às 9 da manhã.

Mas Harry, um compulsivo com toques de autismo, quebrou um canto do banheiro, descobriu que a madeira estava podre, com fungo por baixo, ligou o rádio e começou a cantar enquanto trabalhava. Eu não consegui dormir, nem naquela noite nem nas seguintes.

— Não tenho dinheiro para pagar operários — falei.

— Eu sei.

Ele arrancou as tábuas do chão, e lá se foi o teto da cozinha no ponto de encontro com a parede externa de Apple Lee. Ao perceber que o fungo tinha penetrado nos tijolos, foi abrindo para cima e para baixo, seguindo os filamentos, com martelo, formão e barras de metal — deixando uma bagunça horrível —, até encontrar o tubérculo. Era uma coisa monstruosa, parecia uma batata brotada no espaço, cheia de brotos enormes; mas era também uma coisa no coração, escondida no inconsciente, uma infecção que só percebemos, por acaso, quando temos a sensação de uma coisa ruim, muito ruim. É o fungo da alma. Então voltamos ao passado, descobrimos a infecção e retiramos a parte apodrecida e o fungo. Foi por isso que fiquei feliz quando saí de Apple Lee. Sappho que cuide daquele lugar, gaste dinheiro lá para tentar recuperar a casa e nos curar. Talvez agora ela finalmente tenha se cansado; o fungo espalhou-se demais, atingiu as profundezas.

Então fiz um empréstimo para pagar os operários. Eles encontraram mais e mais fungos e tiveram de arrancar a escada toda, e por aí foi: um lado da casa ficou aberto, e a conta de aquecimento foi enorme naquele inverno. A cada centavo que eu gastava na casa gostava um pouco menos de Harry, culpava-o por tudo aquilo. Como minhas pacientes culpam a mamografia pelo câncer de mama. É absurdo, mas compreensível. Fiquei adiando meu casamento com ele até que um dia os operários finalmente saíram de Apple Lee e ele me disse:

— Espero que você não leve a mal, mas eu conheci uma pessoa.

A "pessoa" era uma arquiteta que construíra a própria casa com todas as especificações. O relacionamento deles durou dez anos, e Harry hoje me visita e nós rimos dos velhos tempos. Sinto satisfação de dizer que Barnaby o detesta. Barnaby não é nem de longe um faz-tudo, graças a Deus.

Ainda não o amo, mas gosto muito dele. Espero o efeito da oxitocina, que afasta todas as dúvidas, mas nada acontece. Talvez eu seja imune a isso. Expliquei tudo a Barnaby no dia em que ele começou a falar em construir uma escada em espiral para ligar nossas vidas para sempre.

— Ah, não — garantiu Barnaby. — O amor é sempre possível em qualquer idade, mas é claro que o pico é no final da adolescência. Conheci uma mulher de mais de 90 anos que se apaixonou por um homem de 70 e tantos. Foi triste e difícil para ela compreender que não era mais tão atraente como seria uma mulher com um terço de sua idade.

— Bem, vou esperar — falei. Mas não era a resposta que ele desejava ouvir, pobre homem.

Explico às minhas pacientes que são vítimas de amor não correspondido que isso é apenas uma dependência neurótica, mas eu própria não consigo me curar dessa dependência. Se estou apaixonada por alguém, é por Rob, pai de Sappho, que já morreu. Parece uma declaração piegas, mas é verdade.

— Você precisa chegar a uma conclusão mais cedo ou mais tarde — costuma insistir Barnaby. Ele chegaria, pois é junguiano. Eu sou ruim para chegar a conclusões. As coisas simplesmente não acontecem. É como "lutar contra um câncer", uma ilusão confortante de que esforço e muito trabalho levam a alguma coisa. Mas não levam.

Prefiro o que Freud disse, mas eu não o faria: "Nós encontramos um lugar para o que perdemos. Embora saibamos que depois dessa perda a fase aguda de luto amainará, sabemos também que uma parte nossa continuará inconsolável e nunca encontrará um substituto. Por mais que preenchamos essa lacuna, ainda que completamente, a coisa permanecerá mudada para sempre." Não há meio de Barnaby metamorfosear-se em Rob.

Lembrei-me da noite em que Sappho chegou em casa chorando porque tinha levado Isolde ao hospital e voltado em um táxi com uma mulher à espera da morte. Eu estava tão envolvida em meus próprios problemas que não a ajudei muito. Essa é a maternidade.

Uma página perdida do diário. Vem logo antes da ida de Isolde ao hospital. Não vou ligar para Barnaby para me desculpar. É patético. Que o destino o empurre para os braços da aromoterapeuta lá de cima. Que seja.

Diário de Sappho: 11 de fevereiro de 1994

Isolde diz para eu tentar uma descrição, como se vê nos romances.

— Mas eu não quero escrever romances — falo. — Quero escrever peças de teatro, como você.

— Talvez você seja levada a formas inferiores de ficção durante a vida para ganhar dinheiro — diz Isolde. — E é diferente da descrição para o palco. Para começar, é mais longa. Você tem de construir uma imagem na cabeça do leitor, não só na cabeça da designer, que é treinada para entender as dicas do escritor.

— Então quando você escreve para a televisão, você descreveria este lugar, evitando artigos indefinidos para poupar espaço, como "casa de classe média de casal intelectual, com filhos pequenos, pôsteres de teatro nas paredes", e ela faz o resto. No teatro seria "casa de casal de dramaturgos com tendências intelectuais, não muito limpos", e uma equipe de artistas gays construiria o cenário.

— Exatamente. E por falar em limpeza, o chão da cozinha precisa de uma boa esfregada. Você vai precisar ajoelhar-se, Sappho, não basta passar um pano de chão com detergente. E não pense que por ser um romance precisa de muitos adjetivos e advérbios; não precisa.

Isolde está na cozinha comendo torrada com mel, sem prestar muita atenção. Uma gota de mel cai no chão e ela ignora. Logo depois, cinzas do seu cigarro caem também no chão, sobre o mel. Ela não liga muito para cinzeiros. Gavin é meticuloso. Quando Isolde se levanta, pisa no carpete e nem nota. Comparado ao chão do escritório, que é todo acarpetado, o da cozinha é trabalhoso. Pelo menos é ladrilhado. Só dá para ver as manchas no sol de inverno, mas ela vê tudo, nota tudo. Isolde é como minha mãe, mas não tenta se meter com o que vai pela minha cabeça, só quer que eu trabalhe mais na casa. É preferível.

— O que vou descrever?

— Use sua imaginação, Sappho, pelo amor de Deus. Qualquer lugar; este lugar, por exemplo.

Ok. Lá vou eu.

Os Garner moram em uma dessas mansões de tijolo vermelho divididas em apartamentos apalacetados, em Bloomsbury, como convém a um casal literário; perto de todos os eventos culturais, dos teatros e da Academia Real de Artes Dramáticas, onde Isolde ensina e Sappho estuda. O apartamento deles fica no térreo, e como há sempre alguém passando pela rua as janelas são gradeadas. Não é um apartamento muito alegre. Mas aparece muita gente lá porque é um lugar central, e isso é bom; Isolde e Gavin dão muitas festas e eu preparo os canapés. Gosto muito de fazer palitinhos de queijo. Artistas de teatro e de televisão são sempre convidados, mas também críticos, diretores e jornalistas famosos — os mais sérios são amigos de Gavin, e os meio hippies são amigos de Isolde. Todos fumam muito. Fotógrafos e equipes de filmagem entram e montam seus tripés e câmeras, pois Gavin é muito famoso, embora há muito tempo não publique um livro, e Isolde é mais famosa ainda. Gosto desse ambiente e faço bons contatos, mas muitas vezes tenho de levar as crianças comigo ao florista na Russell Square para comprar flores para o set.

Sim, desculpe, voltemos ao apartamento. Seu aspecto físico. Há um longo corredor central com portas para os quartos, e os quartos à direita, quando se veem da porta da frente, são bem escuros; no inverno, os quartos da esquerda são sempre frios e pouco iluminados, mesmo em um dia ensolarado, por causa das grades. Há um boiler velho, de 1910, e o aquecimento central é barulhento e não chega à cozinha. As crianças andam de velocípede para cima e para baixo no corredor. Minha mãe aparece de vez em quando para me ajudar e diz que aquela casa lembra o filme *O iluminado*.

— O quê? Com sangue seguindo-os pelo corredor? — eu digo. — Que ideia!

— Uma imagem muito menstrual — ela diz.

Às vezes acho que seria melhor não contar com sua ajuda. Ela não gosta muito dos Garner e acha que eles me exploram. Está com ciúmes, penso eu. Por um lado, quer se livrar de mim e viver sua vida em paz, ter seus amantes e dar gemidos na cama sem se preocupar se eu ouço. Mas por outro, eu sou sua única verdadeira companhia, nós fazemos coisas juntas e ela não se sente solitária.

Posso dizer que sou uma escritora de peças de teatro, não uma romancista, pois deixo de lado os lugares e as coisas e passo imediatamente para os sentimentos e as tendências. Vou parar com isso.

A casa não tem um jardim. É um lugar ruim para crianças, mas, para ser franca, os filhos não vêm em primeiro lugar na lista de prioridade desses pais. Eles partem do princípio de que os filhos vão se tornar a próxima geração de gênios pelo simples passar do tempo e pelos talentos de limpeza e de culinária de uma sucessão de meninas como eu, mas duvido que as outras tenham sido convidadas a fazer revisões ou a deitar no gramado da charneca, esperando os pássaros passarem para tirar uma foto. Às vezes eu levo as crianças a Apple Lee para elas brincarem no jardim, 15 minutos de ônibus ladeira acima, e para tomarem um pouco de ar fresco. Elas adoram o jardim, e a macieira da frente deixa-as entusiasmadas.

— Adivinhe no que estou pensando — é a brincadeira de adivinhação de Arthur quando o ônibus vira a esquina lá embaixo.

— Maçã, maçã — responde a pequena Isobel, estirando os bracinhos para vir para meu colo.

O comentário de Emily

Nenhum comentário. Só que Sappho deve mesmo ter colado o ouvido na parede para conseguir ouvir alguma coisa.

* * *

Diário de Sappho: 18 de dezembro de 1995

Vou contar o que aconteceu como se fosse uma cena de televisão. É menos doloroso.

INT. SALA. DIA
Isolde e Gavin estão na cozinha abraçados. Sem as crianças.

GAVIN: Precisamos de uma segunda opinião, é claro.

ISOLDE: De que adianta? A resposta será a mesma. Eu sinto isso. Quando entrei no táxi, um corvo sentou-se na cerca e olhou para mim. Então eu soube. Tudo bem. Não me arrependo de nada. Nem mesmo dos cigarros.

Isolde vai até a estante e pega um envelope com fotos. São fotos dela própria, em programas de televisão e na mídia nos últimos dez anos. O rosto pálido e bonito rodeado por um halo de fumaça, os dedos lânguidos e elegantes segurando um cigarro. Ela é uma espécie de Virginia Woolf, se Virginia tivesse nascido bonita. Gavin está em algumas das fotos, encostado nela, inspirado e consciente de seu direito: alto, forte, como Ted Hughes, infinitamente masculino.

ISOLDE: Mas você não vai me deixar, não é?

GAVIN: Eu nunca a deixarei.

ISOLDE: E vai cuidar das crianças.

GAVIN: Isolde...

ISOLDE: E quero que se case de novo.

GAVIN: Isolde, pare de me dizer o que fazer. Você sabe que detesto isso.

ISOLDE: Que bom que você aceitou. Então vamos continuar como antes, como se nada tivesse acontecido. Como se eu nunca tivesse ido ao hospital. Quando me sentir doente, vou tomar uma ou duas aspirinas. Se não puder mais receber os convidados de pé, posso recebê-los sentada ou deitada na cama. Será até glamouroso. Tocaremos Verdi, *A dama das camélias*.

GAVIN: Mas assim você vai parecer uma cortesã. Que tal a *Traviata?*

ISOLDE: Ela também era uma cortesã.

GAVIN: Como você vê, é impossível uma boa esposa morrer.

ISOLDE: De qualquer modo, ouviremos Verdi ao fundo.

Corte para Gwen.

GWEN: É impensável. Ninguém na nossa família teve câncer. Problemas de coração sim, mas câncer não. Se alguma coisa acontecer, vou cuidar das crianças. Você sabe disso. Por que você disse, Isolde, que ele deve se casar de novo? Quem vai querer um homem com dois filhos? Alguém como Sappho? Aquela menina boba e neurótica, com uma mãe psicanalista cheia de ideias esquisitas? Você deve estar brincando. Não que eu não a ache capaz de pensar nisso, Sappho é uma menina sonsa. Afinal, o que aconteceu com o pai dela? Dizem que a mãe o levou ao suicídio com sua vida promíscua. As crianças têm ficado muito com ela, mais do que deveriam. Só Deus sabe que ideias essa menina está pondo nas preciosas cabecinhas delas. Você deveria pensar mais nos seus filhos e menos na sua carreira boba. A que seu trabalho leva? A uma porção de conversas vazias. Tudo isso é bobagem, uma preocupação fantasiosa sua, Isolde. Não é justo com seus filhos e muito menos comigo. Se você realmente pensa que está doente, vá ver um médico particular. Esses médicos de hospital público dirão qualquer coisa para poder preencher os formulários. Alguém pode desligar essa música horrível? Detesto Verdi.

Sim, Querido Diário, houve uma referência direta à morte do meu pai, que ficou na minha cabeça e tirou várias outras coisas de lá de dentro, até mesmo aquele dia horrível. Gwen disse que havia um boato de que meu pai se suicidara por causa da vida promíscua da minha mãe. Isso definitivamente está fora de questão. Meu pai morreu em um acidente. Estava limpando o carro na garagem e a porta trancou por fora. Se há um boato, foi Gwen quem o criou. Aquela puta! Minha mãe não mentiria para mim sobre uma coisa dessa importância. Ele pode ter tido uma depressão aguda, e isso é genético. Gostaria que Gwen gostasse mais de mim. É horrível ser detestada por alguém. Eu quero ser amada universalmente.

De volta à cena de Gwen. Continuando.

GWEN: E o que vai acontecer comigo? Como vou me sustentar? Meu aluguel subiu de novo. Não vou encontrar nada mais barato em outro lugar. Esta é a minha casa. Eu nasci em Kensington e vou morrer aqui. Não é minha culpa se meu aluguel antigo subiu de repente para preço de mercado, ou seja, quatrocentos por cento. Eles não têm direito de fazer isso. Vou abrir um processo, é claro. Não, não vou vender nenhum dos meus "tesouros", como vocês dizem. É uma época ruim para vender. Eu só conseguiria metade do preço que valem. Eles representam minha pessoa e tudo que sou e sempre fui; não vou me vender por migalhas. Espero que você tenha um bom seguro. *[Pausa.]* Eu falei que você fumava demais.

ISOLDE: Pobre Gwen, ela entra e sai da negação dos fatos.

GAVIN: Enquanto nós nos mantemos firmes na negação, não é?

ISOLDE: Acho que sim. Por que não? Eu quero que você eduque as crianças, não Gwen. Não quero que meus filhos venham a ser dois idiotas. Mas como pode cuidar deles e ao mesmo tempo ganhar a vida? Que tal se casar com Sappho quando estiver tudo terminado? Ela é boa para as crianças, e sei que você gosta dela.

Isolde olha para o chão ao dizer isso, e umedece os lábios. Não como sua mãe — com um toque de prazer e autocongratulação, como se realmente gostasse de magoar alguém —, mas como uma criança fazendo um grande esforço. Os braços de Gavin passam em volta de Isolde de novo.

GAVIN: Isolde, Sappho é uma menina brilhante, bonita e muito jovem, mas eu não gosto nem um pouco dela. Meninas jovens me cansam, você sabe disso. Não têm nada na cabeça.

ISOLDE: Essa tem. E não quero passar o resto da minha vida sentindo ciúmes. Se eu nomeá-la minha sucessora, tudo bem. Então, por favor.

Entra Sappho, de mãos dadas com Arthur e Isobel. Sappho ouve a última parte da conversa, mas o resto ela deduz. O casal fica em silêncio.

Corta para Isobel, com quase 3 anos, correndo para Gavin e agarrando-se aos seus joelhos com os bracinhos finos e translúcidos, tentando afastá-lo da mãe. Ela faz muito isso.

ISOLDE: Papai, pare de falar com a mamãe.

Fim da cena.

Lembro-me de Isobel dizendo isso, mas o resto eu deduzi. Juntei todas as pecinhas e construí uma cena. Por pouco mais eu não estaria na sala, mas essa é a arte da dramaturgia. A gente faz conexões. Devo ter ouvido umas partes. Os Garner não eram o tipo de gente que não fala na frente dos empregados. Eram orgulhosos demais para ter segredos, senão pareceria que tinham vergonha de alguma coisa, e na sua cosmologia não havia nada de que se envergonhar. Há um planejamento para depois da morte de Isolde. A ideia de que Gavin deveria se casar comigo vem a minha cabeça de tempos em tempos e desaparece de novo. É só uma especulação. Gavin uma vez disse a Isolde que eu era bonita e inteligente, mas não disse para mim. Fiquei contente, pois nunca sabemos bem o que eles pensam de nós. Quanto a ela ter ciúmes de mim, se for verdade e não só para implicar com Gavin, é porque eu tenho a vida pela frente e ela não. Pelo menos é o que sinto. Não gosto de pensar que Gavin tenha desejos sexuais. Então penso em outras coisas depressa. Deve ser isso que chamam de "tabu". Vou pedir a minha mãe uma definição mais clara. O que não quero mesmo é ser considerada sucessora de Isolde, com um casamento arranjado. Tenho minha própria vida para viver, graças a Deus. Imagine se eu me deitaria na cama dela assim que esfriasse! Que horror!

Isso me choca. É como se eu estivesse me livrando dela. Na verdade, eu amo Isolde. Se lhe desse um abraço, ela pararia de falar sobre essas coisas. Tenho bastante coragem por nós duas. Acho que estou atordoada. Minha cabeça gira sem parar, não sei bem se sinto ressentimento ou gratidão, ódio ou amor.

Na maior parte do tempo é difícil lembrar que Isolde vai morrer. Ela se ocupa com pequenas coisas e conversa como sempre, só que às vezes tem espasmos de tosse; no armário do banheiro há pilhas de analgésicos e remédios para diversas finalidades, algumas legais e outras não. Creio que ela realmente pretende continuar a viver como se nada estivesse acontecendo. Não vai tentar se tratar, nem prolongar sua vida. Não parou de fumar.

— Ela está abraçando Tânatos, o deus da morte — disse minha mãe. Isolde não está abraçando ninguém, está morrendo. Parando. Desaparecendo.

Hoje, enquanto as crianças estavam na escola, passei umas duas horas telefonando para convidar amigos e conhecidos dos Garner para um jantar no domingo à noite. Eles querem que eu fique para ajudar e eu disse que ficaria, mas um sujeito chamado Martin está querendo me levar a uma festa. Se eu não for, espero que Martin encontre alguém que vá para a cama com ele, o que eu não faria. É isso aí. Não me importo muito de perder Martin, e Isolde está morrendo, então acho que vou ficar ao seu lado enquanto ela viver. Ela é uma mulher maravilhosa, original, corajosa e talentosa, não posso deixá-la.

Estou um pouco desapontada com Gavin, pois ele não fez com que as coisas saíssem bem, mas ele não é Deus.

A lamentação de Emily

Ora, eu lamento, também.

Ela não se importava muito de perder Martin! Meu Deus! Essa menina está maluca? (Não, não faça essa pergunta.) Eu me lembro de Martin. Ele tinha um título, mas não me recordo qual, muito dinheiro, e era apaixonado por Sappho. Um rapaz extremamente agradável, estudante de arquitetura, que vivia passeando com seu cachorro, um collie preto e branco. Se ela tivesse ido à festa, poderia ter se casado com ele e escrito um diário completamente diferente, que deixaria comigo em um momento de crise. A forma como o acaso afeta a vida dos jovens é apavorante. Que bobagem! O acaso afeta todos nós. Lamentos não adiantam. Se eu tivesse tomado outro caminho para casa quando Sappho tinha 3 anos, se não tivesse feito compras com ela, se não tivesse visto um chapéu de lã com listras vermelhas e azuis e entrado para experimentar, talvez tivéssemos chegado em casa a tempo de salvar Rob. Se, se, se. Se isso, se aquilo. Não adianta.

De onde veio o boato de que a morte de Rob não foi acidental? De Gwen? Como ela poderia saber? Nunca falei sobre isso, a não ser quando tentei contar para Sappho e ela me entendeu mal, por acaso ou propositadamente. Mas no passado alguma coisa deve ter escapado, pois o segredo é pesado demais para mim; talvez eu tenha dito a verdade no ouvido de algum amante, para ser consolada ou para me desculpar pela minha bebedeira.

— Eu sou viúva, como você sabe. Meu marido se matou.

E quem quer que tenha ouvido fingiu estar interessado, mas é claro que não estava. Harry interessou-se ligeiramente, mas ele se interessava por tudo. Se houvesse mofo na casa, ele não descansaria enquanto não descobrisse a fonte e a extirpasse, como um terapeuta preocupado com uma neurose. Aliás, ele poderia ser considerado um legítimo terapeuta "faz-tudo". Não deixa de ser admirável.

— O marido da minha última namorada suicidou-se — Harry talvez tenha dito para minha sucessora, a arquiteta. — Enfiou a mangueira do exaustor pela janela do carro, ligou o motor e ficou sentado lá dentro.

— Por que ele quis se suicidar?

— Acho que ela o levou a isso, pois dormia com todo mundo, mesmo quando estava casada.

— Como você sabe? — teria perguntado a arquiteta.

— Porque ela me contou — ele teria dito.

E teria falado meu nome, pois na época uma de minhas clientes mais famosas era a estrela de um filme, com o nome nos jornais, e eu me tornei de repente famosa também. As pessoas se gabavam de me conhecer.

E quando Gwen desfilou como modelo para mulheres idosas em um show beneficente de moda na Associação de Arquitetura e conversou com uma arquiteta que estava sentada na primeira fila, meu nome veio à baila, e a arquiteta disse:

— O marido dela se matou e ela conseguiu guardar segredo da filha.

Sim, é possível, mas pouco provável.

Gwen decerto inventou tudo. Não gostava de mim, como não gostava de Sappho, e talvez se identificasse muito comigo. Também perdeu o marido quando a filha ainda era pequena, mas por divórcio, não por morte. Talvez desejasse que ele tivesse morrido ou, melhor ainda, se suicidado. Talvez estivesse projetando desejos proibidos em mim.

Mesmo assim era aflitivo; graças a Deus Sappho não levou a sério o que ela disse, pelo menos daquela vez. Supôs que Gwen estivesse errada. Era um bom dia para enterrar más notícias, como disse um assessor político em 11 de setembro.

Agora Gwen vive com suas mágoas no apartamento de Kensington, onde ninguém pode se mexer de tanto medo de quebrar uma peça antiga de vidro da Assíria, que vale 3 mil libras, ou deixar cair no chão um besouro especial que vale 8 mil. Pelo menos é o que ela diz que valem. Como se pode saber? Ela vive com medo de que as traças comam seus suéteres de cashmere. Não imagino como as crianças a aguentam, mas elas parecem gostar da avó.

Considero a convicção de Gwen de que Sappho não é bem-intencionada uma projeção direta. Ela própria raramente era bem-intencionada na juventude. Exigia presentes, mas não dinheiro, dos homens ricos e importantes que ficavam em volta das modelos mais famosas. Especializou-se em colecionadores de arte e antiquários. O pai de Isolde era um joalheiro libanês. A mãe se fazia passar por nobre, mas na verdade não sabia como se comportar.

Um pensamento terrível me ocorre. Telefono para Barnaby. Ele já está na cama. Pelo menos não foi encontrar-se com a aromoterapeuta do andar de cima. Outra verdadeira fantasia. Ele me fala para subir, e lá vou eu.

— Barnaby, como é essa coisa de aluguel protegido aqui na Inglaterra? Eles podiam realmente aumentar o aluguel em quatrocentos por cento da noite para o dia em 1995?

— Os locadores podem fazer qualquer coisa. Provavelmente.

— E é Sappho quem está pagando a conta?

— Não podemos falar de outra coisa que não seja Sappho? De nós, por exemplo?

— Não. No momento, não. Qual seria o aluguel de mercado de um apartamento de quatro quartos em Kensington?

— Astronômico. Qualquer pessoa de bom-senso teria se mudado há muito tempo, mas não Gwen. Então é perfeitamente possível que Sappho pague seu aluguel, e em troca ela fica com os netos. Mas Sappho pode pagar, não pode? Por que a pergunta?

— Outra coisa. Você já ouviu alguém falar que Rob cometeu suicídio?

— Rob? Seu primeiro marido? Temos de falar sobre ele agora?

— Meu único marido. Sim. Nós não vamos fazer sexo hoje, portanto é melhor conversarmos.

— Mas ele morreu há mais de trinta anos. Por que haveria boatos agora?

— Porque eu ia a festas, e às vezes a gente fala demais. Esquece as conveniências, mas não por completo. Eu tenho um superego forte, o que aconteceria com meus pacientes se não tivesse? Isso nunca os afetou.

— É claro que não. — Ele está sendo irônico? — Você é um ser social, só isso. Ia a festas, bebia demais, escolhia homens para se divertir, para distrair-se da sua tristeza de ser viúva, contava-lhes tudo e esquecia na manhã seguinte. Eu sabia que ele tinha morrido, mas não que tinha se suicidado. Como foi?

Eu conto a história.

— Não houve testemunhas. Um policial pôs abaixo a porta da garagem para nós e encontrou Rob lá dentro.

— Nós? Você e Sappho?

— Meu Deus, é claro que não: eu e Mary, a faxineira. Sappho era pequena e estava diante do espelho do hall experimentando o novo chapéu de lã. Não pode ter visto nada, a não ser que o que ficou impresso na minha cabeça tenha ficado na dela também.

— Uma espécie de fantasma. Entendi.

— Não tem graça. Nada disso tem graça. As crianças são muito telepáticas.

— De qualquer forma, não foi culpa sua, se é o que está querendo estabelecer. Eu aceito. O que vocês viram?

— O policial abriu a porta do carro e um corpo caiu no chão. Era Rob. Quando Sappho era pequena e me perguntava sobre "o homem que tinha caído do carro", eu dizia que era uma história da televisão, ou um filme, ou uma história que lhe tinham contado.

"A explicação mais simples é em geral a melhor. Sappho viu. Como uma regressão a vidas passadas. Como uma pessoa hipnotizada conhece o traçado da rua de uma cidade medieval? Resposta: ela viu em um livro da estante do pai.

"O pianista brilhante tragado pelo mar, um amnésico, na verdade era um albanês comum em busca de asilo e pianista medíocre; os círculos de colheita nos campos são feitos por trapaceiros e não por alienígenas; e os óvnis são... o que quer que sejam. Como a vida é decepcionante."

— Que bom estarmos falando sobre uma coisa que não sua família, Emily. Posso acariciar sua perna?

— Não, se acariciar minha perna vai ter expectativas, e expectativas levam a desapontamento.

Eu me senti como meus pacientes se sentem quando falam sobre uma coisa sem importância, em vez de enfrentar o problema em questão — eu voltei das compras com Sappho, chamei Rob e não tive resposta; perguntei a Mary se ela o tinha visto e ela disse que não, que talvez estivesse na garagem. E estava mesmo. Só que morto.

— A mesma garagem onde Harry encontrou as ferramentas para examinar o fungo da casa?

Então Barnaby ouve algumas das coisas que eu digo.

— Sim. Mas Sappho mandou demolir a garagem e aumentar a estufa. Quando ela era pequena tinha-se de passar pela cozinha para ir à garagem. Em geral Rob deixava a porta aberta quando estava trabalhando lá, mas naquele dia estava fechada. Eu ouvi o motor do carro ligado e girei a maçaneta, mas a porta estava trancada por dentro.

— Então não foi a porta que bateu.

— Fiquei assustada e corri para fora para tentar ver alguma coisa pela janela, mas só vi prateleiras com latas de tinta velha, pedais sobressalentes de embreagem, jornais amarelados, coisas assim. Um policial estava passando... naquela época isso acontecia... e eu o chamei; ele entrou e deu um bom empurrão na porta da garagem, que cedeu com facilidade, porque a madeira estava podre. Foi até o carro, abriu a porta do motorista, e eu soube o que veria em seguida: o corpo de Rob caindo no chão.

— Você passou por Sappho quando correu para fora?

— Por que está tão interessado de repente?

— Achei que você queria que eu me interessasse.

— O policial era bem velho e tinha uma cara de gente boa. Era um homem bom. Mandou que entrássemos em casa e nós entramos. Sappho estava na cozinha dançando com seu chapeuzinho de lã. Quando ele voltou, falou de um "terrível acidente". De alguma forma fez vista grossa ao comprimento da mangueira que teria ligado o exaustor à janela do carro. Eu nunca soube ao certo. No relatório escreveu que havia encontrado Rob estirado no chão em frente do carro; decerto estava tirando a lama dos faróis, a porta da garagem bateu e ele não notou. Houve um inquérito, um veredicto de morte acidental e uma advertência de que nunca se deve deixar o motor ligado em um recinto fechado.

— Foi muita gentileza deles — disse Barnaby.

— Como assim "gentileza deles"?

— Suicídio é tão contagiante quanto sarampo. Um se mata e os outros também. Eles foram gentis com você.

— Mas eu podia ter visto mal.

— Você disse que a porta estava trancada por dentro. Então andou por aí se embebedando e confessando para estranhos que seu marido cometeu suicídio, para aliviar sua culpa. Quando realmente não tem nenhuma ideia do que se passou.

Saio da cama e me visto.

— Emily — diz Barnaby —, eu gostaria que você ficasse sossegada em um lugar. Como vou conseguir dormir?

Estou realmente chorando por causa do diário; não por ela, mas por mim. Não há como escapar, mesmo que Barnaby tente me ajudar. Rob se matou, por mais que eu esperneie. Sappho presenciou as circunstâncias da morte e, se ligou a lembrança à razão, conseguiu descobrir o que aconteceu, não acreditou nos relatórios gentis do médico-legista. Ela não gostaria muito de mim se descobrisse. Nem de Rob, que tirou a vida que Deus lhe deu. Suicídio é mesmo contagiante. E Sappho saiu no meio da noite — ou melhor, no meio da manhã — com um aspecto horrível. Por que a nova geração é contra esquecer? Eles acham que têm direito de saber a verdade, toda a verdade e só a verdade, saber das insanidades da família, tendências genéticas, circunstâncias do nascimento, e assim por diante, o que a geração mais antiga achava por bem esconder. Eu — ou pelo menos meu simulacro, a boneca falante interativa, que foi só o que restou quando Rob morreu — sempre achei melhor dizer inverdades, meias verdades e mentiras diretas em vez da "verdade". Especialmente para mim mesma. Meu nível de ansiedade é tão alto que tenho de tomar remédio para dormir.

Não sei por que Rob fez o que fez. Ou será que simplesmente esqueci disso também? Ele parecia bastante alegre na última vez que o vi. Os faróis do carro estavam enlameados, foi o que disse. Tinha chovido, ele não podia ver com clareza a estrada em frente. Rob não era por natureza cuidadoso com carros: não aspirava o interior, nem dava polimento na lataria, como os orgulhosos suburbanos fazem. Suas últimas palavras para mim foram que ele precisava enxergar melhor. Será essa a declaração de alguém com tendência ao suicídio? Ou de alguém que descobriu casualmente que sua esposa lhe é infiel com frequência? Ou simplesmente de alguém que se sente mais seguro se os faróis do carro iluminarem bem a estrada adiante? Isso ocorreu há muito tempo, na idade da infidelidade. Todos agora estão velhos e grisalhos e muitos morreram. Hoje eu só saio com um homem de cada vez. Aprendi minha lição.

Rob me deixou um bom seguro, e o veredicto do médicolegista, de morte acidental, não deu escolha à companhia senão pagá-lo. Apple Lee estava caindo aos pedaços, para a tristeza dele. Eu pude usar o dinheiro recebido pelo menos para refazer o telhado, a fiação, o jardim e outras coisas mais. (Não encontrei o fungo naquela época.) Talvez Rob tenha se matado para salvar a casa, e me encarregado de fazer isso. Não sei. É a casa de sua família há várias gerações. Será que ele pensou que sua vida valia menos que Apple Lee? Os homens são uns loucos, me desculpem, é bem possível. Dr. Shipman, o assassino em série, enforcou-se na prisão para que sua esposa recebesse seu seguro de vida. Mas Rob era um homem honrado, não um assassino em série.

Eu sempre me consolei com o fato de que o bom astral de Sappho a salvaria de qualquer intenção suicida contagiosa, mas é claro que me preocupei. Filhos de suicidas em geral acabam no mesmo caminho. Será que um pai se preocupa com a possibilidade de seu filho resolver tirar a própria vida? Rob morreu na mesma casa em que nasceu. Sua mãe morreu atropelada na estrada: atravessou em frente a um caminhão em movimento quando estava passando férias na Espanha. Coisa fácil de acontecer com um turista que olhe o trânsito na direção errada. Mas quem diz que a direção em que ela olhou era errada? A mãe de Rob, avó de Sappho, e Sappho agora grávida. Meu Deus, é uma preocupação mortal.

Durmo, mas acordo cedo, e quando amanhece levo a sacola do Waitrose para minha cama.

Diário de Sappho: 23 de fevereiro de 1996

Foi uma boa festa aqui na Mansão. Eu bebi muito. Fiz coquetel de champanhe para todos do jeito que eu gosto, com dois cubos de açúcar, não um só, e muito conhaque. Peter Hall apareceu só por um instante, Kenneth Branagh também, um bando de gente do filme *Assassinos por natureza,* o editor do *TLS,* um dramaturgo de Nova York, as costumeiras esposas e amigas, e umas garotas de pernas compridas e saias curtas, para quem todos os homens olhavam. Eu era a única para servir as bebidas, pegar os casacos e abrir a porta. Se tivesse tempo e dinheiro poderia me tornar uma dessas garotas atraentes, mas pensando bem isso me tomaria tempo demais. É claro que escrever meu diário me toma horas. Estou preocupada demais para fazer as unhas, usar um penteado exótico ou cheirar um pouco de cocaína a fim de ser a estrela da festa. Ninguém foi embora antes de 1 da manhã.

Isolde usava um vestido novo cinzento — está tão magra que o vestido lhe caiu muito bem; ela tinha quadris largos antes de ficar doente — e umas pérolas verdadeiras que pegou emprestadas de Gwen (como se podia ter certeza de que eram mesmo verdadeiras?). Gavin e ela riram e conversaram a maior parte do tempo, como se não houvesse nada de errado. Eu cheguei a achar que talvez a cena do hospital tivesse sido uma espécie de pegadinha comigo. Que esperança boba!

Por volta das 11 horas Isolde saiu da sala. Fui atrás dela e encontrei-a na escada com um acesso de tosse e a mão longa e bonita no peito. Pediu um copo d'água, e quando voltei a tosse tinha parado e Gavin estava sentado ao seu lado com a mão na testa dela. Os dois choravam.

— Vou acabar com isso antes que fique muito ruim — disse ela. — Você me entende?

— Deixe de ser boba. Quero você comigo até o último instante.

Em cinco minutos os dois voltaram para a festa como se nada tivesse acontecido. Creio que as coisas vão continuar assim.

Eu escreveria a cena da festa como uma peça, mas há personagens demais. A verdade vem mais facilmente quando se torna um drama, dá para ver o que está ocorrendo. Tudo que é inventado é aguçado e significa alguma coisa; tudo que é "real" é fortuito e tem de ser peneirado para se chegar à verdade.

As crianças passaram a noite com Gwen. Elas gostam muito de ficar lá, não sei bem por quê. Têm de comer nas horas certas e não podem deixar nada no prato. Hoje de manhã foram à igreja, mas acho que não rezaram pela mãe, pois ainda não sabem de nada. Na casa de Gwen não podem correr pelos corredores gritando, como fazem aqui; têm de passar com cuidado entre *objets d'art* e coisas frágeis que não podem ser tocadas. Os dois parecem se divertir lá, talvez por ser uma novidade. Isobel é naturalmente precisa e cuidadosa nos seus movimentos, puxou a Gwen, mas Arthur é barulhento e desastrado. Consegue cair por cima dos móveis e quebrá-los. O quarto em que se guardam as coisas é cheio de cadeiras de três pernas e laterais de mesa lascadas, à espera de um marceneiro que nunca vem. Isolde e Gavin não acreditam em disciplina, e eu não tenho permissão de lhes dar umas palmadas, embora às vezes sinta vontade. Isobel já sabe ler, mas Arthur ainda não conhece as letras. Porém, ele é uma delícia de menino, e Isobel... não sei, espero que melhore.

Isobel é do tipo carinhoso que chupa o dedo e tenta sempre enroscar-se no colo do pai. Fica se remexendo o tempo todo, o que deixa Isolde irritada.

— Pare com isso, Isobel!

— Não estou fazendo nada — diz ela, olhando para a mãe com olhos sorridentes, que na verdade não estão sorrindo. É sua resposta favorita ultimamente.

— Ela ainda é pequena — diz Gavin —, pelo amor de Deus! — Mas ele se levanta, quando o orgulho permite, pega seu isqueiro e tira a menina do colo.

De repente, Isobel vai para junto da mãe, balança a cabeça quando o pai se aproxima e diz:

— Sai daqui, papai.

— Mas é isso que as crianças fazem — diz minha mãe. — É um comportamento normal das crianças pequenas; estão descobrindo a diferença entre os sexos. Ora apegam-se ao pai, ora à mãe, a seu bel-prazer; é uma parte importante do desenvolvimento psicossexual. É preciso saber disso. O pai e a mãe terão ciúmes um do outro.

— Você quer dizer que dois é bom, três é demais.

— Em resumo, Sappho. Você é boa em resumos.

Nunca sei se ela está me aprovando ou caçoando de mim.

— Então com mães solteiras é mais fácil?

— Sim, mas para os filhos é mais difícil. Eles só têm um sexo para descobrir.

Posso entender por que as pessoas se cansaram de Freud. Obrigada, mamãe, você perdeu o meu pai e eu me ferrei. E minha mãe não é a favor de padrastos, acha muito confuso para a criança. Ela uma vez me disse que foi por isso que nunca se casou de novo. Obrigada pela culpa, mamãe. Tudo falha minha, não dela. Pessoalmente, acho que é porque o casamento restringiria suas atividades sexuais.

Emily reage

Ok, ok, eu aguento, você tem razão, Sappho. Desculpe, ok?

Diário de Sappho: 24 de fevereiro de 1996

Querido Diário,

Hoje de manhã eles fizeram amor. Tentei não ouvir, mas as paredes são finas e eu não queria me levantar para fazer café, estava muito cansada. Levaram um tempão nisso. Deve ter sido bom. Movimentações, sussurros e gemidos, pois eles sabem que estou no quarto ao lado. Imagino como é ser ela, e imagino como é ser ele. Ou talvez eu não queira saber, quero ouvir, mas não quero fazer. E se eu detestar? Não é de admirar que eu tente afastar os homens. Não conheço ninguém da minha idade que ainda seja virgem, acho que minha mãe tem razão de preocupar-se com meu desenvolvimento psicossexual. O que adianta? Talvez eles queiram que ela tenha um bebê antes de morrer. O médico lhe deu um ano, mas creio que não se pode ser tão preciso assim. Talvez tivessem de arrancar o bebê do útero, como César, ou seria que foi Macbeth? Eu podia contar suas pílulas anticoncepcionais para ver se ela parou de tomá-las, mas não sou esse tipo de pessoa, nem com objetivo de pesquisa.

Quando eles terminaram eu me levantei, espremi umas laranjas e tomamos o café da manhã juntos. Gavin pediu minha opinião sobre *Here Comes a Chopper*, de Eugène Ionesco, que nós dois tínhamos visto na semana anterior. Eu na galeria, ele na segunda fila da plateia. Ele estava confuso. Era um fácil conflito de classe, disse, na verdade ele era um personagem de Tchekhov, possivelmente com um ligeiro traço de Ibsen. Eu falei que os menos privilegiados adorariam isso — como eu adorava —, e citei uns anagramas de Ionesco, Sheridan e Arthur Miller. Ambos olharam para mim e Gavin disse:

— Essa menina merece um aumento!

Mas é claro que não me darão. Eles sempre encontram razões para não gastar dinheiro. Depois começaram a fazer seus próprios anagramas.

P.S.: Hoje à tarde o pássaro preto estava de novo em cima do muro. Gavin tirou seu rifle 22 do armário de seu escritório, foi lá fora e atirou nele. Algumas cortinas de renda foram arrancadas da barra, mas só isso. Os moradores dos apartamentos apalacetados eram bem mais velhos. O homem acima de nós tem uns 90 anos e é surdo como uma porta, o que lhe traz vantagens, pois não houve a barulhada de Arthur. Gavin, o homem dos pássaros, matando um pássaro! Fiquei chocada. Ele pegou a ave pelas pernas, toda ensanguentada, e a jogou na lata de lixo. Disse que esse tipo de pássaro é diferente. Tem de ser abatido, senão toma conta de tudo. Tenho certeza de que era um corvo. Na mitologia os corvos são astuciosos e criadores — escritores, em outras palavras —, não arautos da morte. Espero que Gavin não tenha cometido uma heresia.

A análise de Emily

Na verdade, sonhar com um corvo é sonhar com o órgão sexual masculino, segundo Freud. Não sei por que Sappho é tão resistente a todas as coisas freudianas. Ela é perfeitamente inteligente. Isobel fica se enroscando no colo do pai para desafiar a mãe e reivindicar posse. Obviamente há uma intenção fálica. Por que a surpresa?

É terrível ler como os acontecimentos se deram, como a reprise da cena primal com seus novos pais foi apresentada a minha pobre filha; é claro que seu destino era acabar na cama com a figura do pai, e atuar como mãe para as crianças.

Isolde esforçou-se demais, e poucos de nós reconhecemos isso. Se ao menos tivesse feito o que prometeu e acabado mais cedo, todos da família, seus amigos, seus colegas de trabalho, teriam sido poupados de sua coragem, de sua "luta". Prolongamento da doença não é o que devemos buscar, mas qualidade de vida.

— Eu, pessoalmente — comentei com Barnaby no outro dia —, quero que minha vida acabe antes que eu me torne incompetente.

— Todos dizem isso. Mas quando chega a hora ninguém quer morrer. Nós todos nos prendemos à vida.

— Exceto os suicidas — falei.

— Eles são exceções. A fiação do cérebro saiu errada. Uma falha genética.

Obrigada, Barnaby, como diria Sappho. Mas Freud considerava o suicídio uma agressão internalizada; eu via que isso poderia aplicar-se a Rob, pois seu aspecto era de um homem amável e alegre. Uma fúria entranhou-se nele e o vulcão explodiu. Eu me preocuparia ainda mais com Sappho se ela aparecesse na minha porta com ar radiante, com uma roupa colorida e salto alto, mas ela usava uma parca azul-marinho e sapato baixo. Quaisquer que fossem seus problemas, não eram internalizados. Estavam a sua volta, livres, prontos para serem cuidados.

Barnaby bate à porta, diz que eu devo parar de pensar e me convida para tomar um café e um croissant de chocolate na delicatéssen. Mas eu não posso sair porque estava esperando um telefonema de Sappho. Ele fala para eu levar meu celular e eu explico que ela normalmente liga para meu telefone fixo porque perdeu seu celular e Laura era em geral nosso ponto de contato.

— Mas Laura foi despedida — acrescento.

Isso o convence. Então ele traz o café e os croissants e vamos comer na cozinha; ele passa manteiga no seu croissant e o mergulha no café. Uns pedacinhos de manteiga derretida e chocolate flutuam no seu leite, mas ele não se importa. Eu sim. Detestaria ser casada com ele.

Barnaby diz que precisa sair dentro de vinte minutos para ir a uma reunião na Clínica Tavistock, mas que eu posso continuar falando sobre a vida de Sappho com os Garner e suas habilidades de enfermeira. Ele não me cobrará nada.

Obrigada. Então as coisas chegaram a isso. Ele me acha uma louca.

À medida que eu falo, vou ficando cada vez mais irritada, não sei dizer se com ele ou com os Garner, ou até mesmo com Sappho. Conto que a tosse branda de Isolde transformou-se em um câncer de pulmão, tão avançado que era inoperável. Ela não parava de fumar, nem Gavin, e não se preocupavam com os pulmões dos filhos, muito menos com os de Sappho.

— Há pouca evidência de que o fumo passivo é nocivo — diz Barnaby.

— Você diria isso, é claro, porque é fumante.

— Por que está falando assim? Algum dia fumei na sua presença?

— Não. Mas seu apartamento fede a cigarro velho.

— Você está irritada — diz ele.

— Como pode saber?

— Porque você disse fede a cigarro velho em vez de cheira a cigarro velho.

Ele tem razão. Eu desisto e continuo. Conto que um senso de tragédia tomou conta de todos — uma mulher tão jovem, tão bonita, tão talentosa etc. falecer dessa forma. Eu também fiquei impressionada. Ia à casa deles ajudar Sappho, saía com a crianças para ela poder cuidar de Isolde, ajudá-la a se levantar e a se deitar na cama se Gavin estivesse fora. Nunca questionei se essa era a melhor coisa a fazer, se ela não estaria melhor em um hospital recebendo o tratamento que recusara, ou em uma clínica de doenças terminais, morrendo longe da vista das crianças e deixando Sappho livre para seguir sua vida. Gavin foi muito dedicado, devo dizer. Tornou-se quase um santo, fazia mingaus e lia para as crianças, trabalhava dia e noite para escrever os artigos e ganhar algum dinheiro. E o talento de Isolde para improvisação permaneceu, apesar de o corvo ter sido morto. Ela escreveu duas peças em um ano, ou melhor, ela e Sappho escreveram.

— O que o corvo tem a ver com isso? — pergunta Barnaby.

— Os corvos correspondem aos órgãos sexuais masculinos — explico. — Ele atirou no corvo, que corresponde a sua vida sexual, quando soube que ela estava com câncer terminal. Sexo e criatividade são inseparáveis. Eros vence Tânatos.

— Pensei que tinha matado o portador das más notícias — diz Barnaby. — Como você quiser. Sexo, sexo, sexo, Freud, Freud, Freud.

Não faço comentário algum. Seria fácil em uma ocasião assim jogar Viagra no leite dele. Corvos mortos estão espalhados aos seus pés, mas ele parece não perceber a importância disso.

— Isolde virou uma heroína terminal — digo. — Tornou-se a Violetta da *Traviatta*, Marguerite de *Camille*, Mimi de *La Bohème* de repente. Verdi e Puccini e uma gota estranha de Purcell impregnaram todos os quartos. Uma loucura. Ela mantinha uma verdadeira corte à cabeceira; amigos, família, filhos, amantes e a mídia reuniam-se a sua volta, chamados ou dispensados, para o caso de a doença agarrá-la e chegar sua hora. Ela era bonita e corajosa, parecia o ideal de mulher: todos a adoravam.

— Mas você se ressentia da sua influência sobre Sappho.

— Como eu poderia, diante daquela mulher à beira da morte? Tudo resumia-se nisso. Isolde tornou-se uma sábia, um guru, um ícone, um oráculo. Um jornal de domingo pagava para Gavin escrever uma coluna toda semana sobre o curso da doença dela: *Somente os bravos — Um gênio luta contra o câncer.* A coisa alongou-se por 18 meses antes de chegar ao hediondo fim.

— Eu me lembro. Era uma coluna bem-escrita e muito comovente.

— Gavin passou a ser o especialista em morte dos domingos. Muita conversa sobre procurar as soluções. Ele não levou muito tempo para descobrir. Sete anos depois estava casado com a minha Sappho.

— Sete dias é que seria motivo de comentário, creio eu. Sete anos é um anticlímax, Emily. Mas sete é um bom número junguiano, suponho.

— Sim, pensei que Jung tivesse estudado alquimia por sete anos — falo, mas Barnaby não entende minha ironia. De qualquer forma que se considere, Jung é um saco. Barnaby olha o relógio e eu continuo:

— Os editores, seguindo informações médicas, deram um limite de seis a sete meses para a coluna de Gavin continuar, mas Isolde durou três vezes isso. E felizmente os leitores também. Foi um longo melodrama vitoriano, longo demais.

Conto o resto da história às pressas. Digo que Sappho lavava, cozinhava, limpava a casa, cuidava da medicação, fazia arranjos de flores, abria a porta para as visitas, escondia das crianças o que estava acontecendo e era encarregada de lidar com a imprensa. Gavin tinha a coluna para escrever e o romance para terminar. Não serei maldosa: ele fez o melhor que pôde, considerando que é um homem. Saiu-se muito bem. A carreira de atriz de Sappho no National Theatre foi deixada de lado. Não que eu me importasse muito com isso. Sinceramente, não era o forte dela.

Vejo que Barnaby olha pela janela, sem concentração. Noto que Ursula, a aromoterapeuta, vem descendo a escada, de sapato alto, jeans estilo corsário e barriga de fora. Não tem mais idade para vestir-se assim, mas não posso deixar de admitir que tem classe. Barnaby fica olhando para ela, como os homens olham as mulheres saltitantes e atraentes, com certa incredulidade. Não achei que houvesse muito mais que isso entre eles. Ela entra no seu carrinho mal estacionado nas vagas para moradores do prédio. O carro é coberto de adesivos que dizem "Salvem as baleias", "Poupem o planeta", "Observem minha emissão de carbono" e outros slogans. Não imaginei que Ursula fosse esse tipo de pessoa.

— Acabou o tempo — diz Barnaby. — Espero que se sinta melhor agora, mas não houve muita catarse.

— Gemidos, gemidos — falo. — Típico dos homens. Vamos nos ver à noite?

Ele me olha com certa desconfiança.

— Extraordinário o que uma pequena competição pode fazer com uma mulher.

Ele lê meus pensamentos. Isso é bom ou ruim entre homem e mulher?

Volto para os diários. Esqueça que ela me pediu especificamente para não lê-los. Ela entregou tudo a mim. Mas eu sou sua mãe. A filha esconde — a mãe investiga. Essa é a ordem natural das coisas.

Diário de Sappho: 12 de setembro de 1997

Querido Diário,

Na quinta-feira passada, à tarde, perdi minha virgindade. Já não era sem tempo, você deve pensar, mas gostaria que tivesse ocorrido em outras circunstâncias. Suponho que a frase "perder a virgindade" venha da época em que as mulheres faziam sexo pela primeira vez na noite do casamento, e o que se perdia era a inocência, sem saber. Agora nós sabemos tudo e não há nada mais a perder senão a ignorância. O que se tem a ganhar é a conscientização de um conjunto de experiências físicas que as palavras não definem bem. Reconheço que estou em choque, mal posso me lembrar do que aconteceu, tenho apenas uma vaga lembrança. Só posso ter realmente certeza porque vi sangue na colcha da cama do quarto de hóspedes; tive de tirar a colcha e colocar na máquina de lavar, e ela encolheu. Girei o botão da máquina para 60 graus de temperatura; se tivesse usado água fria talvez não encolhesse.

Estou em Apple Lee com minha mãe enquanto escrevo isto. Agora não posso mais voltar para o apartamento dos Garner, eles terão de se arranjar sem mim.

Depois do acontecimento, do defloramento, Gavin foi direto para seu escritório, murmurando alguma coisa sobre a coluna que escrevia; eu levei uma xícara de chá e analgésicos para Isolde e ela me pediu um pouco mais, como sempre, e eu tive de dizer não, como sempre.

— Nem agora? Nem agora você vai me ajudar, Sappho? — Fingi não saber do que ela estava falando. — Seria muito melhor para todos se eu desaparecesse do planeta.

A própria Isolde pode guardar os comprimidos e tomar uma overdose na hora em que quiser, mas não quer. Prefere me envolver, e eu não serei envolvida. Não sou da família. De qualquer forma, ela tem pouquíssimo tempo de vida, segundo o médico.

Gavin olhou para dentro do quarto, despediu-se de nós duas, beijou Isolde na testa e ignorou-me, e eu concluí que era assim que ele pretendia agir. Não íamos falar no assunto. Mas eu tinha sido eleita sucessora de Isolde de alguma forma, por unanimidade, por concordância tácita. Se esperasse até ela morrer, acabaria tomando seu lugar e continuaria cuidando do apartamento e da família. Como encontraria força moral e energia para me negar a isso? Eu simplesmente não podia deixar a família na mão.

— Dê lembranças a eles, querido — murmurou Isolde. — Diga que Isolde estaria lá se pudesse.

Gavin foi a uma reunião da Sociedade Real de Literatura e eu fiquei contando as respirações irregulares de Isolde, sabendo que em breve haveria uma pausa longa e permanente entre elas. "Exalar o último suspiro" tem alguma relação com "perder a virgindade". O clichê supera o significado. Não é que a gente não exale um último suspiro, é que não exala o próximo. Eu estava cuidando das crianças, e passei a noite no outro quarto de hóspedes, onde não tinha transado com Gavin. Enquanto eu dava o café da manhã para elas, Gavin entrou e comportou-se como se o incidente da colcha manchada de sangue não tivesse ocorrido. Eu deveria ter tocado no assunto com ele naquele minuto.

"Gavin, não posso ficar nem mais um instante sob o mesmo teto que você, nas circunstâncias." Deveria ter feito minha mala e saído, mas não fiz.

Na verdade, comecei a duvidar que tivesse mesmo acontecido alguma coisa. Quando todos se comportam como se nada tivesse ocorrido, a gente começa a duvidar de si mesmo. Procurei pistas externas. Estava um pouco doída "lá embaixo", como Gwen diz quando quer que as crianças vão brincar longe dela; "lá embaixo" parece uma coisa não específica para Gwen. A colcha estava de volta na cama. Eu podia ter imaginado que a lavara, mas a barra de cetim tinha encolhido e estava franzida em alguns pontos. Afora isso, a evidência era pouca. Sentir-se doída e ver uma barra de cetim franzida não é muita prova de nada.

O problema foi solucionado quando Gwen apareceu com sua mala na sexta-feira de manhã, dizendo que estava se mudando para o quarto de hóspedes e que eu teria de ir embora. Fiquei desconcertada. Uma coisa era querer ir embora, outra era me pedirem para ir.

— A casa tem dois quartos de hóspede — eu disse. — Tem muito espaço. Por quê? Quem vai cuidar das crianças?

— Sou perfeitamente capaz de cuidar dos meus próprios netos, e alguns familiares virão para ficar aqui. Não há espaço para você, Sappho. Somos muito gratos pela sua ajuda, mas você não é da família. Quanto minha filha lhe deve?

— Não é uma questão de dinheiro.

— Sei muito bem disso, mocinha.

O que ela quis dizer com isso? E por que o "mocinha", como se eu fosse uma criança mal comportada? Como Gwen podia saber o que tinha acontecido? Ou ela era telepática, ou o apartamento tinha aparelho de escuta, ou era uma coincidência. Ou, mais provavelmente, ela entrara em contato com o médico e sabia que o fim estava próximo; queria estar ao lado da filha no final, não queria que eu ficasse perambulando pela casa, como disse.

Recusei o pagamento de uma semana em vez de dar aviso prévio e saí à rua, para longe do cheiro de morte, dos passos do velho surdo do andar de cima, do barulho das rodas das bicicletas no chão de madeira, das sombras criadas pelas grades das janelas, das lembranças de corvos mortos, das sacolas pesadas que tinha de carregar debaixo de chuva com as alças marcando minha mão, da voz lamuriosa e suave de Isolde e do tom comandador de Gavin, das exigências de Isobel e da bagunça de Arthur, e agora também de Gwen, e, ah!, era um alívio abençoado.

Busquei apoio com minha amiga Belinda, que é interessada demais na própria vida para interessar-se pela minha, e dormi, dormi, dormi. Só vou para a casa da minha mãe daqui a uns dois dias. Só de olhar para mim ela vai saber o que aconteceu; vai ficar contente porque meu desenvolvimento psicossexual deu uma guinada para melhor, e furiosa ao saber que foi com Gavin. Minha sensação de culpa começa a subir como uma maré. Eu sou um verme. Não fui até o fim. A Rainha Mãe me baniu, me mandou para o exílio assim que Isolde e Gavin me declararam herdeira deles. Eu deveria ter voltado, enfrentado Gwen, me entendido com Gavin, e falado o não falável. Se eu fosse uma pessoa digna, isso é o que teria feito. Mas não vou fazer. Estou ao mesmo tempo contente e estarrecida. Os Garner são a minha vida. Sem eles não sou nada. Qualquer dia Isolde exalará seu último suspiro e eu não estarei ao seu lado. Como poderia olhá-la nos olhos? Até onde sei, talvez ela já os tenha fechado pela última vez. Gavin não pode olhar nos meus olhos. Será que alguém se importou de eu ir embora? Foi um alívio ou uma tristeza para Gavin? Não deixaram nenhuma mensagem para mim. Eles têm outras coisas em que pensar. Nunca saberei e não quero saber. Eles me dirão? Talvez leve algum tempo para alguém me dizer. Gwen tem razão. Eu não sou da família, sou uma mera empregada.

Se eu tivesse escrito "como perdi minha virgindade" no dia em que aconteceu, talvez pudesse me lembrar das coisas com mais clareza. Talvez eu realmente seja uma escritora, pois para mim a realidade começa na página; o que os outros consideram "vida real" muda, perde a nitidez, se transforma todo o tempo. Não é de admirar que eu não encontre um homem para se casar comigo. Mas também não tentei muito.

Imagino um futuro namorado. Toda menina tem namorado. Não posso ser tão esquisita assim. Talvez um bombeiro passando pela rua.

— Conte para mim sua primeira *experiência*, Sappho. Sabe do que estou falando?

— Bem, eu trabalhava para uma mulher que estava morrendo, cuidava dos dois filhos do casal; foi uma verdadeira tragédia, aparecia no *Sunday Times* toda semana. Eles me chamavam de Saffron e não Sappho. Você leu? Sim, era eu mesma. Eu e o pai das crianças fomos empurrados um para o outro, e de repente...

— Sua filha da puta! E você gostou?

— Não me lembro.

Pausa, pausa, briga, briga.

— Vou lhe dar uma coisa para você se lembrar.

Vejo que na minha expectativa do futuro já me desclassifiquei, arranjei um bombeiro e fui tão incoerente quanto ele. Creio que a punição vai me seguir pelo resto da vida. Pelo menos me permito uma vida sexual. Há alguma coisa a esperar.

A teoria desse tipo de coisa é como voltar a andar a cavalo logo depois de levar um tombo. Não devemos evitar a lembrança, e sim enfrentá-la. O problema é que o "quarto de hóspedes" tornou-se a caverna de E.M. Forster em *Passagem para a Índia*. Passou-se menos de uma semana e não tenho mais a fantasia de ir à casa deles. Li e reli *Passagem para a Índia* quando estava no convento para não perder nenhum detalhe sexual. São dadas explicações, mas ninguém realmente sabe o que aconteceu, nem mesmo os protagonistas, e talvez nem mesmo Forster. Talvez não importe o que um fez com o outro, onde fez ou como fez.

— A fantasia da experiência é tão real para a psique quanto o fato — disse minha mãe.

E lembro-me dos meus dias no convento, que Jesus disse que a fantasia da luxúria era o mesmo que o ato da luxúria, mas quem vai acreditar nisso nos dias de hoje? Estamos literais demais. Posso me lembrar claramente de ter apertado o botão errado da máquina para lavar a colcha, o que deixou a barra de cetim franzida, mas não vejo evidência de algum efeito duradouro na psique.

O que lembro, certo ou errado, é que Gavin, meu patrão, foi para a cama comigo no quarto de hóspedes e nós dois choramos, enquanto Isolde dormia ou fingia dormir e as crianças lanchavam sozinhas na cozinha; toda lágrima que Gavin derramava valia dez das minhas, pois ele raramente chora e eu choro muito. Não dava para aguentar a tristeza dele.

O médico tinha acabado de sair e dito que a morte de Isolde era iminente. Por isso é que estávamos chorando. Talvez chorássemos de alívio. Ela tinha sugado muito das nossas vidas e nossas forças para manter-se viva, pois um ano de sobrevivência passara para quase dois. As festas e reuniões em volta da sua cama tinham parado havia alguns meses; estávamos cansados e a tragédia transformou-se em tédio. Os amigos afastaram-se e falavam do problema aos sussurros. Verdi e Puccini calaram-se. Era o golpe da realidade, um horror. A coluna de teatro de Gavin terminou, ele parou de escrever seu romance, e manteve apenas a coluna semanal voltada para os leitores mórbidos que queriam saber cada detalhe da "luta de minha esposa contra o câncer". *Somente os bravos — um gênio luta contra o câncer* dava para pagar o aluguel, mas expunha a vida dele de forma indigna. Não havia como esconder a verdade, pois Gwen lia todas as palavras e eu tinha de ler para Isolde, criticando enquanto lia. A vida de Gavin estava em suspenso, assim como a minha. Mas eu era jovem, podia perder dois anos da minha vida. Ele não.

Nós dois estávamos divididos entre esperanças conflitantes: uma, que ela deveria morrer logo para não termos de ouvir sua tosse terrível, a respiração entrecortada, os gritos de dor suportados com tanta bravura; a outra, que deveria viver para sempre e não nos fazer passar a dor da sua perda.

Acompanhei o médico, passando pelo longo corredor que dava na porta de casa. Tínhamos ido à cozinha para que ele lavasse as mãos. As crianças estavam sentadas à mesa lanchando, com um ar triste, pobrezinhas. *Timor mortis conturbat me*, embora todos fingissem na frente delas que ia tudo bem. Fechei a porta depois que o médico saiu. Ao voltar para a cozinha me deitei na cama do quarto de hóspedes. O de Isolde fica do outro lado do corredor, junto à porta de entrada da casa. Eu precisava descansar um pouco. Gavin saiu do quarto de Isolde e, ao me ver deitada ali, entrou e deitou-se ao meu lado, pôs os braços a minha volta e eu chorei no seu ombro. Ele chorou também. Era como um irmão ou uma irmã, se eu tivesse um irmão; veio então à minha cabeça que ele mais parecia um tio, e tive vontade de rir, decerto um riso histérico. Ele começou a rir também. Isolde chamou do outro quarto. As paredes eram finas.

— Estou ouvindo vocês chorarem — disse. — Parem com isso. Vão em frente. Façam isso por mim.

Não era bem uma permissão, mas uma ordem. Deveríamos criar outro drama para ela, para que sua morte fosse mais fácil, mais divertida e mais dramática. Ela era eu, e partia em uma nuvem de êxtase sexual. E eu olhava a cena de longe como se estivéssemos em um palco. Saí do meu corpo, fiquei flutuando no canto do quarto e observei o corpo da menina e do homem, mas não tinha nada a ver comigo, e juro que Isobel não entrou no quarto. É só o que posso dizer, Querido Diário, um estresse pós-traumático pode fazer todo tipo de coisa à memória, e eu tratei o ato com superioridade, como se não tivesse nada a ver comigo. Se a pequena Isobel entrou no quarto, não tenho ideia. Por que cheguei a pensar que ela entrou? Por que entraria, só porque pode ter entrado?

Não quero mais ver Gavin, Isolde, Isobel ou Gwen, nenhum deles. Seria bom ver Arthur, pois ele é meigo e nada complicado, mas vejo que terei de me abster desse prazer. Eles estão fora da minha vida.

Não sei como posso viver comigo mesma.

* * *

O "eu bem que avisei" de Emily

Fantasia? Talvez, mas duvido. Isso explica muito. Por que Sappho parou de trabalhar para os Garner umas duas semanas antes de Isolde morrer e voltou para casa.

Ela chorou. Eu fiquei contente de minha filha sair daquela casa de malucos e voltar para casa. Mas, como fazem as mães, me senti obrigada a sugerir que ela não se comportasse de forma imoderada.

— Gwen me despreza — ela falou. — Disse que eu não era da família e me mandou embora.

E não é mesmo, pensei, mas não abri a boca. A voz dela estava embargada.

— Todos devem andar muito tensos — foi só o que falei. — A morte não melhora o comportamento das pessoas, piora. Ignore Gwen.

— Espero que Gwen não imagine que vou continuar a cuidar da casa depois de ela falar comigo assim. Ela que faça o trabalho pesado sozinha. Não, eu estou fora.

— Mas, minha querida, quem sabe você deveria estar presente até o fim — eu disse.

— O fim cheira mal — ela falou num tom duro, e eu fiquei surpresa com a violência da resposta.

Na época não cheguei a saber se fora Gavin ou Gwen quem a perturbara tanto. O genro, não a mãe de Isolde. Se "alguma coisa" tivesse ocorrido entre ela e Gavin eu não me surpreenderia. Ele era um homem atraente e tinha certa fama; ela era uma menina bonita, com um bom olho para o teatro. As circunstâncias os ligaram, e, diante de uma morte lenta, aqueles que eram obrigados a presenciar provavelmente se refugiariam no sexo. Tânatos e Eros ligam-se para sempre. Se sua volta para casa, sua fuga dos Garner, foi a custo da sua virgindade, muito bem. Ela não foi pressionada, entregou-se, e a coisa aconteceu. E quem sou eu para dizer que não deveria ter acontecido? Muito, muito melhor do que se tivesse continuado a trabalhar como escrava do viúvo Gavin Garner. Então, realmente teria sido um dano psíquico. Estremeci diante dessa possibilidade.

— Você quer que eu perdoe todos eles — disse Sappho. — Não vê nenhuma virtude na raiva justa?

— Não muito — eu disse, com sinceridade.

Pouco depois lhe ofereceram o papel de Ana Bolena em uma peça do teatro local, em substituição à atriz principal, que ficara doente, e eu a encorajei a aceitar. Assim poderia sentir pena de si mesma à vontade.

Quando Sappho declarou que não ia ao enterro, discuti com ela de forma mais enérgica. Aquelas pobres crianças!

— Elas acabaram de perder a mãe e perderam você um pouco antes; não vê que sua saída repentina foi um golpe para elas? Não ir ao enterro não vai ajudar muito.

— Gwen deveria ter pensado nisso antes — disse Sappho. — E vai me ajudar, sim.

— Mas pelo bem das crianças.... Gavin também vai ficar magoado. Você fez parte da vida deles.

— Gavin vai ficar bem. A natureza abomina o vácuo. Alguém vai aparecer no enterro, chamar sua atenção no cemitério lotado e acabará cuidando dele. Alguma mulher adequada.

Sappho, em geral de coração tão mole, dessa vez não cedeu. Ela era teimosa.

— Você está com medo — lembro-me de ter dito — de Gavin lhe pedir para continuar como empregada e você não saber dizer não.

— Eu nunca mais quero ver nem falar com nenhum deles — foi o que respondeu. — Você se preocupa mais com os filhos dos outros que comigo.

No dia do enterro ela se fechou no quarto aos prantos, ficou sem um ensaio e quase perdeu o papel de Ana Bolena. O que não teria sido um problema, pois a peça era horrível.

O enterro foi destaque nos jornais e nos noticiários, com fotos de gente famosa do teatro, cinema e literatura, e de algumas mulheres com lindos vestidos e chapéus. Gwen estava esplêndida e trágica, toda de branco. As crianças estavam encantadoras e tristes. A ausência de Sappho não foi notada. Graças a Deus, pensei, agora ela pode cuidar da própria vida.

As crianças foram para a casa de Gwen, e ela contratou uma babá. Gavin mudou-se para um pequeno apartamento perto da estação de Russell Square. Arranjou trabalho em várias revistas literárias e de tempos em tempos aparecia em programas de arte na televisão ou ocasionalmente em quiz shows de nível um pouco mais alto. Sem Isolde, ele tornou-se uma celebridade menor. Ao que eu soubesse, ou segundo Sappho, nenhuma pessoa adequada apareceu para preencher o vácuo, nem em termos temporários nem permanentes. Sem dúvida ele tinha casos, era um homem vigoroso e inteligente. E tampouco soube o que aconteceu com seu romance, talvez nunca o tenha terminado, ou talvez eu não tenha ouvido falar do seu lançamento.

Conversei sobre o assunto com Barnaby quando ele apareceu depois da reunião na Clínica Tavistock. Já tinha recuperado meu equilíbrio, e ele, o dele. Estes nossos encontros amorosos têm de acabar. Eles nos perturbam.

— Não acho que o ato com Gavin, chamemos assim... e considerando os vários aspectos, provavelmente aconteceu... tenha lhe feito muito mal — disse Barnaby. — Perder a virgindade na hora e no lugar errado com a pessoa errada não é mais tão grave como costumava ser. Todas as outras coisas que aconteceram naqueles dias não lhe deram espaço ou energia para remoer o assunto.

— Deve ter saído do seu inconsciente — falei —, mas as ocorrências das quais não se falam ou não são postas em palavras em geral dissipam-se como fumaça no ar. Mas eu sou uma neofreudiana, não uma freudiana...

— Você quase me enganou — ele falou. Eu o ignorei.

— Não acho que a lembrança seja essencial para a cura; ou melhor, acredito no esquecimento. Os próprios mecanismos de defesa de Sappho funcionaram bem. Ela desassociou seu ego do id de forma muito efetiva.

— Pode dizer isso de outra forma — falou Barnaby. — Ela foi para o teto e observou.

Eu tenho a vantagem da percepção tardia, é claro, que Sappho não tem nos seus diários. Longe dos Garner ela floresceu. As críticas de Ana Bolena foram tão ruins que ela desistiu de trabalhar na peça, graças a Deus, concentrou-se em escrever e foi trabalhar em meio expediente no escritório de dramaturgia da Royal Court. Saiu de Apple Lee e foi para um apartamento pequeno. Ia para a cama com uns rapazes, mas nenhum em especial. Eu palpitei sobre sua falta de dedicação sexual.

— Mãe — disse ela, à guisa de explicação —, pare com isso! — Ela raramente me chamava de mamãe, às vezes de mãezinha. Eu invejava minhas amigas pelo relacionamento carinhoso que tinham com as filhas, mas Sappho preferia manter um relacionamento formal comigo. — O preço de uma relação a longo prazo, para não dizer casamento, é muito alto. Os homens sugam a vida e a energia da gente; querem ser parte do nosso mundo e extrair tudo que temos, em termos emocionais e financeiros, ou querem que façamos parte do mundo deles e nos adaptemos a suas especificações. Não há um meio-termo.

Eu disse que minha experiência tinha sido diferente.

— Ah, sim, você e o papai, o relacionamento perfeito. Mas como foi que acabou? Em morte? Você não é exatamente a pessoa certa para falar disso. Quantos namorados teve no ano passado? Talvez eu tenha seguido seus passos.

Não me dignei a responder.

Ela admitiu que se você "se apaixona" pode ser diferente, mas nunca tinha se visto nessa situação.

Depois veio sua súbita fama e fortuna, como expliquei a Barnaby. Sappho tinha feito amigos e contatos durante os anos que trabalhou com os Garner, e eles a ajudaram. Escreveu sua primeira peça completa, chamada *The Long, Long History of Ms. Alien*. Ficou tão surpresa quanto os outros quando seu trabalho foi aceito e publicado. Ela tinha escrito uma primeira versão na época de Isolde; uma breve comédia em um ato sobre uma mocinha que tomava drogas para se divertir e acabava descobrindo que era lésbica. Alguém da Royal Court encontrou esse rascunho em uma gaveta, gostou e a convenceu a elaborar a ideia até tornar-se uma peça "de fôlego" e completa, sem nenhuma frase cômica. Sappho ficou ainda mais surpresa quando a peça foi um grande sucesso, encenada no National Theatre em um palco enorme. Grande demais, ela me disse, para sua substância. Começou a fazer dinheiro, sua peça vendeu no exterior. Durante algum tempo tornou-se a voz da nova cultura moderna britânica. Eu expliquei tudo isso a Barnaby.

— A juventude se faz ouvir — disse Barnaby. — Que bom para ela. Podemos considerar que a perda da sua virgindade em circunstâncias ruins não a afetou demais.

— Eu pensava assim — falei. — Mas agora não tenho certeza. Foi com essa ideia que saí de Apple Lee e entreguei a casa para ela, mas hoje me arrependo.

— Você é um monstro de controle — disse Barnaby, e foi lá para cima.

Às vezes tenho a sensação de que ele sou eu em outro corpo, expressando meus pensamentos em voz alta. Um alter ego. Isso significa que devemos ficar juntos ou separados? Até o momento não tive notícias de Sappho. Apple Lee continua na secretária eletrônica. Não há nada a fazer senão encontrar com Isobel quando ela estiver saindo do colégio.

Olhei os diários em busca de trechos sobre aqueles anos, mas depois da última referência a Gavin, "como posso viver comigo mesma?", há pouca coisa escrita.

A resposta a "como posso viver comigo mesma?" é, para a maioria das pessoas, "muito bem, obrigada". O problema da culpa é que, como a dor, tem vida curta: ou você melhora ou morre.

Mas aqui está uma página. Graças a Deus datilografada. Sua letra piora com o passar dos anos, em proporção inversa a sua maturidade. Suponho que isso ocorra com a letra de quase todo mundo. De início queremos ser entendidos, mas à medida que a vida passa nos protegemos mais, nos defendemos mais, e desafiamos a interpretação.

Diário de Sappho: 21 de agosto de 2000

Querido Diário,

É horrível. Imagine se descobrirem a verdade sobre *Ms. Alien*? Ficarei exposta, serei desmascarada. Lembro que Isolde um dia me disse: "Toda escritora espera que a qualquer momento lhe digam que ela não tem direito de chamar-se escritora. Que descobriram que é uma impostora, não uma verdadeira escritora."

Isolde estava certa. Estou convencida de que vão descobrir isso sobre mim. No meu passaporte antigo vem escrito que minha ocupação é "cuidar de crianças", e era isso mesmo que eu fazia. Saí de férias com as crianças para Majorca quando Isolde e Gavin foram fazer uma turnê pelo Canadá. O problema é que meu passaporte antigo expirou e preciso de um novo para ir a Nova York. Como vou me descrever? "Escritora" parece uma profissão muito presunçosa, e é mesmo.

O fato é que *Ms. Alien* não é bem uma peça; no fundo é apenas um exercício de um ato que me veio à cabeça em uma das aulas de Isolde. Podia até ter sido escrito pela própria Isolde. Tornou-se difícil ver a diferença entre seu trabalho e o meu. Ela sempre dizia isso. A peça começou como comédia. Fiz uma pequena parte, guardei na gaveta e esqueci lá dentro. Um dia alguém encontrou o rascunho e mostrou para o dramaturgo daqui, eu tirei as frases engraçadas e aumentei a peça, e quando me dei conta me consideraram um gênio. Essa não é a verdadeira forma de um escritor trabalhar. Foi tudo um terrível engano. Há bons escritores tentando ganhar a vida. Às vezes tento confessar isso nas entrevistas, mas acham que estou brincando ou drogada. Quase nunca uso drogas; se eu tenho a capacidade peculiar de escrever a trama e o diálogo e criar um conjunto convincente, não quero que as células do meu cérebro interfiram nisso, muito obrigada.

As pessoas supõem também que eu seja lésbica, por causa do meu nome. Já desisti de negar. Eu realmente gosto de Lucy Florence e passei mais de uma noite com ela, mas não é a minha praia, e é meio embaraçoso. É como um processo médico, um exame interno feito por um profissional cujas intenções você não conhece bem; de repente você tem um espasmo e deve sentir-se feliz e gratificada. Talvez meus hormônios estejam em baixa. Sei que minha mãe pensa que há alguma coisa "errada" comigo. Ela não diz exatamente isso, mas sei que pensa assim. Se eu tivesse tempo iria a um médico para descobrir. Detesto pênis artificial. O que vou fazer comigo mesma? Mas também detesto caviar, e há quem adore. Será que falta em mim algum elemento sensual que é comum nos outros? Talvez a "inteligência" que me atribuem o tempo todo seja uma contrassensualidade.

Na noite passada sonhei com Gavin Garner. Não penso em Gavin há anos, mas o vi em um show de perguntas cômicas na televisão. No sonho eu estava sentada na segunda fila à esquerda da plateia, assistindo a uma peça que escrevi, quando percebi que estava nua. Foi o primeiro choque. Depois fui chamada ao palco e disseram que eu deveria estar pronta dentro de cinco minutos para a cena final. Esperavam também que eu soubesse todas as falas. A peça era *Contos do inverno*, as falas eram bem fáceis, mas eu não me lembrava de todas. Tive de esperar que me dessem o sinal e a plateia assobiou. Eu ainda estava nua, mas ninguém notou. Quando a cortina caiu, vi Gavin Garner no pedestal, não a rainha Hermione. Creio que Lucy Florence fazia o papel de Leontes por alguma razão — talvez fosse um daqueles shows em que o diretor escolhe o oposto dos gêneros —, e sua fala foi: "Mas, Paulina, Hermione não estava tão enrugada, nem tão velha como parece."

Ouviu-se um tiro e Lucy caiu morta no chão. Quando olhei para o pedestal de novo, Gavin se transformara em um corvo. Houve um segundo tiro, o corvo caiu morto e desapareceu, restando só penas e sangue; de repente assumiu de novo seu corpo e voou com um bater de asas, encobrindo o sol. A sombra passou, e tudo ficou claro de novo. Fantástico. Acordei com a luz do sol atravessando a persiana e batendo nos meus olhos. Devo ter trabalhado de costas para a luz. O sonho levou alguns segundos, mas para mim tinham sido horas. Começou como um pesadelo, mas terminou bem. Não vou contar para minha mãe, senão ela vai querer analisar tudo.

Isso mesmo, Emily vai analisar tudo

O sonho de Sappho começa como uma ideia exibicionista. Para a criança, a nudez é emocionante, excitante e erótica, e reprimida pelos mais velhos, que não se sentem à vontade vendo a criança nua dançando por aí e gritando encantada.

— Pare com isso, Sappho, e vista-se — disse eu um dia a ela, embora a mãe em questão fosse eu, uma psicanalista experiente. A irritação materna pode superar a experiência materna. Depois dessa repreensão, a repressão tomou lugar e a nudez foi considerada uma coisa vergonhosa. O que foi que eu fiz? Sappho, no diário, já tinha escrito sobre o medo de expor-se como escritora: a mesma coisa.

Conversei com Barnaby sobre o sonho. Os sonhos são, afinal de contas, sua especialidade. Ele almoçou no próprio apartamento, eu fumei um cigarro com a janela aberta e depois desci. Ele foi até a estação e voltou com uma dúzia de rosas vermelhas. O que está acontecendo? Descubro. Ele disse que mudou de ideia e que quer casar comigo, não só viver comigo. Diz que minha preocupação com os diários é uma tática de desvio, para eu não dar atenção total ao assunto.

— Vou pensar nisso — falo.

Quando ele quer se casar comigo, eu sempre dou o fora. Quando eu quero me casar com ele, ele sempre me dá o fora. Nós dois queremos o que não podemos ter.

— Mas eu pensei que fosse o que você queria.

— Tenho certeza, agora, que não. Estou muito bem-estabelecida aqui. Como diz Sappho, os homens querem ser dominados ou dominar. Não há meio-termo.

— Sappho isso, Sappho aquilo. E eu?

— Já está com ciúmes da minha filha — digo, e ele nega imediatamente.

Concorda em falar sobre o sonho de Sappho.

— É um tipo de sonho que muita gente envolvida com o teatro tem — diz. — O medo de não saber as falas repete o desnorteamento e o pânico da criança que não sabe as regras do jogo da vida. A atuação no palco traz à tona os medos; quando você se aprofunda na vida dos personagens para construí-los, tem de aprofundar-se na sua própria vida.

— E Florence faz o papel de homem; isso é óbvio para mim, embora no sonho Sappho a mate, graças a Deus.

— Por que graças a Deus? — pergunta Barnaby. — Você tem alguma coisa contra lésbicas? Sua teoria de desenvolvimento é um lixo. — Eu o deixei muito irritado. Ele queria que esta noite fosse uma comemoração de nossa ligação, e estamos falando de Sappho.

— O problema é que eu sempre quis ser avó da forma normal — explico. Agora que Sappho está grávida, posso deixar de lado minha preocupação de anos. — Por baixo do pano — continuo — esconde-se o objeto errado e desejado, que na peça é Perdita. A perdida. No sonho é Gavin. Ah, meu Deus! Ela estava destinada a acabar ao lado dele. Eu devia ter visto isso. As rugas são a passagem do tempo, sua conscientização de que não pode acontecer, pois ele é muito mais velho que ela. O pai. Tabu. Mas ele na verdade nunca saiu da sua cabeça, desde o encontro na caverna. Vejo isso agora.

— Se você sabe tanto, por que me pergunta? — reclama Barnaby, realmente zangado.

— Gavin transforma-se em corvo, que é a morte de Isolde. Gavin morre, renasce e voa para longe. A morte encobre o sol. Mas só por algum tempo. O sol precisa nascer.

— Ainda bem que ela não contou o sonho na época — diz Barnaby. — Teria sabido anos antes que era Gavin seu amor, o teria procurado e seguiria seu destino ainda mais cedo.

— Eu não sou louca. Provavelmente teria mentido e dito que ela estava falando para si mesma sobre a morte do amor, e não da sua continuação.

— Nunca acredite que a vidente será imparcial — diz Barnaby. — Não se for a própria mãe. Ela apresentará a verdade conforme sua vontade.

Eu digo que é ele o vidente, não eu. Ele diz que tem de ir embora e olha para as rosas vermelhas com ar questionador. Tem um impulso de levá-las de volta, mas controla-se. Pergunto-lhe se não quer ficar para jantar, mas ele não aceita. Precisa repassar umas notas e eu estou de mau humor. Digo que não estou de mau humor. É que pensar no passado é sempre perturbador.

— Quer dizer que você tem outras coisas em que pensar além de mim — diz Barnaby, e sobe a escada com raiva. Na verdade, tenho mesmo.

Penso em Lucy Florence. Ela tornou-se conhecida fazendo o papel de Gertrude em uma boa produção de *Hamlet*. Uma moça alta, morena e vigorosa, com braços cabeludos e queixo forte, jovem demais para o papel. Por sua aparência, ela devia ter uns 10 anos quando deu à luz Hamlet, pensei na época. Mas era um espetáculo só de mulheres e o diretor tinha suas favoritas.

Freud sugere que sonhamos com a morte daqueles que mais amamos. Uma reação estranha como a do esquizofrênico que quer magoar — ou, em casos extremos, matar — aqueles a quem mais ama. Mas não creio que Sappho amasse Lucy Florence, embora em certa época isso tivesse me preocupado. Sappho teve ligações com vários homens também: um jornalista, um eletricista, um diretor de cinema, um historiador de televisão, todos muito mais velhos que ela. É claro que talvez estivesse tentando livrar-se da fama de lésbica que a mídia lhe atribuía, mas duvido. Eu não devia ter dado a minha filha o nome de Sappho, mas Rob e eu gostávamos muito desse nome. Uma imagem de lésbica — ou ao menos de bissexual — era uma vantagem no teatro naqueles dias. Talvez fosse só isso, e ela fosse mais esperta do que eu imaginava.

Pensei nisso, e em como ela conseguiu fazer seu nome sozinha. Tentou manter-se longe das colunas de fofocas, ou pelo menos era o que me garantia, mas não conseguiu por completo. Talvez o perfil da mídia fosse idealizado. Intelectual, mas sexy. Tiraram fotos dela saindo de um táxi com um ministro, bêbada, com a calcinha aparecendo. Sappho pediu desculpas em público à esposa dele. A esposa, uma verdadeira puta, disse graciosamente que aceitava as desculpas, já que se sabia que Sappho tinha "outras tendências". Isso deve ter lhe trazido vantagem. O lesbianismo estava na moda. A peça foi para a América do Norte, Alemanha e Suécia. O dinheiro começou a entrar aos borbotões, mas ela vivia ocupada demais para gastá-lo. Recebia cartas dos fãs. Precisava de um lugar maior para morar, precisava de um escritório equipado e de uma boa assistência. Laura estava trabalhando com ela — uma moça alta, feia e eficiente do norte, especializada em gerenciamento de escritório.

Mas me pergunto cada vez mais se foi acertado ou não colocar Apple Lee no nome de Sappho. Pensei muito nisso depois que ela se casou com Gavin. E se ela fizesse uma bobagem, assinasse uma escritura conjunta em nome dela e dele? Mas decerto me diria, não é? Essa preocupação era uma constante na minha cabeça depois de uma conversa que tive com Laura. Eu realmente sabia muito pouco do que estava acontecendo. E pensava que soubesse bastante.

A ideia de passar a casa para o nome dela foi minha, não de Sappho.

— A casa é sua por direito. Mais sua que minha. Sua por genética. Eu não sou da família, só me casei com seu pai.

— Mas viveu aqui por mais de trinta anos — disse ela. — É a sua casa. Manteve os móveis polidos e o chão limpo. É claro que é sua. Como em *Mãe coragem*: a terra, assim como o filho, pertence àqueles que cuidam dela. De qualquer forma, é sua legalmente.

Apple Lee estava na família desde 1903, mais ou menos. Os homens Stubb-Palmer ficaram observando a mudança de Londres durante dez décadas e viram a casa cair à medida que sua renda diminuía. Rob inadvertidamente assumiu a propriedade, como que para resgatar a humilhação de uma coisa querida; desconfio que tenha morrido para salvar a casa, mas não pude dizer isso a Sappho.

— Eu já me cansei de casas — falei. — Cansei de madeiras podres, de morcegos, do boiler enguiçado e dos fantasmas lá de cima... provavelmente só portas rangendo e canos barulhentos. Não posso vender, seria um sacrilégio, mas posso passar para o seu nome. Por favor.

Creio que nunca tinha lhe dito "por favor" antes, a não ser no sentido de "por favor, não faça essa barulhada". Foi um pedido sério.

— Você tem dinheiro para manter a casa, precisa de espaço, o local é central o suficiente para os táxis se arriscarem a vir aqui, mas tenho de admitir que o valor de mercado está cada vez mais baixo. Nós dividimos esse valor e eu compro um lugar menor para mim. Laura ajudará você a organizar as coisas. Você pode dar festas. — Sappho deu de ombros, talvez ao pensar nas festas horríveis de Isolde. — Você precisa assumir as cargas e os prazeres da vida. Uma barata passou pelo chão do meu consultório no outro dia e assustou uma paciente; quando chove ouço as goteiras do teto. — E contei a Sappho que um de meus pacientes, compulsivo-obsessivo, me cobrou por ter entrado em pânico ao chegar a minha porta, com medo de ser assaltado. Ela disse que decerto eu não me preocuparia que ela fosse assaltada se morasse em Apple Lee.

Laura e Sappho estavam agora tão ligadas pela causa comum de reformar a Sappho Stubb-Palmer que Sappho começou a referir-se à unidade Sappho-Laura na primeira pessoa do plural, como a rainha Vitória falava de si mesma. "Vamos ver se podemos entregar nessa data", "Sim, creio que aceitaremos a encomenda". Sappho escrevia um texto e Laura reescrevia e lia tanto seus pensamentos que editava à medida que Sappho ia trabalhando. Sappho não se preocupava com o que Laura tinha escrito em seu nome; sabia que faria sentido, mesmo que não fosse exatamente o que ela tinha em mente. Os outros riam desse hábito de Sappho, mas eu sempre achei que era mais por respeito e reconhecimento à colaboração de Laura que pela sofisticação do plural majestático. Depois que Gavin mudou-se para Apple Lee, ela parou de usar o "nós".

Sappho me disse que pensaria no assunto, como eu disse quando Barnaby falou que queria se casar comigo. Quando oferecem o que você quer, você deixa de querer. Eu estava cansada de Apple Lee, cansada de ser proprietária de uma casa burguesa. Se passasse logo a casa para ela, ficaria livre do passado e do que assumi quando me casei com Rob e tive uma filha dele. Se esperasse até morrer, a casa poderia ruir, um bando de incorporadores tomariam conta da área e uns 12 apartamentos de luxo seriam construídos no lugar de uma casa só; embora isso pudesse embelezar e valorizar toda a área, eu não estaria lá para ver.

Eu tinha dito a Sappho uma meia verdade quando falei que ia pagar aos meus pacientes que tinham ficado alarmados. Aliás eu tinha sido assaltada debaixo da macieira no verão anterior ao subir para a casa. Minha bolsa foi roubada, depois alguém a levou em casa para mim. Comecei a sentir o peso da idade quando quis correr atrás do ladrão e não consegui. Meu joelho me incomodava e eu precisava de uma prótese no quadril. Não podia pagar a cirurgia do meu bolso nem que quisesse; estava juntando todo o dinheiro possível para repintar as fachadas da casa. Sappho teria me ajudado, mas eu não queria contrair uma dívida com minha própria filha. Todo o dinheiro do seguro havia sido gasto havia muito tempo, e agora haveria muita despesa para manter a casa de pé. Eu detestava quando chovia, por causa do telhado. Queria morar em um lugar tranquilo e respeitável, sem escadas.

— De modo algum você deve passar a propriedade para sua filha — disse meu advogado. — Você ainda é muito jovem, e ela também. Estará abrindo mão de todo o controle sobre os acontecimentos. Você pode pôr uma cláusula dando-lhe o direito de morar na casa até morrer, ou ser notificada de quaisquer mudanças na escritura, mas só isso.

— Sappho tem a cabeça no lugar. — Disse a ele que não via minha filha sofrendo uma influência sinistra de um marido. Em breve entraríamos em outro século, e já se fora o tempo em que as mulheres tinham de ser protegidas de si próprias. — De qualquer forma, ela é uma Cordélia, não uma Goneril.

O advogado, Sr. Clive Maidment, sacudiu a cabeça e apertou os lábios, mas continuou providenciando a documentação. Sappho pagou meu apartamento de Hampstead e tornou-se proprietária de Apple Lee. Laura a ajudava a cuidar da casa: era a encarregada da fortaleza, mantinha os operários ocupados e a herança sob controle. Adorava fazer encomendas, checar as cartelas de cores, os preços, escolher azulejos, dar ordens aos operários; o oposto de mim, que não gostava de nada disso. Depois, é claro, Sappho reencontrou-se com Gavin.

Volto para os diários. Barnaby me telefona.

— Sinto muito ter sido tão malcriado — diz ele.

— Sinto muito ter implicado com você.

— Você precisa cortar os caules das rosas, para que a água chegue até os botões — diz ele. — São rosas caras.

— Ok — falo, e concluo que seria uma loucura me casar com ele. Já tive bastante emoção para um dia, muito obrigada.

* * *

Diário de Sappho: 18 de julho de 2004

Querido Diário,

Estou achando um barato escrever um romance. É muito diferente de uma peça de teatro, e mais difícil. Não tenho atores para me ajudar. O que vem entre os diálogos é um problema, pois nas peças é lido só pelos que estão envolvidos na produção. Os romancistas têm de fazer tudo sozinhos: design, elenco, iluminação, roupas. Enfim, tudo. É um pesadelo. Depois de escrever umas páginas, desisti de fingir que era ficção e troquei o nome da heroína — Sophie — para o meu próprio; Geordie tornou-se Gavin, Isobel continuou a ser Isobel, e Rosalind passou a ser Laura. Se um dia quiserem publicar o livro, com um clique do mouse todos os nomes poderão ser trocados de novo. Por enquanto, é mais fácil descrever em vez de inventar, e é bom usar sempre o verbo na terceira pessoa...

Romance de Sappho

Parte 1
Sappho e Gavin se encontram

A vida era boa para Sappho, pelo menos no seu cantinho do mundo. Ela era jovem, saudável, inteligente, bem-sucedida, até então solteira, admirada por seus pares, não devia nada ao banco, e sua casa não precisava ser hipotecada. Era órfã de pai, mas não de mãe. Ao que soubesse não tinha inimigos, embora os críticos fossem impiedosos quando ela escrevia alguma coisa, e dissessem, para suavizar seus comentários: "Ela ainda é jovem, vai aprender com o tempo."

Como todas as outras mulheres de sua faixa etária e ainda solteiras, esperava vagamente a chegada de um homem perfeito, encomendado pelas rezas da cozinheira: o cavaleiro mítico com armadura brilhante que o destino lhe reservava, para vir lançar-se aos seus pés e explicar tudo que não lhe tinha sido explicado — desde quem tinha atirado em Kennedy até a causa da guerra no Afeganistão. Tinha de ser um cavaleiro muito bonito, é claro; alto, de bunda empinada e "partes" em bom funcionamento, com dinheiro no exterior etc. Sappho tinha uns momentos de desespero, só Deus sabia, pois se tal homem existisse, Nicole Kidman ou Sandra Bullock já o teriam pegado. Vinha tendo umas visões aflitivas de uma velhice solitária e sem filhos. Mas de repente ele apareceu, aliás, estava na sua cama no andar de cima, sem mostrar intenção de sair; e o melhor de tudo é que pertencia ao seu passado e ela ao dele, portanto não havia necessidade de muitas explicações.

Embora o cavaleiro que irrompeu da floresta (minha mãe certamente daria uma interpretação fálica a isso; ela olha por cima do meu ombro sempre que estou escrevendo) fosse um pouco mais velho que o esperado e com rugas em volta dos olhos, seu cabelo ainda era maravilhoso (bons genes, os dele). Sappho sempre gostara de homens mais velhos (ok, ok, meu pai, pare com isso, mãe!). E se ele estava longe de ter dinheiro no exterior, isso tampouco importava; Sappho tinha dinheiro suficiente para ambos.

— Já não era sem tempo, meu Deus — ela disse alto, ao descer a escada e descalça, vestindo apenas uma camisola branca curta, para ir ao escritório ver os e-mails da manhã antes que Laura entrasse.

É, provavelmente, mais prudente não provocar o seu Deus, e ela tinha em geral muita consciência desse perigo, mas seu entusiasmo era tanto que esqueceu de cruzar os dedos. Talvez por coincidência, ou não, meia hora depois a campainha tocou e ela abriu a porta para Isobel, que não via fazia mais de sete anos; lembrou-se da menina comendo um ovo cozido supervisionada pela avó Gwen na casa do homem que estava agora lá em cima em sua cama, no dia em que ela foi despedida ou que abandonou a família, dependendo da versão de cada um. (Flashes do passado são fáceis em filmes, dá para cortar as cenas e mostrar, mas em prosa é difícil escrevê-los com graça.)

Talvez o demiurgo dos gnósticos, e não Deus, tivesse ouvido e se ressentido da acusação — o demiurgo é considerado uma divindade imperfeita, e por alguns até mesmo o mal. Fosse como fosse, a vida a partir daí não correu bem como Sappho esperava. O que ela esperava, naturalmente, era uma felicidade não adulterada e perfeita, mas como o homem dos seus sonhos tinha uma bagagem, como dizem, viu que teria de aceitar algum compromisso. Até aquela manhã as coisas tinham ido bem.

Até meia hora antes de o demiurgo ordenar que a campainha tocasse e aparecesse Isobel, agora com 11 anos, ela teve tempo de ver seus e-mails; seis spams, três mensagens pessoais, três convites para palestras — um deles da BBC, pedindo que ela "indicasse os marcos artísticos na expressão ou representação do sexo e da sexualidade nos últimos cinquenta anos". Recebeu também um telefonema de sua agente de Los Angeles enquanto estava à mesa de trabalho.

— Oi, Saph querida, aqui é Jennylee. Estou emocionada. Acabei de saber por Luke que a *Automated* (última peça de Sappho, sobre uma mocinha que fingia ter orgasmo e mais tarde arrependia-se disso) será adaptada para o cinema daqui em setembro.

— Não pode ir parar no cinema, Jennylee, é uma peça de teatro.

— Você sabe o que quero dizer, querida. Aqui é a terra do cinema, não lidamos muito com teatro. Agora nem preciso ir a Nova York para ver a peça, não está emocionada?

Na manhã anterior aquela notícia teria sido realmente emocionante, mas aquele dia estava tão repleto de gratificações que ela não a valorizou tanto. Escreveu um memorando para Laura pedindo-lhe para enviar um e-mail a Jennylee para ser informada dos detalhes da nova produção. Estava ligeiramente nervosa, sem saber por quê, então lembrou que naquele dia iria anunciar a Laura que dali em diante haveria um homem permanentemente em sua cama, e não um estranho. Laura não gostava que sua rotina fosse perturbada. Às 8h45 da manhã, raramente doente, nunca atrasada, passava pelos novos portões de segurança, desativava o alarme e atravessava o jardim com seus sapatos de salto alto, arredando os galhos da macieira para poder passar. Pegava a correspondência e chegava a sua mesa, esperando que Sappho aparecesse no escritório às 9 horas.

— Agora podemos começar, não é? — perguntava, como se as horas passadas fora do escritório desde a noite anterior tivessem sido uma perda de tempo.

Naquela manhã, às 7h30, quando Sappho sacudiu Gavin e disse que era hora de levantar para tomar café e voltar para seu apartamento, ou pegar o ônibus para seu escritório em Holborn antes que Laura aparecesse, ele fez uma cara feia e disse:

— Você está comigo ou não? Ela vai ter de se habituar a isso, e quanto mais depressa melhor, porque eu pretendo ficar. — Enfiou a cabeça debaixo da coberta e continuou: — Este travesseiro tem um cheiro ótimo seu. Pena de ganso, não é? Detesto travesseiro de espuma. — E voltou a dormir.

Ficar, ficar, Gavin pretendia ficar! Sappho saiu dançando do quarto, desceu a escada e, em vez de agradecer prudentemente a Deus, censurou-o por ter levado tanto tempo para encontrar um homem que ficasse ao seu lado. É claro que ela podia enfrentar Laura. Podia enfrentar qualquer um. Laura não esperaria que ela ficasse solteira pelo resto da vida só porque não aprovava o amor. Os detalhes de qualquer nova sociedade podiam ser facilmente esclarecidos.

Fazia três semanas que tinha encontrado Gavin, ou melhor, reencontrado, em uma sala lotada, e ao vê-lo pensara: esse homem me é tão familiar que só pode ser ele, o cavaleiro de armadura brilhante que veio me salvar. Quem será aquela mulher de cabelo vermelho com ele, como ela ousa interferir? Depois de um instante, percebeu que era Gavin Garner. Ele, ao vê-la do outro lado da mesa coberta com uma toalha branca onde serviam bebida, pensou a mesma coisa, "é Sappho"... E assim foi. (Ela achava que sua mãe não aprovaria o encontro, mas que se danasse.) Meu, meu, Gavin é só meu!

Talvez fosse bom voltar para a cama, deixando Laura trabalhar sem sua chefe quando entrasse por aquela porta. Ela, Sappho, era o guru ali, Laura era apenas a secretária. Talvez fosse possível viver uma nova vida, vagando pela casa, tomando café e comendo croissants, sem fazer nada, cuidando de seu físico e sua vida sexual, considerando-se uma artista, não uma assalariada. Escreveria apenas quando viesse a inspiração, não para cumprir prazos. Tinha decidido voltar para a cama e deixar Gavin puxá-la para baixo dos lençóis amassados quando a campainha tocou.

Cedo demais para o correio, cedo demais para Laura chegar sem sua chave, esquecida em casa, embora isso nunca ocorresse. O que tinha acontecido? Deviam ser boas notícias! O sol da manhã atravessava a sala e as flores da macieira entravam pela janela. Sappho abriu a porta e viu uma menina bem-arrumada, com ar saudável e inteligente, de presença marcante. A menina era pálida e frágil, mas já bem bonita, lábios surpreendentemente carnudos, cabelo louro cortado rente na nuca, e olhos verdes grandes e sérios. Não estava sorrindo. Aliás, parecia zangada, com ar de censura. Sappho não a reconheceu imediatamente.

Mãe, vá embora! Saia da minha cabeça! Juro que não a reconheci. Não foi uma negação, só não queria pensar muito nos filhos dele, muito menos em Isolde; a coisa toda tinha sido muito traumática. Queria adiar esses pensamentos, como estava adiando a conversa que teria com Laura. Ok, foi uma negação. Você ganhou. Mas na minha lembrança, Isobel e Arthur viviam seguros com Gwen, estavam fora da moldura. Assim que Gavin se estabelecesse firmemente em casa, talvez então eu pudesse pensar no que vinha com ele, ampliar a moldura para incluir seus filhos e a santa esposa falecida; depois talvez pudesse até considerar a diferença de quase vinte anos entre nós, minha riqueza e sua relativa pobreza. Eu discordo de você, mãe, quando diz que as mulheres são basicamente masoquistas — é uma visão nada animadora do universo. De qualquer forma, isso é um romance, pelo amor de Deus. Se eu fiz isso na vida real, posso fazer na página de um livro.

Sappho não notou imediatamente que aquela pré-adolescente era a menina que vivia comendo ovo, sempre grudada no pai, e de quem ela cuidara durante quase três anos. A menina de cabeça grande e pernas roliças de outros tempos; aquela menina era muito pré-púbere, estava passando pelo estágio de mau humor antes de o florescimento de estrogênio suavizar os músculos e deixar a pele brilhante. Devia ter uns 11 ou 12 anos. O verão ainda não tinha começado, a manhã estava ensolarada mas fria; a menina usava calça jeans, sandálias e uma camiseta sem manga de algodão cor-de-rosa sobre o peito reto. Não estaria com frio? O que uma menina tão jovem como ela estaria fazendo na rua tão cedo, batendo na porta de estranhos? É claro. Estava procurando o pai. O nome lhe veio à cabeça antes que ela percebesse quem devia ser.

— Isobel!

A menina ficou intrigada.

— Como sabe quem eu sou? Eu não a conheço.

— Mas eu conheço — disse Sappho. — Cuidei de você quando tinha 3 anos.

— Não acredito — falou a menina. — Papai não faria isso comigo. Você é a empregada daquele tempo?

Sappho não se importava de referir-se a si mesma como empregada, mas não gostava que outra pessoa o fizesse. Ela tinha sido amiga da família, enfermeira, intérprete, ghost-writer, anfitriã, ajudante da mãe e encarregada das risadas, da vida e do drama da mãe da menina durante anos. Não estava lá quando Isobel nascera?

— Eu estava sempre com vocês antes de a sua mãe morrer.

— Você foi a mulher que nos abandonou?

— Creio que sim — disse Sappho, já irritada.

— Eu vim falar com meu pai — disse a menina. — Ele passou a noite aqui. Preciso que assine uma coisa para o meu colégio.

Passou com elegância por Sappho e entrou no hall. Se Isobel tivesse dito "quero" em vez de "preciso", Sappho talvez tivesse resistido e barrado sua entrada, mas uma criança precisando do pai tinha de ser atendida.

— Pelo menos você é um pouco melhor que a última amante dele — disse Isobel, torcendo os lábios vermelhos em sinal de aprovação.

Olhou em volta do grande hall, com a elegante escada recém-pintada, e viu através das portas de vidro uma cozinha nova e extremamente sofisticada e a estufa de plantas mais adiante, onde antes havia o que a mãe de Sappho chamava de "garagem velha".

Espero que sim, pensou Sappho, mas não disse nada. A nova decoração do térreo lhe custara milhares de libras; foi obra de arquitetos caros, motivo de muita agitação, jogando reboco e poeira no cabelo e debaixo das unhas quando as paredes internas foram retiradas e colocadas em outro lugar. A sala de visitas, onde no passado Emily recebia seus pacientes e possivelmente amantes, era agora o escritório de Sappho e o território de Laura. O quarto onde Sappho suportara ou não a cena quase primal vinda lá de baixo estava agora vazio, ao lado do quarto de casal onde ela fora concebida e onde Gavin agora dormia.

Um pouco melhor que a última amante. Um elogio com dupla intenção. A última amante fora sem dúvida Elvira, que Gavin tinha largado em uma festa para levar Sappho em casa. Os olhos dos dois tinham se encontrado na sala cheia, um vendo seu destino no outro. Daí em diante, se tornaram inseparáveis.

— Ele não dura muito tempo, não é? — perguntou Isobel em tom choroso.

Parecia ter sido há uma eternidade, mas Sappho viu que mal haviam se passado três semanas. Sentiu-se um pouco mal em pensar na última namorada dele mas não muito. Gavin contara que fora só um relacionamento passageiro com Elvira, figurinista de roupas de teatro, de cabelo vermelho despenteado e grosso, pernas ligeiramente tortas, que vivia modestamente, como convinha a sua situação de vida.

Elvira, pensou Sappho, sentindo-se superior, não tinha chance diante dela, a dramaturga famosa e jovem que tinha tudo que queria e não podia errar, de cabelo avermelhado, mas não despenteado, pernas compridas e perfeitamente retas, que finalmente encontrara o homem dos seus sonhos. E mesmo que Elvira tivesse ido a uma festa com Gavin, saberia que, depois de encontrar Sappho, Gavin iria para casa com ela, se ela quisesse. Assim era o mundo.

Sappho sugeriu que Gavin ligasse para Elvira no dia seguinte para pedir desculpas: quem ia a uma festa com um homem esperava no mínimo que ele a deixasse em casa; ele ligou da cama de Sappho, mas Elvira bateu o telefone na cara dele. Com isso lá se foi sua chance de ser incluída no círculo dos amigos Gavin/Sappho.

Afora Elvira, Sappho tinha a impressão de que desde a morte de Isolde a vida de Gavin fora despida de interlúdios românticos. Ele era um ser sexual, decerto não teria optado pelo celibato nesse meio-tempo. Sappho era realista o suficiente para saber disso. Se sua própria vida sexual fora ativa, por que a dele não teria sido? Mas por que pensar nisso? A vida deles tinha recomeçado. O passado era irrelevante.

— Lá em cima? — perguntou Isobel.

Sappho olhou para ela sem dizer nada.

— O papai está na cama lá em cima? Essa casa é grande mesmo.

Sappho fez que sim e Isobel, sem cerimônia, subiu a escada, chamando: "Papai, papai, você está aí?"

Sappho lembrou — droga! — que Laura entraria a qualquer instante, e ela perderia a chance de apresentá-la a Gavin como o novo amor da sua vida, um amante residente. Agora teria de explicar a presença de um homem na sua cama e também a existência de sua filha, que andava pela casa — que àquela altura parecia ser tanto de Laura quanto de Sappho —, e do filho Arthur, ausente no momento. Ele tinha 6 anos quando a mãe morreu, idade suficiente para lembrar que Sappho não fora ao enterro. Ela gostaria de ter ouvido o conselho de sua mãe, que tentara persuadi-la a chorar na beira do túmulo de Isolde como todos os outros. Mas não teve coragem de ir. Tinha sido muito magoada, e ninguém reconhecera isso. Afinal, ela era apenas uma empregada, não pertencia à família.

Mas teria de recompensar as crianças de alguma forma. Ela amava Gavin. Amaria sua família e faria com que eles a amassem, e tudo daria certo. Os quatro iriam visitar o túmulo de Isolde e levar flores. Seriam uma família. E ela sairia vitoriosa, já que Isolde estava morta, e ela, viva.

Emily faz uma pequena interrupção

— Será que ela não se lembra mesmo do "incidente" no quarto de hóspedes? — pergunto a Barnaby.

— Isso é um romance. Ela tem direito de escrever o que quiser.

— Não é um romance, é uma autobiografia. Está até usando o próprio nome.

— Mas vai mudar os nomes antes de publicar o livro — diz Barnaby.

— Espero que sim.

— Que azar ter uma escritora na família.

— Eu me lembro de todos os detalhes da perda da minha virgindade.

— Não quero saber — fala Barnaby.

Ele não me ama. Só quer o que eu tenho, ou seja, uma máquina de lavar roupa que funcione, uma torradeira para fazer sanduíche e uma pessoa para cuidar dele quando ficar doente. Nós dois estamos envelhecendo.

Continuação do romance de Sappho...

Nas duas semanas que se seguiram ao reencontro, Gavin falou de novo sobre os filhos e sobre o passado comum dos dois, como se fizesse tanto tempo que ele já não conseguisse lembrar bem. Nenhum dos dois tinha muita vontade de tocar no assunto. Falar de Isolde era ainda penoso para ele, então Sappho raramente se referia a ela.

— Você trabalhou para nós durante muito tempo — ele lhe disse um dia. — Eu sei disso. Mas depois que Isolde ficou doente... bem, deve-se esquecer para não se machucar. Não vamos mais falar nisso.

— Tudo bem. — disse Sappho.

Fazia tempo. A coisa estava no início. Ele falaria sobre isso com o tempo. Sua mãe, que era psicanalista, dissera que a força das lembranças reprimidas era tanta que um dia acabavam vindo à tona.

— Uma nova vida está começando, não sente isso?

— Sinto. Então sobre o que falaremos? Sobre teatro?

O corpo dele estava tenso contra o seu. Sappho podia ver que seria melhor evitar o assunto. Ele não gostava das peças dela. Tinha sido ele o autor de uma das resenhas negativas sobre *Ms. Alien*. Achava sua literatura destrutiva e depressiva, deplorava a nova onda de culto à juventude, de anti-intelectualismo, de antiburguesia, que agora infestava as peças teatrais. Uma onda que suscitou muita polêmica e deu origem a uma verdadeira febre, que a imprensa literária ainda perseguia sem a favorecer. Por que estava na cama com ele agora? Sua mãe diria que ela era masoquista, mas não era melhor abraçar o inimigo, tornar-se um deles e conquistá-lo, convertê-lo, do que fugir com medo? Ela o tinha procurado na festa e falado com ele, e ele se desculpara.

— Sou um dinossauro velho — disse. — Qualquer coisa escrita na era do computador me ofende. Não me leve a sério.

— É só uma questão profissional — respondeu ela.

— Só profissional — concordou ele, e a necessidade de estarem um nos braços do outro fez parar aquela conversa.

Mais papo sobre teatro os levaria de volta a Isolde e ao boato, que os críticos de Sappho gostavam de espalhar, de que *Ms. Alien* era uma cópia exata de um drama de televisão escrito por Isolde havia muito tempo. Havia semelhanças sim, pois Sappho tivera uma participação no original, mas como poderia dizer isso sem trair Isolde?

Então passavam muito tempo na cama, à noite na casa dela, de dia na dele, o que convinha aos dois; comiam fora, passeavam pela charneca, o que agradava a Gavin, mas não muito a Sappho. Em certa ocasião, ficaram horas de pé na charneca de Hampstead esperando aparecer um búteo-de-cauda-vermelha que alguém dissera ter visto, e só foram embora porque os joelhos de Gavin começaram a doer. Encontravam-se com os amigos acadêmicos dele, com quem ela se dava muito bem. O mundo diferente deles a encantava. Ele achava as amigas de Sappho frívolas e dramáticas e, na verdade, ela também achava. Ela adorava a conversa de Gavin, sua habilidade com as palavras, a extensão de seus conhecimentos e a forma com que ele a amava. Sappho era um peso-pluma comparada a ele, e sabia disso.

Ela tinha estado no pequeno apartamento de Gavin em Bloomsbury, e precisaram tirar os livros de cima do sofá para fazerem amor, Sappho notou o retrato de Isolde pendurado na parede, mas não fez nenhum comentário, e ele também não. Tinha sido pintado uns meses antes de ela morrer, por um artista que ambos conheciam, mas não falaram sobre isso. Na vez seguinte que foi lá, o quadro tinha desaparecido e não havia nada no seu lugar; o papel de parede desbotado marcava o ponto onde o quadro antes ficava. Gavin não disse nada sobre a ausência do objeto, e Sappho também não. Ficou óbvio para ela que as regras de relacionamento seriam definidas em torno de referências mínimas ao passado. Para ela estava ótimo.

Eles tornaram-se amantes. O passado estava em outro país, onde Gavin dividira a cama com Isolde até ela morrer. Sappho havia presenciado o lento declínio, quem iria querer voltar lá?

Vejo que tenho tentado me distanciar desses acontecimentos usando a terceira pessoa, mas como sou eu que estou escrevendo, vou passar para a primeira pessoa e ver o que acontece. A descrição na terceira pessoa é um tanto pomposa e pesada.

Então me aproximei de Gavin, muito nervosa, mesmo sabendo que era sua favorita e que ele gostava de me satisfazer. Vocês nem podem imaginar como o sexo foi bom. Ele era mais experiente que eu, pois tinha mais idade; mas foi mais que técnica, foi a eletricidade entre nós que nos deixou fundidos, como nesses efeitos especiais dos filmes do Exterminador quando o metal se funde e surge uma outra coisa. Sexo até então era prazeroso para mim quando dava certo, e embaraçoso quando não dava. Tenho o hábito de ser espectadora, noto minhas próprias sensações e emoções como se estivesse em uma reportagem, o que não ajuda muito. Mas com Gavin senti que tinha permissão de estar lá, por assim dizer.

Quando Isobel subiu a escada e surpreendeu o pai na cama de uma estranha, fiquei mais preocupada com Laura que com qualquer outra coisa. Tinha conseguido manter Gavin longe de Laura, respondendo com cuidado às suas perguntas — "O que está havendo? Você parece assustada", "Preste atenção, Sappho, sua cabeça está longe daqui", "Na noite passada também notei isso. Quem é ele? Ninguém importante, espero", e assim por diante.

Até então eu tinha conseguido que Gavin saísse de manhã cedo, antes que Laura chegasse com suas passadas precisas de salto alto, um-dois, um-dois. Não conseguia ficar languidamente na cama depois que ela entrava. Achava errado não trabalhar enquanto ela estava lá. Se pudesse, ela me faria seguir um horário rígido. Exigia que os operários registrassem a hora de chegada e de saída, anotava essas horas de trabalho, punha sua rubrica e fiscalizava os serviços. Teria um relógio de ponto se ainda existisse algum disponível. Se Gavin fosse morar comigo, o que parecia inevitável, haveria conflitos estéticos em nossas vidas. Laura gostava da Ikea, eu gostava de antiquários e brechós e Gavin gostava da Heal's. Problemas à vista.

Durante o reinado de Laura eu fiquei rica e bastante famosa: 50 mil resultados no Google, e novos apareciam todos os dias. Laura digitava meus roteiros escritos à mão, abria minha correspondência, pagava as contas, fazia um diário, tinha acesso a todo o meu dinheiro, contratava operários para manter Apple Lee de pé e tinha um salário de seis dígitos por ano. À medida que eu enriquecia, ela enriquecia também, valia a pena. Ela atendia o telefone com muita gentileza, os trabalhos eram terminados a cada dia, nós prosperamos e florescemos. As encomendas eram muitas e de prazo apertado. Laura não me deixava perder tempo, gastar muito, beber muito, e fazia uma cara tão feia se eu usasse drogas, que eu não ousava fazê-lo. Os prazos eram cumpridos, todas as perguntas respondidas, todas as permissões concedidas, quando razoáveis.

Foi a época de "se meus amigos pudessem me ver agora!". Eu cresci com uma mãe viúva em uma casa abandona da; minha mãe dedicava-se a um conhecimento misterioso, alguma coisa a ver com teoria psicoanalítica. Meu pai morreu em um acidente, mas isso não a desviou de sua obsessão. Fui uma órfã freudiana.

— Por que você não mora na Irlanda? — perguntou minha contadora. — Lá os artistas não pagam imposto de renda.

— Este é o meu país e eu gosto de morar aqui — respondi.

Eu me sentia parte dele e de sua luta para ser novo, diferente e diverso, e se o preço a pagar fossem agulhas quebradas e camisinhas usadas jogadas no jardim, que fosse. Além disso, as coisas estavam melhorando. O Conselho estava gastando milhões de euros na área, e Laura chamara uma firma de paisagismo para enterrar a sujeira acumulada no solo, cobrir com toneladas de terra nova, e o jardim voltou a ter um aspecto pastoral. A macieira foi tratada com todos os fungicidas e inseticidas conhecidos, mas eu a olhava da mesma janela pela qual meu pai, meu avô e meu bisavô tinham olhado.

— Que estranho — disse Gavin — pensar na sua linhagem do lado paterno e não materno.

— Eu vou precisar ter um filho só para manter a casa — falei.

Estou brincando, em parte; quero ver como ele vai reagir. Faz uma semana que começamos nosso relacionamento. Eu nem gosto tanto de criança. Associo crianças aos anos que passei como babá; Isobel e Arthur eram quase meus filhos, mas eu rapidamente me esqueci deles. Associo os dois a muita tristeza e trauma. Isobel chega na minha porta sete anos depois e eu não a reconheço. Todo aquele trabalho exaustivo não deu em nada. Qualquer uma poderia ter cuidado da casa, limpado, lavado o chão, jogado cartas, subido e descido a ladeira com as compras, ninguém teria notado a diferença.

— Então vou ter de ser o pai — disse Gavin. — Não vou deixar de jeito algum outro homem se aproximar de você.

Eu gosto quando ele é possessivo. Mas talvez esteja brincando também, não é? Creio que não. Ele está inteiramente comprometido comigo, dá para ver.

Resolvi, então, dar cinco minutos para Isobel e Gavin falarem a sós. Afinal, ela é filha dele. Eu posso ser generosa. Mas depois eu iria subir e impor minha vontade, qualquer que seja a situação. Pobre Isobel. Perdeu a mãe quando era pequena. Hoje vive com a avó, que segundo me lembro era uma mulher fria e abominável, porém bonita. O pai não parece prestar muita atenção à filha, pelo menos é isso que ele me passa. O que, aliás, me convém. É claro que vou assumir enteados se for necessário, mas enteados implicam casamento. Em que estou pensando? Estou pensando em... meu Deus! As coisas que a gente se diz quando deixa um fio de consciência desenvolver-se! Minha mãe ficaria orgulhosa de mim, mas teria um ataque se a coisa terminasse em uma cerimônia de casamento — com a noiva atravessando a nave da igreja e tudo o mais. Qual é o sentido disso? Um contrato legal para provar um amor verdadeiro? Coisa do século passado. Mas aqui estou eu considerando a ideia. Causaria um rebuliço entre nossos amigos — "eles só o conhecem há algumas semanas", comentariam, "será que enlouqueceram?" —, o que seria divertido, mas não uma razão para casamento. Porém, tudo parece muito certo e inevitável.

As pessoas não são feitas para se completarem? Posso dizer honestamente que nós nos completamos? Ele é mais velho e acadêmico, eu sou mais jovem e frívola. Ele detesta o que eu escrevo e eu finjo me interessar pelos seus pássaros, embora não tenha empolgação alguma pelo assunto. O que temos em comum é a lembrança de uma esposa morta, sobre a qual não nos damos o direito de falar. Aposto que estou apenas cansada de viver sozinha, de não ter ninguém na minha cama em termos permanentes, cansada de querer um filho e de precisar de alguém que me defenda de Laura. Vou tirar da cabeça essas ideias sobre casamento. O que devo usar?

Há uma vaga na agenda da igreja para junho. Eu ia levar Laura para uma viagem ao Círculo de Fogo, no Pacífico. Gostaria de levar minha mãe, mas ela vive presa com seus pacientes e com um novo namorado chamado Barnaby. Pelo menos ele é um homem digno, não um grosseirão. Esse problema de dignidade. Eu acordo cedo por natureza, Gavin acorda tarde. Será que essas diferenças atrapalham ou contribuem para o conjunto perfeito, o sentido ideal? Se o sexo que me revigora parece cansá-lo, isso tem a ver com a diferença de idade ou com nossa natureza? Ele tende a ficar na cama depois de uma noite de amor... será em razão da sua idade ou do seu prazer sensual? Esse prazer se manifesta em várias coisas — como comida italiana, sexo, fazer fogueira ou simplesmente deitar em um bom colchão? Ele não é alcoólatra, eu sou muitas vezes acusada disso. Não sou dada a viver no presente, Gavin é. É um traço masculino. As mulheres têm necessidade de fazer alguma coisa para evitar que o pior aconteça, os homens concentram-se no agora. Em tarefas únicas.

Se eu subir para ver o que Isobel e Gavin estão fazendo, vou parecer uma boba. E se acharem que estou com ciúmes? Vou ficar desacreditada. Mas o que eles têm para falar que leva tanto tempo? Talvez ela tenha saído pela porta de trás sem ao menos se despedir. Posso entender isso. Para ela, eu sou apenas a nova namorada "depois da última". Como ela pode saber se sou permanente na vida do seu pai, se vou ser uma madrasta formal, se ela vai ganhar um irmãozinho? Pare com esses pensamentos bobos! Seria bom ter um bebê, com um pouco dela e um pouco dele, para passar à próxima geração e comandar o mundo. Isolde não conseguiu imprimir a marca de Gavin em seus filhos; Isobel era uma miniatura de Gwen e Arthur não se parecia com ninguém da família, não era criativo nem muito brilhante. Eu farei um serviço melhor. Meu filho terá a constituição física, a presença, o brilho e o poder de Gavin, e o meu dom de escrever. Mas espere um instante, por que estou pensando nisso? Para superar Isolde? Devo estar brincando. Não é uma competição entre mim e ela.

Decidi não me importar se ficar desacreditada. Precisava subir para ver o que estava acontecendo.

Ele já devia estar cansado de Isobel àquela altura. Fui para o quarto de casal, o meu quarto durante três anos — em criança eu dormia no que é agora o quarto de hóspedes —, onde fui concebida, que antes tinha sido dos meus avós e antes ainda de parentes que só Deus sabe quais, os genes originais já bem rarefeitos agora. Lá estava Gavin debaixo do edredom, dormindo. Ao seu lado estava deitada sua filha Isobel, por cima das cobertas, acordada. Os dois tinham as mãos entrelaçadas. Ao me ver ela soltou a mão dele, o que me deixou inquieta. Ela sabia o efeito que teria em mim. Mas ela é uma criança, não uma adulta. Uma filha, não uma rival. Mesmo assim, fiquei tremendo.

O problema com os homens é que o que parece simples — amar e viver — pode de repente tornar-se complicado. Há pessoas que eles não querem magoar, coisas do passado que não querem revelar, um futuro mais complicado do que se imaginava.

— Ele disse que vai se casar com você — falou Isobel. Eu me senti gratificada: estava certa, a cabeça dele funciona como a minha. — Há quanto tempo vocês estão juntos? Três meses?

— Três semanas — disse com orgulho, sem sentir. Gavin Garner, o literato da cidade, que perdeu o interesse por Elvira em três curtas semanas. — Vamos descer, vou fazer um café.

— Eu não tomo café. Não acredito em cafeína. Gostaria de tomar um pouco d'água. Água da torneira, não engarrafada e cheia de bolhas. — Saiu da cama e desceu comigo.

Servi-lhe um copo de água da torneira e ela tomou um gole. Tinha cheiro de cloro, mas creio que não lhe faria muito mal. Passou pela minha cabeça que ela talvez fosse anoréxica. Gwen é que teria de cuidar disso. Isobel e Arthur só ficariam conosco em certos fins de semana. Ela era bonitinha, pálida e vulnerável. Meu coração ficou apertado. Em qualquer instante Laura apareceria, não havia como evitar isso; eu daria um jeito. Afinal, era minha casa, meu trabalho, minha futura enteada.

— É uma casa bonita — disse Isobel. — Maior que a de Gwen e mais clara. Fica perto da minha nova escola. O ônibus passa na porta. Agora me lembro. Você era nossa empregada antes de minha mãe morrer.

— Você era muito pequena — falei, sentindo uma onda de afeição ao me lembrar dela naquela época.

— Você foi embora de forma estranha. De repente me veio à cabeça uma imagem de você derrubando gema de ovo no meu cabelo. Seu nome era engraçado.

— Sappho — eu disse.

— Eu costumava brincar debaixo daquela macieira lá. Uma maçã caiu na minha cabeça. Na verdade, o papai não disse que vai se casar com você, Sappho. Eu é que disse. Esse tipo de ideia me vem à cabeça.

— Ah!

— Eu passei a ele o papel da escola, ele assinou e voltou a dormir.

— Entendi. — Tentei imaginar um futuro sem me casar com Gavin.

— O papai e Gwen têm guarda conjunta dos filhos, então todos os papéis precisam ser assinados por ele. A maioria eu posso forjar, mas não gosto de fazer isso com papéis do colégio; sempre que sei onde ele está, vou procurá-lo.

— É mesmo?

— De manhã cedo é melhor, pois ele está dormindo e não reclama, simplesmente assina.

— Ele gosta de um bom sono — falei, imaginando todas as camas pelas quais aquela menina tinha passado para encontrar o pai, e quantas teriam sido. "Ser casada com Gavin" era uma ideia boba, gauche e fugaz. Ele era um namorador em série; ia para a cama com as mulheres, dizia que elas eram o amor da sua vida, depois ia embora. E eu tinha caído nessa.

— Por que você diz "gosta de um bom sono" e não "gosta de dormir"? É um jeito de falar de classe muito baixa.

— Eu sou de classe baixa — disse.

Venho de uma longa linhagem de generais e políticos, e essa menina vem de uma longa linhagem de imigrantes poloneses, da parte de Isolde, e de camponeses de Yorkshire, da parte de Gavin, mas o que importa? Sei manter minha lealdade.

— Você é apenas uma babá — disse Isobel —, não se pode esperar que fale bem. Você trabalha aqui? Os donos da casa estão fora?

— Esta casa é minha, eu sou a dona da casa.

A menina olhou em volta, reparando nas peças de aço inoxidável, nas superfícies de cerâmica e no resto da cozinha.

— Deve ser bom ser rica — falou.

— É — falei.

Isobel me concedeu um pequeno sorriso, fazendo lembrar Gavin por um segundo, e eu achei que poderíamos nos dar bem. O fato de Gavin não ter dito à filha que ia se casar comigo não significava que não tivesse essa intenção. Como ela conseguiu me confundir tanto? Com crianças pequenas era mais fácil, bastava cuidar das suas necessidades físicas. Era cansativo, mas não perturbador. Crianças mais velhas criam tramas, como os adultos.

Fiz uma torrada para Isobel, que insistiu em comer sem manteiga. Não gostava de gordura, disse. Perguntei como ela sabia onde seu pai estava, e Isobel disse que Elvira sempre levava Arthur e ela para dar uma volta de carro, mas naquele dia não tinha aparecido.

— Então fomos à casa dela e a encontramos com os olhos inchados de tanto chorar.

Aparentemente fazia seis dias que Elvira postava-se diante de Apple Lee toda noite, e ao ouvir a descrição da casa Isobel lembrou-se, por causa da macieira. O ônibus passava por ali a caminho da sua escola.

— Aqui não é um lugar seguro — eu disse. — É um bairro perigoso.

É estranho alguém comportar-se assim na frente de crianças, fingir que tudo está bem quando não está. Esqueça o bairro, a ideia de Elvira chorosa em frente a minha casa, vendo as luzes acenderem e apagarem e as silhuetas nas vidraças, que loucura! Mas de alguma forma, isso me excitou. Tentei decifrar meus sentimentos, mas não consegui. Minha respiração estava acelerada, tive vontade de subir e voltar para a cama junto de Gavin, cuidar da minha vida, me esquecer daquela menina boba, me esquecer de Laura. Detesto me sentir assim. Deus me puniria. Mas eu não contaria nada disso para Gavin. Elvira que ficasse nos espreitando, sofrendo, e soubesse que tinha sido derrotada.

— Elvira adoraria ser assaltada — disse Isobel. — Assim poderia culpar o papai e processar você. Se papai se casasse com você e se mudasse para cá teria automaticamente direito a metade da casa? É isso que acontece?

— Só se eu puser metade da casa em nome dele. Os casais muitas vezes fazem isso.

— Elvira tem apartamento próprio, mas não é nada de mais. Ainda mais apertado e menor que o do papai. O aluguel dele está vencendo, ele vai ter que arranjar um lugar para morar. Gwen disse que ele pode morar conosco, mas ele não quer.

E me olhou de esguelha — é a única forma de descrever o tipo de olhar que ela às vezes lança, um olhar matreiro, estranho, como se soubesse mais do que deveria saber, do que poderia saber. Lembrei que seu nome do meio é Morgana, que é a irmã do rei Arthur, *Morgana Le Fay,* ou *Fata Morgana* — uma feiticeira que muda de forma, que seduziu o irmão e o levou ao desastre.

Lembro-me de pensar naquela época que era um nome bem estranho para se dar a uma filha. Foi ideia de Gwen. Ela era romântica.

— Sou descendente direta de Guinevere e Lancelote, querida. Lance é um nome muito antigo da família. Nós pertencíamos realmente à Távola Redonda. O sangue de Arthur corre nas minhas veias. Sou Gwen, abreviação de Gwendolyn, Isolde é minha filha e seu pai era Caradoc e é claro que Gavin é uma corruptela de Gawain. Isolde e ele tiveram um filho Arthur, então a irmã de Arthur tem de ser Morgana.

— Nenhuma filha minha se chamará Morgana, nem mesmo para agradar você, Gwen — dissera Gavin. — Não gosto de abreviações. Ela acabará sendo chamada de Morgan ou, pior ainda, de Morgue.*

---

* Necrotério, em inglês. (*N. do É.*)

Então resolveram que seu primeiro nome seria Isobel com O, e o segundo nome, Morgana. E ali estava ela, Morgana, a sedutora mirim, com o lindo cabelo louro fino e os olhos verdes e grandes ligeiramente puxados, como os de Gwen; percebi que seria melhor ser gentil com ela e tomar cuidado, senão alguma coisa ruim poderia acontecer. Ela poderia rogar uma praga e secar meu ventre. Estremeci. Nós achamos que vivemos em um mundo racional ou pelo menos semirracional, o mundo em que minha mãe vive, mesmo sendo um mundo de símbolos, motivos e compulsões, mas acabamos descobrindo uma tendência oculta que nenhuma teorização poderá explicar.

Eu tinha estado no apartamento de Gwen em South Kensington umas duas vezes, quando levava as crianças para elas se afastarem um pouco do ambiente de doença de casa. O sentimento de fatalidade, entretanto, parecia nos seguir na escada do ônibus que nos levava até lá, como se eu ouvisse um cão negro sinistro atrás de nós entrando na casa de Gwen, enroscando-se no sofá de chintz de um verde brilhante e horrível, dizendo: "Vocês não podem se livrar de mim. Estarei com vocês para sempre." Ou talvez fosse o contrário — o cão negro vivia no apartamento de Gwen e nos seguia até em casa.

Detestava os pequenos objetos de decoração que ela dizia serem tão valiosos.

— Não toque nisso, não toque, cuidado, é vulgar tocar nas coisas! Esses brincos foram encontrados no túmulo de uma dama romana e me foram dados por um arquiteto muito famoso. Não, Isobel, deixe os brincos aí. Esse é um altar de sacrifício dos papuas na Nova Guiné, um trabalho muito raro em madeira, muito valioso; por favor não suba em cima dele, Arthur. Pode haver resíduos de sangue seco. Foi presente de um explorador que conheci. — Era assim todo o tempo; as crianças sentiam-se fascinadas, mas eu ficava apavorada e louca para sair dali o mais rápido possível.

Naquele dia pensei que talvez Isobel tivesse contato demais com Gwen, que Gavin deveria tentar tirá-la da influência da avó, mas eu sabia que não diria isso a ele. Trazer Isobel para nos visitar era uma coisa, para morar era diferente. Não queria que ela ficasse na minha cama ao lado de Gavin sempre que desejasse.

Talvez fosse mais prudente não me ligar legalmente a Gavin. Casamento é uma ideia tola. A razão deve interferir em certo ponto. Nós moraríamos juntos. Nem teríamos de morar em Apple Lee, embora fosse conveniente; dezenas de milhares de libras haviam sido gastas na reforma da casa para fazer dela um lugar onde eu pudesse escrever e ganhar dinheiro. E Laura acharia uma loucura se eu me casasse. Minha mãe também.

Levei Isobel ao ponto de ônibus. Estava de camisola, com um xale de seda chinesa, descalça. Quando descíamos para chegar à rua principal Isobel ajoelhou-se debaixo dos galhos da macieira e disse:

— Vamos olhar a macieira do ponto de vista de uma criança pequena. — Fez a volta na árvore, observou-a bem e disse com satisfação: — Agora estou familiarizada com ela. Estou me sentindo em casa.

E deu mais uma vez aquele sorriso. Não senti exatamente afeição por ela, mas compreensão, e creio que ela sentiu o mesmo com relação a mim. Depois disso, como uma espécie de eco visual, como o som que era ouvido em ligações internacionais, veio aquele olhar de esguelha.

O ônibus chegou. Eu acenei do portão. Não quis me aventurar a sair na rua sem sapatos. O caminho de casa até o portão era varrido e limpo, mas do outro lado da rua eu não sabia em que poderia pisar.

— Dê um beijo no papai — disse Isobel ao entrar no ônibus. Laura chegou bem a tempo de vê-la. — Tudo bem se ele se casar com você. Elvira não tinha jeito para cavalgar. As pessoas podem ser tão vergonhosas...

Pensei em como era fácil uma mulher virar passado. E então entrei em casa com Laura.

— Quem era aquela menina? — perguntou ela, tirando a jaqueta preta curtinha e pendurando-a com cuidado atrás da porta. Eu em geral jogo minhas roupas no chão, no sofá ou na cama. É por isso que ela parece sempre tão vistosa e arrumada e eu pareço um molambo.

— É a filha do meu namorado. O pai dela está dormindo lá em cima.

Em poucas palavras disse tudo. Por que tive tanto medo?

* * *

Emily entra em pânico

Li em voz alta para Barnaby uns trechos do romance de Sappho.

— Até que não fizeram um retrato tão ruim de você — disse ele.

Eu estava fazendo o café da manhã para ele no meu apartamento. Ou melhor, ele estava fazendo ovos mexidos com os ovos que me trouxera — frescos, orgânicos etc., o dobro do preço que eu me proporia a pagar. Mas se ele queria gastar esse dinheiro, por que não? O gosto dos ovos não é nada diferente, a meu ver. Um ovo é um ovo. Uma boa noite de sono acalmara meus nervos. Sappho tinha avisado que ia sumir, então não havia necessidade de ficar naquele estado. Meu nível de ansiedade tinha diminuído para aproximadamente quatro.

— Creio que Sappho esperava que eu lesse seu romance — falei. — Provavelmente censurou um pouco o texto por minha causa.

— Então, fique feliz. Muitos filhos saem da linha para magoar os pais. Isso se vê na maioria das autobiografias. A literatura dá permissão, a verdade é uma justificativa e a vingança é o motivo real.

— O que eu não compreendo é por que ela levou adiante o casamento. Podia ver perfeitamente bem o que se passava na cabeça de Gavin.

— Por quê? Bem, por exemplo, eu quero me casar com você embora saiba que é uma loucura. Você é uma péssima cozinheira.

Eu disse que loucura seria eu me casar com ele, pois ele só queria uma enfermeira para sua velhice e acesso ao meu dinheiro. Barnaby falou que era também porque queria que Sappho fosse sua enteada. Eu dei um grito de horror. A janela estava aberta, deixando entrar o sol da primavera, e um passante olhou para dentro, alarmado. Dei um sorriso para tranquilizá-lo. O homem seguiu em frente.

— Estava só brincando — disse Barnaby, e eu acreditei.

Comemos os ovos. Estavam ótimos. Concordei com ele que podia sentir a diferença de gosto, mas mantive os dedos cruzados. Ele comia pão pouco torrado, só aquecido, eu preferi torrada bem tostada e crocante. Pelo menos dessa vez ele preparou as fatias como eu gostava. Falei que não me casaria com ele, mas que talvez pudéssemos morar juntos. Não quis trazer à baila a questão da minha liberdade sexual, que insistia em ter, pois tenho consciência de que na minha idade essas conversas não são apropriadas. Mas em algum momento teria de tocar no assunto. Não quero viver sem sexo pelo resto da minha vida.

Barnaby perguntou se havia um nome melhor que enteada para a filha de novos companheiros e eu disse que não era do meu conhecimento. Tal palavra ainda não tinha sido cunhada.

— Entendi. O arquétipo ainda não foi estabelecido — ele falou.

— Vocês junguianos são obcecados por isso. É cedo demais na nova ordem do mundo para saber quais serão esses arquétipos. Lá se vão os dias em que se podia dizer que em um novo casamento a madrasta era a vilã e consequentemente má.

— Quando tudo era "Espelho, espelho meu, existe alguém mais bela que eu?" — observou Barnaby, e eu gostei. Barnaby é um homem inteligente e eu adoro inteligência. A inteligência pode ser excitante para uma pessoa como eu, mas isso não basta.

— Vamos ver. Os diários nos dirão. Os filhos de pais divorciados ou que foram privados de pais reagem furiosamente a um novo relacionamento, mas tendem a desistir e aceitar quando o casamento ocorre. Veremos como Isobel se comporta quando Sappho se casa. A coisa pode seguir dois caminhos diferentes. A cerimônia pode amenizar ou exacerbar a inveja e o ciúme. Podemos ter certeza de que quando os parceiros simplesmente se juntam, quando não há casamento, divórcio ou cerimônia, a perspectiva é triste. Os filhos podem tornar-se amargos e indiferentes quando a cama familiar é ocupada por dois, pois decerto será, fazendo surgir uma série de "tios" e "tias", e as paredes da casa vibrando com uma cena primal após outra. Não é de admirar que nossos países tenham tantos jovens criminosos. E quem pode dizer que mudanças se operam na criança quando parceiros estabelecidos cedem à pressão social e se casam? Isso também pode seguir dois caminhos.

— Muito persuasivo — disse Barnaby. — Vocês freudianos e sua cena primal! Mas se formos morar juntos você terá de me deixar falar.

Por que ele assume automaticamente o papel do que impõe as regras? Porque ele é um homem, essa é a resposta. O que estou fazendo com ele? Vou ignorar sua impertinência.

— Pobre Sappho — eu disse. — Perdeu o pai quando era pequena. Como Isobel perdeu a mãe. As duas têm isso em comum. E é sem dúvida por isso que têm um sentimento de compreensão mútua. A morte é um separador violento, mas, para a criança em crescimento, a Ceifadora pode criar menos tumulto emocional que o divórcio premeditado dos pais.

Barnaby não se ofereceu para tirar a mesa — como fez os ovos, aparentemente sentiu-se livre de qualquer outra obrigação doméstica —, mas pareceu entender o que eu estava dizendo e preparou-se para fazer um aparte, o que é mais do que muitos homens fazem.

— Quando animais de estimação morrem — ele observou —, nunca se sabe como as pessoas vão reagir. Vejo isso com meus pacientes. Às vezes começam logo a procurar um substituto, qualquer gatinho de rua serve; outras vezes dizem que nunca mais terão um animal de estimação. Porém, o grau de perda é o mesmo.

Fiquei muito entusiasmada.

— Será que ocorre o mesmo com as crianças? A perda do pai ou da mãe é como a perda de um animal de estimação? Depois que a mãe de Isobel morre... e ocorreu o mesmo com Sappho depois da morte do seu pai... ela pode seguir dois caminhos diferentes: ou quer uma nova mãe, uma substituta, uma namorada para o pai, um namorado para a mãe, ou barra a entrada na cama do pai ou da mãe e não deixa ninguém passar. Veremos.

Nós dois nos sentamos no sol, junto aos pratos sujos, e eu volto a minha leitura. Sinto-me ligeiramente mal de usar minha filha como um caso de estudo, mas agora é tarde demais para mudar as coisas.

Tenho orgulho da minha filha e me preocupo com ela, pois ela não escapou ao dano psicossexual. O masoquista é também um sadista. O prazer que Sappho sente ao pensar em Elvira diante da janela do seu amado, morta de ciúmes... isso a deixa excitada, é um prazer óbvio. Ela observa isso em si mesma.

Mas ela não quer que Gavin saiba; é a excitação do proibido, a excitação do poder sexual que a aflige. Por isso não conta nada. O narcisismo da criança torna-se voyeurismo, e essa mudança é um exibicionismo — Sappho observa Elvira na rua como uma voyeurista, e cria sombras por trás da vidraça como uma exibicionista. Ela toma fôlego: foi despertada. Em breve vai buscar ativamente o maior prazer masoquista de sofrimento emocional. Vai se punir. Vai se casar com Gavin.

Ofereço minha interpretação a Barnaby.

— O velho Freud — diz ele. — O que vem primeiro, o ovo ou a galinha? O sadismo ou o masoquismo? Eu pessoalmente creio que é o sadismo. O sadista emocional é um homem popular, é convidado para jantar enquanto a esposa traída fica chorando em casa.

Essa é uma visão muito antiquada. Ele é um dinossauro. É impossível.

— Eu recebo muitos convites — digo.

E é verdade. Tenho muitos admiradores, sempre tive. A idade não influi na minha infinita variedade. Ou talvez seja porque estou disponível. Sappho segue outro caminho, é muito mais discriminadora. Eu uso camiseta curta, Sappho prefere camiseta abotoada.

— Você é uma mulher sádica — diz meu quase amante. — Gosta de sofrer.

Estão vendo? Eu falo de Sappho, mas ele dirige a conversa para si mesmo. É assim que são os homens. Ou a gente aceita isso, ou fica sem eles. E eu tenho medo de solidão.

— Eu reparei que você omitiu a cena-chave — diz Barnaby. — É forte demais para você. Isobel na cama de Sappho com a mão entrelaçada na do pai. O Louco do tarô. A carta principal que representa o questionador. Quem é o questionador, você ou sua filha?

Ele está rindo de mim quando fala das cartas do tarô. Como muitos junguianos, ele lê as cartas e consulta o *I Ching*. Eu sou mais rígida, menos supersticiosa.

— Assim como você — continua ele —, Sappho está ausente. Não reage com raiva, só com ligeira irritação.

— Isobel não está deitada na cama, está só recostada, mas sem dúvida gostaria de estar deitada. Ela teve muitas rivais, inclusive a mãe, e está fazendo sua reivindicação. Mas o tabu, o sentido inato do proibido, é grande demais mesmo para ela; por isso fica só por cima dos lençóis. Não há esperança para ela. Na verdade, Sappho aceita isso com bastante calma. As emoções inevitavelmente suscitadas: raiva, ciúmes, inveja que a mulher mais velha sente da mais nova... são grandes demais para vir à tona. Permanecem soterradas.

— E sem dúvida — diz Barnaby — você decidiu que é por isso que sua filha sai andando pelas ruas como uma desabrigada emocional? Esse romance foi escrito há três ou quatro anos. Por que viria à tona agora?

— O inconsciente tem um relógio diferente do consciente — digo, com complacência. — O consciente marca os minutos, o inconsciente não conhece o tempo. Pode levar a vida toda para processar suas descobertas.

— Muito conveniente — diz Barnaby. — E quanto a você? A inveja inevitável que a mulher mais velha sente da mais jovem? Por que você anda pela vida como uma desabrigada emocional, magoando os outros?

— Acho que é hora de você ir para casa — digo.

Detesto a forma como ele deturpa as coisas. Em qualquer relação decente estaríamos transando na cama assim que terminássemos os ovos mexidos.

— Você acha que eu devo tomar Viagra? — pergunta ele, como se lesse meu pensamento. Não gosto disso. Mas é verdade: sem sexo, a relação entre homem e mulher é difícil de ser mantida. É difícil até com sexo.

— Viagra está fora de moda. Há outras drogas melhores no mercado.

— É claro que você sabe — diz Barnaby, num tom amargo.

Agora ele está de cara feia, como se seu desenvolvimento emocional tivesse parado aos 8 anos. Seu queixo está projetado para a frente, com ar de briga. O rosto fica vermelho e uma veia pulsa na testa. Terá um derrame se não se acalmar.

— Podemos voltar a Sappho? — pergunto. — Estou vendo uma coisa aqui. Você não acha sintomático que, ao encontrar Isobel, ela comece a pensar em casamento pela primeira vez, e em filhos? O inconsciente tem como principal interesse a psique do ego, não interesses práticos. O que importam ao inconsciente os iPods, os seguros saúde, as seis semanas de férias por ano? Nada. Ele cria arquétipos, casamentos com vestido de noiva, berços e comidas... isso é novidade, e a atrai.

— Você é inteligente e provavelmente está certa — diz Barnaby.

Ele acalmou-se, se deu por vencido. Quanto a mim, posso ver que não tive tato. Ele tinha acabado de admitir que sofria de disfunção sexual e eu me antecipei e sugeri que tomasse Cialis. Vou começar a moer essa droga e colocá-la no seu chocolate quente à noite. Cialis é melhor que Viagra. Pode funcionar em meia hora e durar dias.

O romance de Sappho continua...

— Não é tarde para um homem ainda estar na sua cama? — perguntou Laura. — São quase 9 horas e hoje é dia de semana. Você tem de cumprir prazos, qualquer homem meramente decente estaria a caminho do trabalho agora — ela falou, meio brincando.

— A cama é minha — disse Sappho —, e a vida também.

E ela não estava brincando. Laura levantou as sobrancelhas, surpresa. Quanto mais arrancava as sobrancelhas, mais elas cresciam.

— Não me diga que estamos falando de uma coisa permanente — provocou Laura.

— Talvez seja — respondeu Sappho.

Não quero falar mais com a minha própria boca, minha própria sensibilidade. Vou ser uma observadora imparcial de mim mesma. Meu encontro com Isobel na primeira pessoa me exauriu emocionalmente. Vou voltar à terceira pessoa.

— Eu sabia que estava acontecendo alguma coisa — disse Laura. — Você anda atrasada com seu trabalho. Disse que poderia terminar o primeiro ato de *I Liked it Here* hoje e não estou vendo nada na minha mesa. Terá de entregar a peça no final de setembro.

— Preciso de mais tempo para isso.

— Não me diga que ele passou todo o fim de semana aqui.

— Passou.

— Agora me diga o pior. Quem é ele?

— É Gavin Garner — disse Sappho. Fez-se um curto silêncio.

— Mas ele é um Matusalém — disse Laura. — Você pode arranjar qualquer pessoa. Aquela era a filha dele?

— Era. Eu a conheço desde que nasceu.

— A mãe dela morreu — disse Laura. — Lembro-me disso tudo. Li na coluna dele. Meu Deus, Sappho, em que você está se metendo? Está abrindo os e-mails de novo. Gostaria que não fizesse isso. Não posso saber o que foi aberto e o que não foi. E está com ar cansado.

Isso não é verdade, pensou Sappho. Estou com uma cara boa. Todos me dizem isso. Estou radiante.

— Quer um pouco de café? — perguntou Laura.

— Café, não. Mas aceito um chá Oolong.

— Oh, meu Deus, seus hábitos estão mudando. Estou vendo que isso é sério.

— É sério sim — disse Sappho, em tal tom de voz que Laura mudou de tática. Ligou o computador enquanto ia à cozinha. Administração de tempo era sua maior especialidade.

— O que aconteceu com *I Liked it Here*? — perguntou. — Parecia estar fluindo muito bem.

— Esse é o problema — respondeu Sappho. — É fácil demais. Uma coisa superficial, não é um romance sério.

— Gavin Garner lhe fez uma crítica muito desfavorável no jornal de domingo — disse Laura. — Disse que por baixo do realismo duro há uma profunda ignorância. Alguma coisa assim. O que está acontecendo?

— Talvez ele esteja certo — disse Sappho. — Pense bem. Realismo duro talvez não seja o meu forte. Você há de convir que não pertence exatamente a minha experiência de vida.

— Sua ignorância profunda lhe deu muito dinheiro — falou Laura. — É só o que vou dizer sobre o assunto.

Entrou na cozinha fazendo barulho com os saltos. Sappho a ouviu dar um grito e correu para ver o que era. Era Gavin, nu, fazendo um chá. Olhou para Laura com ar inquiridor, sem tentar se cobrir. Ele ficava bem nu; mesmo com quase 50 anos era magro, peludo e de ombros largos. E "bem-dotado" também.

— Quem é você? — perguntou. — Ah, já sei. Você deve ser Laura, a secretária...

— Assistente particular — corrigiu Laura, voltando para o escritório e para a cadeira do computador.

— Gavin "Tarado" Garner — foi só o que falou. — Sappho, o que há com você?

— Gavin — disse Sappho —, você tem de tentar se dar bem com Laura.

— Por quê?

— Porque minha empresa depende dela.

— Mas você não é uma empresária. Laura quer convencê-la de que é, mas você é uma escritora. Volte para a cama comigo.

— Preciso abrir uns e-mails com Laura — disse ela, mas foi para a cama.

Estou caindo no mau hábito do dramaturgo, não do romancista: tudo é diálogo. Preciso trabalhar bastante para cultivar o texto em prosa.

— Sappho — disse Gavin —, quer se casar comigo?

Sappho fingiu pensar um pouco, embora estivesse ensaiando havia algum tempo a resposta: "Talvez não queira me casar... ainda não; mas você pode se mudar para cá."

Eles estavam na casa de Gavin quando ele a pediu em casamento, e ela estava no banho. Achava difícil ficar na cama em Apple Lee esperando Laura chegar. Gavin só se levantava às 9h30 e Laura chegava às 8h45. Ela gostava de ficar na cama com Gavin e, mesmo que não fizesse sexo, tinha o prazer de sentir aquele corpo quente e enxuto ao lado do seu. Sentia que estava compensando o tempo perdido, tinha passado muitos anos sem homem. Quando eles iam ao teatro ou a um jantar, era melhor passar a noite na casa de Gavin e dormir até tarde, embora tivesse, depois, de enfrentar a cara feia e impassível de Laura quando chegasse em casa. Laura não levantava mais a sobrancelha, tornara-se prudente. Era formal, gentil e distante, mas trabalhava com a mesma eficiência de sempre.

Sappho não podia falar com Gavin sobre Laura, com medo de que ele dissesse simplesmente: "Sappho, ela é sua empregada. E você é uma artista, não trabalha em um escritório." Ou pior ainda: "É absurdo ter medo de alguém que trabalha para você. Despeça Laura."

Então dizia que gostava de ficar na casa dele, pois tudo lá era masculino e tudo em Apple Lee era feminino; gostava do colchão e do banheiro, pois havia um lugar conveniente para colocar o sabonete e um copo de champanhe, apesar de a pintura do teto estar estalando onde os inquilinos de cima tinham um dia esquecido uma torneira aberta. E gostava da cama estreita, dos livros por todo lado, livros sobre história do teatro e queda dos impérios, uso e desenvolvimento de línguas. Comparada ao apartamento dele, sua casa era terrivelmente burguesa e não intelectual. Tinha cortinas verdes de seda com babados e era acarpetada, o que agora via que tinha sido um erro; até mesmo sua mãe fora contra o carpete. Mas Laura disse que carpetes abafavam o barulho e economizavam nas contas de luz, pois retia o aquecimento, e ela ficou tão animada com nas cortinas que Sappho acabou com as próprias dúvidas. Eram bonitas e caras, mas não tinham a ver com *ela.*

— Isobel gostou da minha casa — Sappho tinha dito a Gavin, a respeito da visita da menina.

E ele respondera:

— Deve ter gostado mesmo. Afinal, ela tem só 11 anos.

— Com isso expressou bem sua opinião.

Quando Gavin pediu Sappho em casamento, ela sentiu o coração abrir-se. Sentiu fisicamente uma leveza no peito, um peso tirado dali. Como se todos os elementos da sua vida e da sua natureza se juntassem e fizessem sentido. Sua resposta pareceu trivial e boba. Ela saiu do banheiro e ele ficou vendo-a se secar, encantado.

— Tenho muita sorte — disse — de ter encontrado alguém como você. Você é a mulher mais linda do mundo. — Sappho achou que Gavin tinha aceitado seu veredicto, que ela estava no comando da relação.

— Elvira tem pernas mais compridas — ela observou. Não tinha mencionado o nome de Elvira ainda. Ele ficou atônito.

— Elvira? O que Elvira tem a ver com isso? Eu não a amava. — E isso de certa forma acalmou-a.

Pouco depois ele acrescentou:

— Eu preferiria que nos casássemos, me sentiria mais seguro. Você é mais jovem que eu, não quero que fuja de mim.

— Por que eu fugiria? Por que ia querer fazer isso? Levei tempo demais para encontrar você. E acho que você cuidaria de mim.

— Então por que mencionou Elvira? Não mencionaria se não tivesse pensado na possibilidade de outros parceiros.

— Meu Deus — disse Sappho —, não estou tendo um caso com meu pai, estou tendo um caso com minha mãe!

Mas ele não riu. Pareceu magoado.

— O que eu quis dizer é que minha mãe está sempre procurando significados ocultos — falou, mas ele não estava ouvindo e ela calou a boca.

— Tendo um caso! — ele falou finalmente. — Então é assim que está vendo nossa relação? Significa tão pouco para você? Eu sou real, não uma espécie de fantasia. Não posso causar indignidade aos meus filhos, a mim, a você. Tendo um caso! Você e eu somos pessoas sérias, Sappho. Você me ama ou não. Vai se casar comigo ou não.

Chamou um táxi para ela e disse que ia para o escritório. Saiu antes de o táxi chegar, pois a empresa disse que haveria vinte minutos de espera. Sappho procurou o retrato de Isolde e descobriu-o no armário de vassouras, pendurado na parede, de modo que quem abria a porta dava de cara com ela. Isolde era para Sappho uma mentora, um oráculo, uma mãe, uma sábia. Tinha lhe ensinado tudo que sabia, inclusive como lidar com Gavin. Tinha morrido depois de grande sofrimento e Sappho a traíra, a abandonara no seu leito de morte para morrer sozinha. Isolde tornara Sappho rica com a peça *Ms. Alien*, cujas raízes saíram da cabeça dela, não da sua. Foi a herança de Sappho, mas ela não podia contar isso a ninguém.

Sappho sabia que de forma alguma poderia deixar Isolde no armário de vassouras. Gavin deixara os pregos na parede, tirara o quadro depois da primeira noite que Sappho passara lá. Então ela tirou Isolde do armário e pendurou-a de novo em cima da cama de Gavin. Teve de ficar de pé na cama para alcançar o prego. Uma tarefa árdua. Limpou a moldura e colocou o quadro no lugar. Não se importou com a poeira que caiu na cama de Gavin.

— É a este lugar que você pertence, Isolde — disse, e Isolde pareceu satisfeita.

A campainha da porta tocou e Sappho pegou o táxi de volta para Apple Lee.

Emily sente-se ultrajada

— Será que Sappho não vê que está sendo manipulada por ele? O que há com ela? Ele quer se casar provavelmente por dinheiro. Seu aluguel está expirando. Ele precisa de um lugar para morar. Quer afastar os filhos da avó. Para conseguir minha filha linda, rica e bem-sucedida e solucionar todos os seus problemas, criou uma falsa indignação. Fez com que ela se sentisse mal, vulgar e insegura porque usou a palavra errada. E sabe que ela vai voltar correndo para ele. É uma chantagem emocional; esse homem não passa de um vigarista.

— Calma, Emily — diz Barnaby. — Você está paranoica. Ele é um romântico. Eu ficaria contrariado se gostasse de uma mulher e ela falasse que estávamos tendo um caso quando eu a havia pedido em casamento. Ela precisa de um relacionamento constante. Ele é um homem adequado e ela gosta dele em termos sexuais. O que você não quer é que sua filha fuja ao seu controle. Ou talvez esteja com inveja.

— Hum.

Eu me acalmo, como Barnaby sugere. Sei que ele tem razão. A parte em que Sappho o descreve como "bem-dotado" me afetou. E me vi apoiando Laura, que, como eu, tem medo de perder a influência que exerce sobre minha filha. Sappho, na minha cabeça, tornou-se de repente "minha filha". Preciso me policiar.

— Ela deveria ter tirado o pó do quadro antes de pendurá-lo — falo. — Nunca vi uma menina tão incompetente em termos domésticos.

— A quem será que puxou? — diz Barnaby.

Ele está medindo o chão com uma fita métrica para calcular onde vai colocar a escada em espiral, a escada que na sua cabeça vai juntar nossos trapos e nossas vidas. Eu nunca permitiria isso.

— É uma leitura penosa — acrescento. — Vejo que eduquei minha filha muito mal.

— Então pare de ler.

Barnaby é sensível e másculo. Marcou uma hora em um médico, apesar de eu dizer que ele pode se tornar mais potente com a ajuda da internet.

— Os filhos nascem com características próprias. Os pais têm de se esforçar muito para distorcer suas tendências. Mesmo que os espanquem, seduzam, maltratem ou barrem suas chances, deixando-os neuróticos, de um modo geral os filhos seguem seu caminho, apesar das tentativas dos pais.

— Uma visão muito confortante, eu diria, e muito junguiana. Receita para uma vida livre de culpa. Então, qual é a origem da sua culpa hoje? — pergunta ele.

— Lembro-me do dia em que Sappho veio me visitar e perguntou se um casal que morasse junto, em vez de se casar, afetaria muito os filhos. Eu disse que sim.

— Toda aquela coisa de cena primal?

— Sim. Eu não sabia, na época, que ela estava saindo com Gavin. Foi Laura quem me contou, depois.

— E se soubesse, sua opinião seria diferente?

— Seria.

— As mulheres não têm escrúpulos — diz Barnaby.

Continuo a ler, enquanto ele mede o chão. Não reajo, nem mesmo quando ele se dirige a mim:

— A propósito, estou pensando em convidar aquela moça para ir lá em casa, em caráter profissional. Ela tem pesadelos. Estava gritando no meio da noite e eu tive de subir e bater na sua porta.

Eu só faço, "Hum, hum". Não acredito nele.

O romance de Sappho continua...

Quando Sappho voltou, Laura estava no computador. Não comentou sobre seu atraso — estava se fazendo de distante —, disse apenas que a BBC tinha telefonado; alguém do Departamento de Drama queria fazer uma proposta para uma série ambientada no centro da cidade. Marcara para Sappho ir conversar com eles e anotara na agenda.

— Espere um instante — disse Sappho. — Acho que a resposta a essa proposta será não. Tenho feito muita coisa para a televisão ultimamente. Não quero ser conhecida como autora de televisão.

— Pagam bem — disse Laura. — Até você entregar *I Liked it Here,* teremos de viver de economias. Como vai a peça? Eles ligaram hoje de manhã perguntando.

— Eles não podem apressar a peça. Ela vai sair em seu próprio tempo.

Laura levantou as sobrancelhas.

— Nunca ouvi você dizer isso — falou.

— Eu não sou uma máquina — disse Sappho. — Nem sou um burro de carga.

— Meu Deus — Laura falou. — Na próxima vez estará dizendo que é uma grande figura literária.

— Na verdade, Laura, eu sou — disse, indo para o quarto e sentando-se na cama de dossel cujos lençóis Maria, a empregada filipina, acabara de trocar. Uma cama limpa, larga e convidativa. Dava para ver que era muito melhor morar ali que com o retrato de Isolde. Precisaria afastar as crianças da influência de Gwen.

Observou um tordo empoleirar-se no galho da macieira encostado na vidraça do quarto de casal. Quando era criança, um galho também encostava na vidraça do seu quarto. A árvore tinha sido podada uns dois anos antes, e agora espalhava-se para os lados e para o alto, chegando a esse quarto e ao atual quarto de hóspedes. Tinha havido mudança, progresso, melhoramento. O passarinho virou a cabeça de lado, com ar inquiridor. Sappho achou que era uma espécie de sinal. Tinha de responder a uma pergunta. Pensou em telefonar para a mãe e contar que reencontrara Gavin Garner e estava pensando em casar-se com ele. Queria ver qual seria sua reação. Depois achou melhor não.

Então ligou para seu agente, Luke. Um rapaz jovem, escandaloso e gay.

— Luke — perguntou —, o que você acha de eu me casar?

— Quer enterrar-se no gueto heterossexual, querida? Se não se importa com isso, eu também não. Vou ser convidado para o casamento?

— É claro — disse Sappho.

Começou a ver a vantagem de uma cerimônia de casamento. Podia convidar todas as pessoas a quem devia hospitalidade e retribuir-lhes num único dia. Laura resolveria isso. Ela gostava tanto de mostrar sua competência que decerto não perceberia que a presença de Gavin seria permanente na vida de Sappho e começaria a tomar as providências necessárias. Enquanto isso, ela, Sappho, estimulada pela ideia, se concentraria no trabalho e finalmente terminaria *I Liked it Here*. Aquele atraso estava começando a pesar em sua consciência. Estava gastando tempo demais com devaneios ou pegando táxi para comprar lingerie sensual na Selfridges — lá tinha um bom departamento, muito frequentado por putas russas —, ou indo à cidade tomar café ou grapa com Gavin, que ficava sempre muito intrigado com sua vontade de "voltar para casa para trabalhar".

— Você precisa ficar aqui mais um pouco — dizia ele. — Precisa ter sua vida.

Ela queria muito acreditar nele. O ritmo de Gavin era mais lento que o de Sappho, o que não lhe causava problema, mas as páginas precisavam ser preenchidas.

— A propósito, Sappho — disse Luke, como sempre dizia quando chegava ao ponto crucial de uma conversa —, o pessoal do teatro Vanbrugh telefonou para saber se *I Liked it Here* estava adiantado. Esperam que seja entregue em junho.

— Mas junho é o mês em que vou me casar — disse Sappho. — Eles vão ter de esperar um pouco.

— Nós não queremos atrasar as datas da produção deles, não é? — disse Luke. — Ouvi dizer também que a BBC telefonou para propor uma série na televisão. Que sorte a sua!

— Eu não escrevo peças para a televisão — disse Sappho. — Escrevo peças para teatro.

— Querida — disse Luke, gentilmente —, nós fazemos o que somos pagos para fazer. Há quanto tempo *Ms. Alien* fez um grande sucesso? Sete anos? Você tem de se provar várias vezes se quiser continuar seu caminho. E quanto mais penso nisso, mais prefiro meus clientes solteiros.

— Por quê? — perguntou Sappho.

— Porque os maridos têm a cabeça cheia de ideias, acham que são casados com gênios, esse tipo de coisa; para eles, não importam os prazos de entrega, o dinheiro correrá em um fluxo sem fim. E acabam achando que não precisam de um agente, passam a fazer as vezes de um para economizar cinquenta por cento, e com o tempo ninguém ouve mais falar nessa escritora.

— Entendi, Luke — disse Sappho. — Vejo você no casamento.

Sappho ligou para suas duas amigas. Belinda, do tempo do colégio, que se casara com um homem mais velho e tinha um enteado com quem estava pensando em fugir; e Polly, da escola de arte dramática, que tinha um filho pequeno gerado por um banco de esperma. Belinda foi contra ela casar-se com um homem mais velho por razões sexuais — experiência e finesse não compensavam a falta de energia —, e Polly falou que achava uma loucura alguém querer se casar. Belinda disse que, se Sappho se casasse, eles deveriam dormir em quartos separados, pois muita proximidade física consumia a vontade e o pensamento. Suas amigas casadas andavam na ponta dos pés para não acordar os maridos: era uma indignidade e um absurdo. Como todas as mulheres tinham de trabalhar, isso não fazia sentido. Antigamente havia um contrato de escravidão legalizada. A mulher era usada para sexo, cuidava dos filhos e fazia os serviços domésticos em troca de sustento. Hoje o homem não era o único responsável pela manutenção da casa, nem se esperava que fosse; ao contrário: muitas mulheres ganhavam mais que o marido. Então para que servia o casamento?

— Eu só não quero que ele vá embora — disse Sappho.

— As mulheres são loucas — Polly aparteou. — Graças a Deus eu tenho um filho e não uma menina.

Sappho decidiu não pedir conselho a sua mãe, mandaria o convite pelo correio, uma coisa bem casual. Desceu, deu uma olhada na sua agenda, viu uma vaga no final de junho e disse a Laura para fazer uma reserva no cartório e organizar uma festa, lembrando-se de todos a quem ela devia hospitalidade. Laura sentou-se à mesa com os olhos fechados por um instante e concluiu, depois de pensar nos prós e contras, que tinha o maior interesse em manter aquele emprego; abriu os olhos, deu um sorriso forçado, com os lábios apertados, e disse:

— Muito bem. Vou fazer a reserva do cartório assim que eles abrirem, depois das 10 horas. Precisarei de detalhes sobre o homem com quem você está se casando; uma olhada nos seus documentos seria interessante. Lembre-se das implicações legais.

Emily fica agitada

Sappho foi assim desde criança. Se alguém a aconselhasse a não fazer uma coisa, era justamente o que fazia, só para ver em que dava. Pelo menos mudou de ideia e teve a cortesia de me informar do casamento antes de o convite chegar pelo correio. Como mãe da noiva, eu é quem deveria cuidar das despesas, mas com que dinheiro? Depois do sucesso de *Ms. Alien,* nos habituamos rapidamente à ideia de que era Sappho quem pagava tudo. Eu ainda trabalhava com terapia psicanalítica formal três a quatro vezes por semana, enquanto os outros havia muito tempo ofereciam tratamento junguiano, que dava mais dinheiro e tinha um prazo mais curto. Meus pacientes tornavam-se cada vez mais raros. Apple Lee acabou com todas as economias que fiz nos dias em que Freud era um Deus e estava muito em moda entre as classes abastadas. Felizmente Sappho disse:

— Basta mandar as faturas para Laura que ela cuida do dinheiro.

Então foi o que eu fiz.

Estava me lembrando dessas coisas quando o telefone tocou e eu pulei para atender. Sabia de antemão que era minha Sappho, grávida e perdida.

— Onde você está? — perguntei. — Fiquei muito preocupada.

— Desculpe. Não podia enfrentar nada mais por algum tempo.

Perguntei se estava em casa e ela disse que não. Perguntei se o bebê estava bem e ela respondeu que sim, tinha feito um check-up no dia anterior. Perguntei se era verdade que Laura fora despedida e ela disse que não sabia, mas que isso não a surpreenderia. Perguntei por que e ela disse que certas coisas haviam acontecido, mas só iria me contar mais tarde. Os problemas precisavam assentar. Ela precisava ficar sozinha mais um pouco, mas estava bem. Contei que Gavin tinha aparecido e perguntado onde ela estava; Sappho disse que esperava que eu não tivesse dito nada, e eu falei que é claro que não tinha dito, pois não sabia onde ela estava.

— Se soubesse, teria dito a ele? — perguntou ela.

— É claro que não.

Sappho riu e ficou feliz ao ouvir isso. Parecia bastante controlada e alegre. Disse que se sentia feliz de eu ainda estar ao seu lado, e eu disse que era uma pena a coisa ter chegado a esse ponto.

— Pelo menos podemos parar de fingir que estamos bem casados agora. Você pode criticar Gavin o quanto quiser.

Falei que não tinha nada contra Gavin a não ser sua idade. Minha experiência de maus casamentos é que marido e mulher de repente voltavam a viver juntos e perdoavam a todos menos à sogra, que tinha dito cedo demais que era mais que hora de se livrarem daquele lixo. Na verdade, eu tinha muita coisa contra Gavin. Afora minha paranoia sobre seus motivos, ele tinha sido responsável pela perda da reputação literária da minha filha, interrompido seu sucesso financeiro, interferido nas suas amizades, feito com que se sentisse em segundo lugar com relação aos seus filhos e assim por diante; mas fiquei de boca calada e continuaria assim até ver uma certidão de divórcio definitiva. Mencionar o problema de idade dele seria facilmente desculpado.

— Entro em contato com você daqui a uns dois dias — disse Sappho. — Nesse meio-tempo, cuide dos meus diários. E não os leia de forma alguma.

— É claro que não. Está tentando escondê-los de alguém em particular?

— De Isobel. E também de Gavin. — E desligou o telefone.

Subi para contar a Barnaby que Sappho tinha telefonado; entrei sem bater e encontrei-o tomando sol junto da janela, como tinha feito comigo naquele dia, e conversando com Ursula, a aromoterapeuta. Fiquei tão desconcertada que desci sem contar a novidade. Não posso culpá-lo, sei que Barnaby faz isso só para me deixar com ciúmes. O problema é que está conseguindo.

Volto para o romance e tento me concentrar. É difícil. Depois de uns parágrafos Gavin ganha uma boa esposa e mãe para seus filhos por meios que de repente parecem alarmantemente familiares. Nem Freud nem Jung precisam desvendar isso.

O romance de Sappho continua...

Sappho telefonou para o escritório de Gavin e pediu para falar com ele. Nunca tinha ido lá, mas a recepcionista reconheceu sua voz.

— Você é *a* Sappho Stubb-Palmer? — perguntou. Sappho respondeu "provavelmente", como era seu hábito quando uma pessoa desconhecida, mas que aparentemente a conhecia, a cumprimentava. Sentiu que era inseguro demonstrar muita certeza quanto a sua própria identidade e, além do mais, poderia haver outras autoras com esse nome. Era envaidecedor ser identificada por estranhos, mas ficava constrangida, como se tivesse sido descoberta.

— Fui ouvir sua palestra no ICA há umas semanas — disse a mulher. — Você foi a melhor naquela mesa. Eu sigo sua carreira desde *Ms. Alien.* Como sabe tanto sobre ser mulher?

— Talvez porque eu seja uma — disse Sappho civilmente.

— Ah sim, é verdade, imagino — disse a outra, mas um tanto desapontada, como se não fosse essa a resposta que desejava ouvir. Passou a ligação para Gavin.

— Gavin — disse Sappho —, desculpe sobre o que aconteceu hoje de manhã. Eu não deveria dizer que estávamos tendo um caso. Foi ofensivo. Você tem razão, é casamento ou nada.

Fez-se silêncio do outro lado da linha

— Vamos almoçar ou é melhor eu passar aí para tomar um espresso e uma grapa? — perguntou ela. — Nunca estive no seu escritório e a recepcionista vai me receber bem. Ela ouviu falar de mim.

— Todo tipo de gente já ouviu falar de você. Eu sei disso. Pouquíssima gente ouviu falar de mim.

— Qualquer um que saiba alguma coisa sobre teatro conhece você — disse Sappho.

Sentiu certo frio passando pelos seus pés e não sabia a que atribuir isso. Percebeu então que estava descalça, pisando em um chão de mármore frio. Mas era um frio diferente, seu corpo reagia antes da cabeça. Gavin não queria que ela fosse ao seu escritório, provavelmente não queria mais se casar com ela. Fora só um caso, estava terminado, ela tinha feito tudo errado, não sabia se comportar com os homens, nunca soubera. Havia comunicado a Laura que se casaria e teria de voltar atrás, e Laura daria um sorriso de lado. Graças a Deus não contara nada a sua mãe. O frio tornou-se uma espécie de entorpecimento. Não deveríamos ter aventuras irracionais. Não deveríamos dizer coisas como "ter um caso", a vida era muito séria.

— Almoçar seria uma boa ideia, mas como você disse que estava trabalhando combinei de me encontrar com outra pessoa.

— Uma pessoa interessante? — perguntou Sappho, da forma mais natural possível. Talvez nem tudo estivesse perdido.

— Elvira — respondeu ele. — Ela está nervosa e achei que eu poderia acalmá-la. Não é nada do que você está pensando. Ela escreveu um artigo para a revista.

— Não sabia que Elvira era escritora — Sappho falou. — Pensei que ela fizesse figurinos para teatro.

— Esqueça os figurinos — disse Gavin. — Estou surpreso de não a ter conhecido, mas é claro, você está do outro lado do mercado.

— O que quer dizer com isso? — perguntou Sappho, refreando-se. Ele deu uma risada calorosa.

Sappho sentiu o coração bater e viu que pelo menos estava viva.

— Ela trabalha com teatro da época da Restauração — disse Gavin —, e você, com material contemporâneo. Em outras palavras, ela ganha uma ninharia e você ganha um bocado, com o teatro do jeito que está hoje em dia. Infelizmente, há uma certa correlação negativa entre sucesso e finesse.

— Sobre que é o artigo? — pergunta Sappho, fingindo interesse.

— Kierkegaard e o teatro popular — respondeu ele.

Bem, eu tenho pernas mais bonitas que as dela e não me posto diante da casa das minhas rivais a noite toda, chorando. Não sonharia em ter um cavalo se não montasse bem. Isobel é minha aliada. Isobel prefere Sappho a Elvira. Tal filha, tal pai.

— Passo na sua casa hoje às 7 da noite e conto como foi o almoço. Depois discutiremos os prós e os contras do casamento. Afinal de contas, não há pressa.

Mas de repente, havia. Eu tinha brincado com o amor, mas agora era real.

Isso está começando a parecer uma novela. Voltei à primeira pessoa. Vejo o amor de fora, o que é um absurdo.

São 7 horas. Estou usando um vestido branco que comprei num bazar de caridade. Uma roupa que Laura não aprovaria. Laura acha que eu fico bem com tecidos sólidos porque eles fazem parecer que eu sei o que estou fazendo. Esse vestido é claro e fino e deixa ver meus mamilos; se eu me olhar no espelho de corpo inteiro do quarto, vou me apaixonar por mim mesma. O gesto de levantar o braço para pôr o cabelo preto por trás da orelha me encanta. Sou eu mesma? Esse objeto de desejo e prazer? Sim. A musselina fina prende-se na cintura por um cinto fino dourado muito caro que comprei na Bergdorf's, na Quinta Avenida. Meu nome estava iluminado no famoso painel da Times Square anunciando *Ms. Alien*. Achei que poderia conseguir qualquer coisa que quisesse, menos encontrar o amor verdadeiro. Meu nome poderia aparecer de novo com *I Liked it Here*. Caí na cama com a respiração entrecortada. Fui sexualmente excitada por mim mesma. Outras mulheres usam vibradores, mas eu sou orgulhosa demais. Gosto dos meus pés. São finos, com a pele muito branca, sem nenhuma frieira ou calo, e as unhas foram pintadas recentemente com um vermelho brilhante, marcando onde eu termino e a colcha branca começa. É uma maravilha, penso, como nos encasulamos tão bem na nossa pele perfeita, com tanta pulsação interna, uma rede de conexões sanguíneas e excitações elétricas, o todo que pode ser tão medonho ou tão lindo. Estou maravilhada comigo mesma. Terei uma relação carnal com Gavin, e um pouco dele e um pouco de mim produzirão outro ser. Vejam a que ponto chegamos. O que está acontecendo? Por que Isolde teve de morrer na nossa frente de forma tão feia e dolorosa? Para que isso acontecesse?

Se não fosse pelo quadro de Isolde que tirei do armário de vassouras, se não fosse pela realidade física de Arthur e Isobel, eu pensaria que ela nunca tinha existido, que é menos real que qualquer personagem criado por mim. Tirei Isolde da cabeça. Foram outros tempos, não contavam mais. O passado era outro país.

São 7h10 e Gavin ainda não chegou. Ele em geral é pontual, eu é que sempre me atraso. Talvez o almoço tenha se alongado, talvez ela o tenha atraído para seu apartamento para discutir Kierkegaard. Será que ele valoriza mais o intelecto dela que o meu corpo? Eu também tenho um intelecto, mas sou fraca em Kierkegaard. Será uma grande falha minha? Abro uma garrafa de vinho. Eu não bebo muito. Presenciei o que a bebida fazia com a minha mãe. Ela entrava em autopiedade logo depois do segundo copo. Mas eu vi que a bebida amortizava a dor e limitava a opressão.

7h20. Nada de Gavin. Nenhum telefonema. Testei o telefone para ver se está funcionando. Está. Fechei as cortinas. O telefone tocou. Não era Gavin, era Belinda. Desliguei assim que pude.

Sei que é uma coisa patética. Telefono para Polly, que mora no Soho, a cinco minutos de táxi do apartamento de Gavin, e peço que ela passe por lá para ver se as luzes estão acesas.

— Que coisa horrível, Sappho — diz ela, mas faz o que eu peço e me liga de volta. As luzes estão apagadas, as janelas às escuras. Digo que vou ver nos hospitais.

— Sappho — diz ela, como se fala com uma louca. — Gavin Garner está apenas três quartos de hora atrasado. Há quanto tempo você o conhece?

— Desde que nasci — respondo, e sinto que é verdade.

Telefono para Luke e pergunto se ele conhece uma figurinista de teatro chamada Elvira, especialista em teatro da Restauração, que escreve ensaios sobre Kierkegaard.

— Ah, Elvira Woolsey. Não é minha cliente, querida, mas está na minha lista de contatos. Na lista de todo mundo. Ela entrega os trabalhos no prazo e não atrapalha as datas da produção dos outros — responde ele.

— Elvira não é escritora — falo. — Ela interpreta, não cria. Isso é fácil.

Ele reclama, mas me dá o número dela.

Uma hora de atraso. Telefono para esse número. Uma voz que ficaria bem em alguém do teatro acadêmico, um pouco grave, diz alô. É ela. Faço uma voz de criança.

— Elvira? Aqui é Isobel. O papai está aí com você?

Um instante de silêncio.

— Isobel? Sua voz está diferente.

— Estou gripada e andei chorando. — A declaração final é verdadeira.

— Querida, você sabe que ele não está aqui. Seu papai não está saindo mais comigo.

Desligo o telefone. Espero que minha trapaça não seja descoberta. Sinto muito orgulho de mim mesma.

Às 8h20 o telefone toca. É Gavin.

— Onde você está? — pergunto, sem meu tom frio de sempre. É o crítico sério que responde, não o amante com o maior e melhor pau do mundo.

— Que bom você ser tão possessiva, mas um pouco surpreendente.

— Você está uma hora e meia atrasado.

— Querida, eu disse que estaria aí às 8 horas. São 8h20 e estou telefonando para você.

— Você falou 7.

— Será que eu me enganei? Não penso mais no assunto. A agonia terminou, que maravilha. Ele me informa que terá de cancelar o jantar. Isobel estava doente e carente, e ele foi para a casa da sogra.

— Ex-sogra — corrijo.

— Tecnicamente, acho que não — diz ele, laconicamente. — Eu sou viúvo, não divorciado. Não quer saber como Isobel está?

Digo que sim, com os dedos cruzados. Tenho vergonha de mim mesma, mas nada importa neste momento a não ser eu e ele. Mais tarde abrirei um espaço para as crianças.

— Passei lá em casa e vi que você recolocou o quadro de Isolde na parede. Muita gentileza sua.

— Ela faz parte do seu passado. Não pretendo negar isso.

— Do nosso passado — ele fala. Sinto que um obstáculo foi transposto e me sinto confiante, mas com saudade dele. Gavin diz que Isobel tem enxaqueca, é uma menina muito nervosa, ao contrário de Arthur, que parece não ter um só nervo no corpo. Está num colégio interno, onde é capitão do time de rugby. Eu sugiro que Gavin venha me ver depois que Isobel melhore, mas ele fala que seria melhor passar a noite com ela; Isobel é propensa a pesadelos e se acordar pode precisar dele.

Eu quase lhe lembro que Isobel tem a avó para cuidar dela, mas acho por bem não dizer nada. Ouço a vozinha dela chamando-o e ele diz que precisa desligar.

Ele desliga dizendo que vem me ver amanhã. Eu não posso fazer nada. Tiro o vestido e decido que o detesto. Tento rasgá-lo, mas o tecido é incrivelmente resistente, então faço uma bola compacta e jogo tudo no lixo da cozinha. Corto o cinto em pedacinhos com a tesoura de trinchar galinha. Fico satisfeita. O cinto é só folheado de ouro. Paguei demais por ele. Está cedo. Penso em jantar com a minha mãe, mas não poderia tocar no nome de Gavin e não conseguiria fazer isso. Tento escrever um pouco da peça *I Liked it Here,* mas não dá muito resultado. Tomo três comprimidos de Diazepam, vou para a cama e choro até dormir, com uma sensação langorosa e não de todo desagradável. Talvez minha mãe tenha razão quando diz que sou uma masoquista. É um prazer sensual.

Às 5 da manhã alguém sobe na minha cama. É Gavin. Entrou pela janela do quarto sem desligar o alarme. Eu tinha esquecido de ligar o sistema essa noite, senão a polícia estaria aqui a essa altura. Ele fala que eu preciso de alguém que cuide de mim, que só Laura não basta. Acredito nele. Depois diz que quando se casar comigo nunca esquecerá de ativar o alarme à noite.

Dou a ideia de vendermos a casa e morarmos no campo, seria melhor começarmos em uma casa nova, em vez de um lugar organizado por mim, com carpetes e paredes pintadas de uma cor que não lhe agradam.

— Carpetes podem ser tirados com facilidade — ele fala —, e podemos repintar as paredes. Eu mesmo posso fazer isso. Não queremos operários andando pela casa.

Diz que é um homem urbano e eu também, e que não poderíamos viver sem Laura. Como eu poderia trabalhar sem a ajuda dela? Eu falo que ela me seguiria até as profundezas da terra e ele fala que eu não deveria ter tanta certeza assim, não se pode ter certeza sobre ninguém. Diz que seu apartamento é obviamente pequeno demais para nós dois e as crianças e que Apple Lee fica no caminho do colégio de Isobel, que é a casa da minha família e que minha mãe ficaria aborrecida se eu saísse daqui. Ficaria mesmo. Eu estou tonta de sono em razão das pílulas para dormir e do prazer pós-coito. Gavin fala que é um homem antiquado e que o fato de eu ganhar mais que ele, muito mais, desequilibraria a ordem natural das coisas; eu rio e digo que estou na verdade me casando com minha mãe, pois ela é a única pessoa que conheço que acredita que há uma coisa chamada ordem natural. Quando nos casarmos eu lhe darei metade da casa e ele se sentirá mais responsável por ela; mas ele não quer isso, diz que teria a impressão de estar sendo sustentado por mim.

Depois começamos a nos preocupar com Gwen.

— Ela não vai se sentir sozinha se as crianças vierem morar conosco? — pergunto. — Talvez fosse melhor fazer essa mudança de forma gradual. Elas poderiam vir nos fins de semana e nas férias, e mais tarde ficariam o tempo todo.

É bem verdade que eu gostaria de um tempo com Gavin só para mim. Seria mãe dos seus filhos, uma boa mãe, mas deve haver um tempo para o casal antes de os filhos chegarem, não é? Essa é a ordem natural das coisas. Mas Gavin disse que o ônibus que Isobel pega para ir à escola passa pela minha rua e que o ponto é bem na minha porta; se nos casássemos e ele fosse para Apple Lee, ela ficaria magoada de não ir com ele. Isso faz sentido.

Além do mais, ele continua, Gwen deve estar cansada das crianças e sua coluna não anda bem; se elas fossem embora Gwen poderia finalmente pôr em cima dos móveis todos os seus frágeis objetos de estimação, e seria uma alegria geral. Um ganho dos dois lados.

— Não estou muito certa disso — digo. — Eu não fui exatamente causa de alegria no passado.

Ele franze o cenho e pisca, e eu percebo que ainda não é hora de tocarmos nesse assunto. Ele sabe racionalmente que eu fui empregada da família e que Gwen me mandou embora, ou que eu fui por conta própria, eu mesma não lembro mais. Às vezes, quando o nome de Isolde vem à tona em conversas sobre teatro, e ainda vem, eu lembro que é melhor não participar das conversas. Ainda me sinto mal de não ter ido ao enterro dela e fico impressionada com como as más ações nos perseguem, mas ao mesmo tempo tenho a impressão de que nada disso aconteceu. Quando não se vai a um enterro não se pode realmente saber se a pessoa está morta, a coisa se torna uma espécie de teoria e não um fato. Deve ser o trauma da morte de Isolde que faz com que Gavin — e eu também, aliás — de certa forma apague todas essas coisas do passado.

Ele quer que nossa vida tenha como início quando nos reencontramos naquela festa, e eu também.

Ele concorda que a transição para as crianças deve ser feita aos poucos. Há uma certa barganha nas nossas conversas, do tipo "Se você não falar nisso, eu concedo aquilo". Isso me intriga. É a única hora em que ele parece pertencer a outra geração. Como se as boas maneiras pudessem nos salvar no final e não as verdades ditas à queima-roupa. Eu gosto disso.

Gavin diz que o verdadeiro problema é que, se ele parar de dar ajuda financeira a Gwen para ela cuidar das crianças, ela ficará em má situação, pois a partir do próximo ano terá de pagar o preço de mercado pelo seu apartamento. Eu digo que nós podemos cuidar disso, dinheiro não nos falta. Se Arthur sair do colégio interno e vier morar conosco, estaremos economizando. Falo que essa conversa de dinheiro é monótona e antirromântica. Então paramos e nos concentramos um no outro.

Só me levanto às 10 horas e Laura já se encontra a sua mesa.

— O casamento ainda está de pé? — pergunta ela.

— É claro.

— Que bom, você tem reserva no cartório de Camden, na Judd Street, no dia 26 de junho às 4 da tarde. A festa será no Groucho's. Vai querer que eu continue trabalhando para você?

— É claro que sim.

— Ok — diz ela. — Temos de mandar os convites logo.

Laura parece muito amistosa. Creio que teremos paz.

"*Você, Sappho, aceita Gavin Garner como seu legítimo esposo?*"

"*Aceito.*"

Terminado!

A epifania de Emily

Os homens são manipuladores. Quando Barnaby aparece sei que espera me encontrar toda arrumadinha e meiga, competindo com Ursula, a aromoterapeuta, mas não vou fazer isso. Ele que vá para o inferno.

Ao guardar a pilha de papéis que representam parte de um dos romances de Sappho na sacola do Waitrose, umas folhas soltas caem no chão. E eu leio.

"O que as enteadas exigem das madrastas é que elas simplesmente desapareçam, derretam. Tornem-se uma poça de água salobra que o vento do tempo em breve possa evaporar. Em breve a madrasta será esquecida por completo, sua camisola será tirada do cabide de trás da porta do quarto. Algumas meninas pensam assim até mesmo das suas mães biológicas, que são as primeiras esposas, então que chance tem a segunda?

'O papai é meu, meu, todo meu?', diz a criança chorando, uma criança primitiva, devoradora. Ela comerá até o último pedacinho do pai se precisar, só para ver-se livre da madrasta."

Essas páginas não estão datadas. A letra está mais caprichada. As folhas são comparativamente duras e novas. É uma coisa recente... ah meu Deus! O problema está certamente em ebulição. É sempre gratificante ter razão, mas isso não compensa a preocupação que se sente com os participantes. Especialmente se forem da minha família. Eu não sou como Gwen, considero Isobel minha neta. Se sair agora, posso me encontrar com ela na porta da escola, oferecer-lhe um café, um refrigerante, ou qualquer outra coisa que as meninas de 15 anos tomam hoje em dia, e saber o que está acontecendo.

Isobel estuda na mesma escola em que eu estudei. Na verdade, meu nome foi gravado em ouro nos quadros de honra do hall da assembleia: *Bolsista-modelo de Oxford, 1959*. Coisa do passado.

Hoje estou velha, não sei como isso aconteceu. O pai de Isobel espera que um dia ela também esteja no quadro, os resultados dos seus exames prometem isso. Fiquei no portão esperando por ela. Eram 4 da tarde.

Uma campainha tocou dentro da escola e umas meninas saíram para a rua. O uniforme era o mesmo que eu usava, só que mais informal. Azul-marinho e vermelho — na cabeça uma espécie de barrete medieval de cardeal, saia azul-marinho, blusa vermelha e qualquer tipo de meias e sapatos, desde que não fossem de salto alto. É incrível o efeito, tanto naquela época como agora, do sapato sem salto. Fica parecendo que com um mero empurrãozinho a garota já cai de costas na cama.

Outro grupo de meninas apareceu, entre elas Isobel. Muito bem-arrumada e limpa, contrastava com as colegas de cabelo oleoso, furos nas meias e ar de drogadas. Ocorreu-me que Isobel tinha o dom de sua avó de mostrar a finesse excêntrica que eu observava em outras garotas de programa de classe alta. Afastei esse pensamento. Era maldoso.

Eu não via Isobel havia mais ou menos um mês. Ela estava com ótimo aspecto. A puberdade veio tarde devido ao seu peso muito baixo, mas finalmente chegou e o corpo encheu-se de estrogênio. Ela passara a uma maturidade sexual intensa, e tornou-se radiantemente bonita como uma menina de 15 anos pode ser, nem tão longe da inocência infantil perdida, nem crescida o suficiente para os pedófilos perderem o interesse nela. Tirava o maior partido disso: o cabelo de Alice no País das Maravilhas era comprido, macio e brilhante. Creio que ela se encontrava no limite da anorexia. Sappho certamente devia passar muito tempo tentando alimentá-la. Suas pernas eram compridas, a cintura muito fina, olhos verdes grandes sob sobrancelhas em arco fino e perfeito e uma boca incrivelmente carnuda, sensual e vermelha, muito adulta. Tinha um ar meigo, mas ligeiramente travesso, como se achasse o mundo divertido. Essa característica era de Isolde. Como a mãe, ela também era o centro das atenções. Os outros reuniam-se a sua volta, cheios de admiração e elogios. Só Deus sabia como ela conseguia isso. Era uma versão de Britney Spears em início de carreira num mundo de Amy Winehouse. A maioria das meninas que tentou isso se deu mal, mas Isobel era adorada.

As colegas juntaram-se na calçada do outro lado da escola, esperando o ônibus.

— Isobel! — chamei.

Ela virou-se devagar. Seu rosto não se iluminou propriamente, mas ela pareceu muito animada, como ficam as pessoas que têm notícias a dar.

— É minha outra avó — disse às amigas. — A que está em exibicionismo no hall da escola. Não minha avó verdadeira, que foi modelo da Parkinson.

Ela sabia perfeitamente o que era uma exibicionista, mas não importava. Ela teve uma vida difícil. Não é fácil perder a mãe, pensar que finalmente tem um pai para si própria, depois vê-lo casado com uma ex-empregada. Não era de surpreender que fosse um pouco afetada.

— Estou procurando sua mãe — falei.

— Minha mãe está morta — respondeu Isobel, com um suspiro.

As meninas em volta olharam para Isobel e para mim e como que a um sinal todas se abraçaram e soluçaram. Pensei que estivessem brincando, mas não tinha certeza. Essa nova geração de garotas gosta muito de contato físico. Estão sempre abraçadas, rindo e chorando, nos ombros umas das outras. Nunca se sabe se elas estão sendo sinceras ou sarcásticas ou se estão posando para a mídia. Às vezes fazem isso tudo de uma vez só. Sua nova linguagem as deixa diferentes das meninas de outros tempos, que se viam de dentro para fora. Essas viam-se de fora para dentro, eram observadoras das próprias vidas, com suas frases "E eu fiquei tipo: eca, que nojo!".

— Quero dizer sua nova mãe — falei.

— Ela não é minha nova mãe, é minha madrasta. É tudo muito complicado. Briony, esta aqui, tem três madrastas, quatro padrastos, dois irmãos e nove meios-irmãos. No Natal passado foi a sete ceias de Natal em dois dias. Não é mesmo, Briony? Agora tornou-se bulímica.

— E ainda dizem que somos crianças de sorte — disse a menina chamada Briony.

Seu rosto era encovado, e ela usava piercing na sobrancelha. Eu sabia que a escola não permitia isso. Estava bebendo cerveja na lata, o que tenho mais do que certeza de que a escola também não permitia.

— É uma forma bonita de explicar essa situação — falei. — Crianças de sorte!

— Não é muito bom — falou Briony, deprimida. — Não quando sua presença é forçada e você é rejeitada.

— Como uma vela perfumada — disse uma delas.

— Ou um sabonete de lavanda — falou outra.

— Ou uma salsicha de alho, se você for vegetariana.

Essas meninas formavam um grupo brilhante. Talvez um tanto góticas e adoradoras de Satã, mas brilhantes.

— Isobel — eu disse. — Você tem um pai, uma madrasta e um irmão, e dentro de quatro meses terá um meio-irmão. E será só uma ceia de Natal para vocês cinco. Não é mau, comparado aos padrões de hoje.

— Você é sempre tão perceptiva e rápida, vó — disse Isobel, em tom de admiração. — Conhece toda essa coisa de motivação etc. Mas o bebê que está para nascer não é um meio-irmão. Nem ao menos um parente.

— Como assim? — perguntei.

— Não é filho de Gavin. Meu pai não é o pai do bebê.

O que ela quis dizer? Tentei me controlar, pelo menos não mostrar que estava chocada.

— Então vamos chamar o bebê de não-irmão honorário — falei.

Isobel me examinou um pouco, impassível, sem piscar. Eu olhei dentro de seus olhos durante mais tempo que o necessário, e ficou claro que havia sido declarada uma guerra ali. Isso evidenciou-se por uns fios dourados de cabelo que caíram no seu rosto. Aproximei-me para lhe tirar o cabelo dos olhos, mas ela empurrou minha mão. As meninas em volta mantiveram silêncio. Eu tinha lidado mal com a situação.

De repente senti-me aliviada. Tentara acreditar que Sappho estava feliz, que o casamento com Gavin era bom, ou pelo menos sustentável, e agora não tinha mais de fazer isso. Os Garner poderiam desaparecer de nossas vidas como se nunca tivessem existido. Haveria um divórcio. Laura voltaria e cuidaria de tudo. Nós voltaríamos ao que éramos. Fiquei feliz.

— Estou só brincando — disse Isobel, mas não fazia diferença. Só fiquei desapontada. Pelo menos sabia onde estava pisando.

— Você não deveria dizer coisas assim — observei. Tentei afastá-la das colegas, mas elas nos seguiram e agruparam-se a nossa volta como um coro grego. — Por que falou isso?

Isobel pensou um pouco, depois declarou que era filha da sua mãe e que diria qualquer coisa para causar sensação. Sugeriu que Sappho talvez estivesse escondida em algum lugar tentando terminar seu romance.

— Não sei por que Sap se preocupa com esse livro. Mesmo que termine, eles não vão se interessar em publicar. Ela é coisa do passado, a maré é outra.

Como deve ter sido viver com uma menina assim?

— E Laura nos deixou também, então ninguém sabe de nada. O papai foi às Ilhas Faroe fazer uma conferência sobre pássaros. Vou me encontrar com ele; Gwen e eu detestamos Apple Lee quando ele está fora por causa do fantasma do sótão. Gwen diz que ele é inofensivo, que é a alma do pai morto de Sap, mas mesmo assim tenho medo. Então voltamos para a casa de Gwen. Tudo bem? Agora que ouviu as novidades pode relaxar?

— Ilhas Faroes! — disse alguém. — Espero que seu pai não esteja comendo baleia.

A nova geração está sempre pronta a acusar os outros de crime ecológico. O ônibus chegou. Ia levar todas elas para ver *Macbeth* no National Theatre. Acenei para Isobel, como uma avó afetuosa normal. Seu rostinho perfeito deixou entrever um sorriso por trás da vidraça escura quando ela acenou de volta, como uma neta adorável. Suas amigas pareciam estar se divertindo. Não consigo ver esses ônibus sem imaginar um deles desabando de uma montanha dos Alpes; mas é assim que eu sou, suponho, a Mãe Preocupada, ou serei a Mãe Esperançosa? Nós deveríamos nos conhecer melhor.

Voltando ao assunto, por que eu acreditei logo que o bebê não fosse de Gavin? Talvez Isobel estivesse certa sem saber, e sua frase "estou só brincando" fosse a mentira. Talvez Sappho quisesse muito um bebê e finalmente tivesse encontrado um pai para ele, com esperma menos gasto e cansado e mais eficaz que o do seu marido, e não tivesse contado a ninguém. E não seria inusitado nem surpreendente alguém da família Stubb-Palmer ter um filho fora do casamento.

Rob e eu nunca nos casamos legalmente, ele já tinha uma esposa. Foi uma coisa que nunca contei para Sappho, assim como não contei que ele pôs fim à própria vida. "Não contar a ninguém" parecia estar no gene familiar.

O seguro de vida de Rob não me teria sido pago se houvesse um veredicto de suicídio, ou se soubessem que Rob e eu não éramos casados legalmente. Além de não expor uma filha a verdades desnecessárias e penosas, não era prudente levantar poeira, especialmente quando as brocas estavam roendo a madeira, deixando-a apodrecida. Meu Deus, como eu detestava aquele lugar.

Estava tão exausta em termos morais e emocionais quando cheguei em casa que não reclamei com Barnaby sobre Ursula. Ele sentou-se no meu computador para pesquisar sobre escadas em espiral e eu me senti contente e segura só por ele estar ali comigo.

O romance de Sappho continua...

Parte 2
Cenas da vida conjugal: 2004-8

Sequência 1: Isobel faz uma reivindicação

Uma das poucas cenas daqueles dias enevoados antes do casamento, antes de Gavin, antes da fama e da fortuna, antes de quase tudo, é ambientada nos apartamentos apalacetados onde Isolde morreu. É quando e onde, por trás das janelas gradeadas, Sappho deixa de lado o estoicismo normal dos Garner e chora. Nesses dias, Sappho é a aprendiz dedicada e a empregada. Isolde vive por trás da porta fechada do seu quarto, cada dia com mais dificuldade de respirar e com mais peso no peito, esvaindo-se lentamente. Ela luta para não recorrer à morfina, não suporta a existência aparvalhada que a morfina causa, mas acaba usando-a cada vez mais. O único fim à vista é a paz da morte, e desejar isso para ela é o maior tormento para Sappho.

Gavin está de pé na cozinha. Arthur e Isobel estão sentados, obedientes e quietos, molhando soldadinhos de pão integral nos ovos quentes, o que se tornou praticamente sua comida básica, acompanhada do suco de laranja que Sappho espreme todo dia. Quando ela vai fazer compras agora é a única coisa que lembra de comprar. Sua imaginação se esgotou. Laranjas e ovos, laranjas e ovos.

Sappho sai do quarto de Isolde e ao ver Gavin enfia a cabeça na sua jaqueta de tweed e soluça. De forma educada e gentil ele a afasta. Contato físico não é apropriado. Ela fica sozinha e grita. Sua mãe diria que ela está em fase pré-menstrual e essa própria afirmação faria com que ela tivesse uma dose homeopática de emoção negativa, parasse de gritar e começasse a resmungar. Mas sua mãe não está aqui para ajudar.

Ocorre que a pequena Isobel olha para ela com um ar de desprezo, surpresa ao ver essa serva — que faz compras, limpa a casa e alimenta as crianças — perder o controle. Depois se levanta, sobe nas pernas grossas do pai e as abraça com os bracinhos finos. O pai tenta desvencilhar-se, mas não consegue. Os braços são frágeis, mas determinados; se ele tentasse soltá-los poderia quebrá-los. Ele espera, então, pacientemente. Sappho pega suas sacolas e atravessa o corredor, passa pelo quarto de Isolde, chega na rua e pega um ônibus para Apple Lee. Sua mãe diz:

— Você tem de voltar. Não pode ficar fugindo deles. E então ela volta.

Sua mãe tem um novo namorado. Pelo menos, Sappho pensa, não é um paciente e parece bastante normal. É um arquiteto e está ajudando a mãe a realizar uns planos. Sappho conclui que não há lugar para ela na vida de sua mãe. Qualquer emoção ali seria demais.

Avanço rápido para:
Sequência 2: Dando a notícia para Gwen

Gwen não gosta da ideia de as crianças irem morar em Apple Lee. Não fala diretamente, mas é fácil depreender isso pelas coisas que diz:

— Vocês dois são muito ocupados. Crianças precisam de cuidado e atenção. Lá é um escritório, não uma casa. Pelo amor de Deus, Gavin, essas crianças precisam assistir à televisão como todas as outras. Você não tem ideia de como educar seus filhos.

— Aquele seu agente peculiar é gay, Sappho? Ele me parece sombrio. Sei que não se deve dizer isso, mas não o deixe perto de Arthur. Ele é muito jovem e vulnerável.

— Eles estão perfeitamente instalados aqui. Não têm mãe, mas eu sou a avó de sangue e a segunda pessoa mais próxima deles. Não vejo por que o casamento de Gavin deva alterar alguma coisa. É uma ideia absurda, qualquer um que conheça a história sabe que ele está tentando recobrar sua juventude. Patético.

— Como costumávamos dizer no País de Gales, casamento sem gravidez! Isso é que é classe.

— Sappho, você tem de entender que minha filha foi o amor da vida de Gavin. Um grande romance, na tradição antiga. A ligação com você é prática. O apartamento dele é horrível, ele não tem dinheiro, você parece a resposta a suas preces. Comida na mesa, dinheiro no banco, alguém para cuidar dos filhos quando eu ficar mais velha. Mas ele julgou mal a situação: você não é uma mulher doméstica, nunca foi. Só sabe dar para essas pobres crianças ovos cozidos. Elas estão tão constipadas que dá pena. Maternidade simplesmente não é o seu forte. Deixe isso para quem sabe ser mãe.

— Sappho, não sei como você pode viver aqui. Ninguém, ninguém vive nessa área da cidade. As crianças vão ser assaltadas. É bem ruim passar por aí de ônibus, que dirá saltar nesse lugar.

— Foi um erro gastar tanto nessa casa. Você nunca vai recuperar esse dinheiro.

— Se eu perder as crianças o que vou fazer da vida? Vender minhas coisas e ir viver em um lar para idosos? É isso que vocês querem? Não que eu tenha muito para vender. Ninguém dá nada por peças raras. Eu poderia morar com vocês e as crianças. Talvez termine apenas como ex-sogra, mas pelo menos parente de sangue.

E eu não sou, claro, pensa Sappho, agora determinada a não deixar as crianças com a avó. Gavin pede que ela desculpe a rudeza impossível de Gwen. Gwen é uma pré-freudiana. Simplesmente não entende as implicações do que diz. É uma espécie de ponto cego. E assegura que ela, Sappho, é a mulher mais pós-freudiana que ele já conheceu, e isso lhe soa muito pior do que soaria à maioria das pessoas. Mas ele concorda que quanto mais cedo as crianças se desligarem da avó, melhor. A coisa tem de ser feita com cuidado.

— Não vamos querer que ela acabe vindo morar conosco, não é?

— Tudo menos isso — diz Sappho.

O comentário de Emily

Ah, Sappho! Você devia ter me ouvido. Eu sabia que isso ia acontecer. A primeira esposa determina-se a desfazer o mal que a mãe fez, a segunda esposa, a desfazer a infelicidade causada pela primeira, a terceira, a desfazer os erros da mãe, da primeira e da segunda esposas, e a madrasta — que é você, Sappho — determina-se a ser uma mãe melhor que a mãe biológica. É um grande erro para todos. "Fazer as coisas bem" deve ser deixado para os construtores. Pobre Gavin. Gwen é uma velha boba, mas não tão terrível quanto você acha. Impiedosamente, você quer lhe tirar as crianças. Gwen é outra mulher na vida do seu marido.

O elemento maternal do amor piegas é que liga uma mulher a um homem; ela quer roubá-lo, confortá-lo, provar-lhe que o mundo é um lugar bom e acolhedor e que ele só foi infeliz com todas as mulheres que passaram pela sua vida. Agora, com você, o homem chegou ao lar perfeito. E as crianças também. Loucura, Sappho. Masoquismo.

O romance de Sappho continua...

Cenas da vida conjugal: 2004-8

A lua de mel

(Primeira pessoa: é difícil manter um tom impessoal.)
Houve um mal-entendido quanto à lua de mel. Nós íamos para a Islândia. Lá tem muitos pássaros e eu sempre gostei da ideia da energia termal e da lava borbulhando do chão. Em junho teríamos luz 24 horas por dia.

Laura comprou as passagens e fez reservas no hotel Holt. Íamos viajar um dia depois do casamento, mas acordamos com uma pequena ressaca. Deveríamos sair de casa ao meio-dia. Os táxis estavam reservados. Tínhamos comprado umas malas leves e elegantes — Gavin nem imaginava que essas coisas existissem, acostumara-se às malas pesadas de couro com correias e fivelas que seu pai lhe deu quando ele completou 21 anos. Ficou encantado com a leveza, o tom claro e a possibilidade de limpeza das malas, que a tecnologia do mundo novo oferecia. Tomamos o café da manhã antes de sairmos. Eu queria fofocar sobre os convidados, mas os homens não são bons como as mulheres nesse tipo de coisa. Gavin estava impressionado com o fato de Polly criar um filho sem pai.

— Ela está pensando só em si mesma, não no filho — disse.

Eu falei que se ela não tivesse tido um filho, ele não existiria. A existência de qualquer coisa não era melhor que a não existência?

— Se você perguntasse ao filho ele provavelmente não afirmaria que não queria nascer, não é? E se realmente não quisesse, poderia tirar a própria vida e tornar-se não nascido por sua própria vontade.

Eu achei meu raciocínio inteligente, mas Gavin me disse para não ser tola. Polly podia simplesmente adiar o nascimento e esperar até encontrar um pai apropriado. E eu disse:

— E se não encontrar?

Quase tivemos uma briga, o que não é uma boa forma de começar uma vida conjugal, mas é provavelmente muito normal. As pessoas estão cansadas e estressadas e se veem diante das implicações do que fizeram. Mas nós não brigamos. Nós dois cedemos — Gavin falou que o menino era ótimo, mesmo tendo um pai desconhecido, e eu concordei que Polly não compreendia o que era importante para uma criança. Depois conjecturamos se Luke seria mesmo o melhor agente para mim; ele tinha estilo, é certo, mas era escandaloso. O problema é que Luke não fazia distinção entre o que era bom e o que era popular, rendoso e vulgar. Eu disse que pelo menos ele me fazia trabalhar com constância, e Gavin falou que eu precisava pensar mais e trabalhar menos. O que eu sabia que era verdade.

Falamos sobre Laura, e Gavin disse que eu lhe pagava demais. Eu falei que sim, mas que o resultado era bom, e ele disse que no futuro poderia assumir muitas coisas que eram de responsabilidade dela. Em troca, Laura poderia datilografar seu romance, que estava em manuscrito. Ela tinha experiência em secretariado e alguma experiência em gerenciamento, mas Gavin fazia parte da diretoria de várias revistas de literatura e teatro e sabia tudo a esse respeito.

De repente a campainha tocou e ouvi a chave na fechadura antes de abrir a porta. Lá estavam Isobel e Arthur, com malas, parecendo sobreviventes da Segunda Guerra Mundial, e Gwen indo embora, entrando em um táxi e dizendo para mim: "Desculpem, meus queridos, preciso correr; o casamento foi fabuloso", e para eles: "Vejo vocês daqui a duas semanas, queridinhos, divirtam-se; lembranças minhas aos gêiseres. Arthur, lembre-se de fazer o dever de casa, senão vai ter muito problema na escola."

Voltei para a cozinha e me sentei. Gavin ficou surpreso com minha surpresa. É claro que as crianças iam conosco. Eu estava no escritório quando Laura fez os planos com a agência de turismo. Uma cama de casal e duas de solteiro.

Será que ouvi e depois neguei? Era possível. Ou mais provável é que estivesse acontecendo tanta coisa naquela hora que eu não tenha prestado atenção. Não podia culpar Laura, que tinha parado com os comentários sobre a minha vida, graças a Deus, e não questionava mais nada, o que eu via que seria ao mesmo tempo desvantajoso e vantajoso para mim.

A única coisa que falei foi:

— Os meninos não podem dormir juntos? A Islândia é um lugar muito caro.

— Por favor, não, Sappho — disse Isobel. — Arthur tem muito chulé. Não é culpa dele. Ele não pode fazer nada.

Arthur esfregou os enormes pés no chão, como se desejasse que não lhe pertencessem, e ficou vermelho.

— Vocês terão quartos separados, é claro — disse Gavin. — Laura fez as reservas. E por favor, Sappho, por favor, nunca os chame de meninos. Eles não são filhotes de cabra, são meus filhos.

— Desculpe — falei, levantando-me para preparar torradas com geleia para eles.

— Isolde e eu nos prometemos não chamá-los de meninos — explicou Gavin. Eu não me lembrava de Gavin ter pronunciado o nome Isolde durante todo o nosso namoro. Eu sabia que tinha sido um namoro muito curto. — E nós precisamos começar a usar pão integral e não branco.

Desde que eu deixara a casa dos Garner, evitava pão preto e comprava branco. Pão preto lembrava-me morte e vida saudável. Pão branco tinha gosto bom e reconfortante e as crianças também gostavam. Mas agora a vida era nova e nós todos teríamos de nos adaptar a ela.

— É claro — eu disse.

Durante nossa lua de mel — melhor chamar de férias, pois os quartos das crianças ficavam dos dois lados do nos so e as paredes não eram grossas, e além do mais tínhamos trepado demais nas últimas semanas —, as crianças foram uns amores e muito afetuosas. Tudo ia correr bem. Achei que Arthur não tinha ido ao casamento em lealdade a sua mãe morta, mas aparentemente ele tinha mesmo uma prova de biologia na escola. Arthur não é mais tão barulhento como quando pequeno; já tem 14 anos, mais de 1,80m de altura, físico de jogador de rugby, o que sonha em vir a ser, mas seus movimentos são bastante silenciosos e cuidadosos. Suponho que, em razão de morar no apartamento de Gwen, que, apesar de grande, é tão entupido de móveis feios e objetos que parece pequeno. Mas Isobel tem razão quando fala do chulé do irmão. Espero que seja uma espécie de ataque inconsciente a Gwen. Ele se movimenta em silêncio em uma sala, mas dá para saber que está lá por causa do cheiro forte dos seus pés. Acabei me acostumando com isso. Quase gosto. Ele é muito jovem e cheio de vida.

Arthur se parece muito com Gavin, só é mais largo — o mesmo cabelo castanho basto, a mesma cara de águia, mas creio que sem o intelecto do pai, que o torna tão atraente. Por outro lado, é entusiasmado, tem bom humor e não julga os outros. Eu só o ouvi criticar uma pessoa, um juiz de rugby que deu uma apitada injusta.

— Aquele idiota — disse Arthur. — Filho da puta!

— Arthur é muito diferente de Isobel — falei para Gavin. — Ela sabe lidar com as palavras e às vezes magoa as pessoas.

— Não é sua intenção magoar ninguém. Isobel é uma criança, sua destreza verbal ultrapassa seu bom-senso. Lembre que ela passou anos com Gwen, que não tem tato algum.

— Espero que seja um comportamento adquirido, não herdado.

Isolde sabia ser cáustica, lembro bem, e Gavin me tirava do sério às vezes; mas de qualquer forma o gene da falta de tato não passou para Arthur. Mudei de assunto, pois não queria falar sobre Isolde. Gavin não mostrara sinal de me comparar de forma desfavorável a sua esposa, mas me lembrei das palavras da minha mãe: "Cônjuges mortos são um inferno. A lembrança os torna perfeitos. Lembramos-nos dos bons tempos e apagamos os maus. Por isso é que não me casei de novo. Quem se compararia ao seu pai? A mãe detestada e desprezada torna-se um anjo depois que morre. O pai temido por sua violência passa a ser firme, porém justo. Os méritos da esposa morta, que vive no passado, sempre superarão os da esposa presente, que é obrigada a amar no presente."

Depois de uns dois dias surpreendi Arthur no banho por engano; ao entrar no nosso banheiro do hotel Holt lá estava ele, nu na água quente sulfurosa, que na Islândia tem cheiro de ovo podre. Quando se liga a torneira, o cheiro é ainda pior que o dos pés de Arthur. Ele pegou a toalha, mas antes que se cobrisse pude ver que é "bem-dotado", mais ainda que seu pai. Olhei depressa para o lado, imaginando por que ele resolvera usar nosso banheiro; aparentemente Isobel estava usando o dele para lavar o cabelo e não queria que ele o usasse. Não dava para dizer-lhe para não tomar banho, por causa do cheiro dos seus pés. Deve ser excesso de testosterona em um garoto em fase de crescimento.

Penso em Belinda dizendo que meu enteado tentaria me seduzir. Vejo que seria mais provável que o perigo viesse da minha parte. Os tabus são muito fortes. Onde se localizam na psique humana, não sei. Terei de perguntar a minha mãe. Mas minha mente afasta-se de qualquer visualização da cena primal entre mim e Arthur e tenho certeza de que ele sente o mesmo. Proibido! Ele pega a toalha. Eu dou um passo para trás. Parece um novo desenvolvimento da natureza humana — até a época em que os pais passaram a ter dinheiro e tempo suficiente para mandar os filhos dormirem em camas separadas, a família era onissexual; sexo sem poder era uma fonte de excitação e não de desaprovação, incesto fazia parte da vida, nada dos tabus universais que nossos antepassados vitorianos insistiram em manter. Eles não podiam imaginar como nossos ancestrais eram vis e animalescos, ou como as noites eram frias. Eu gostaria de conversar sobre isso com Gavin, mas não se pode falar livremente com o pai de uma menina em franca puberdade. É um assunto muito pessoal.

Na terceira noite das férias ouvi uma porta abrindo e acordei imediatamente. Gavin continuou dormindo. Era Isobel.

— Papai, tive um pesadelo.

Lembrei-me de uns dias antes, quando não pudemos ter nossa noite de núpcias porque Isobel telefonou para Gavin.

— Papai, estou com medo.

Ela sonhou que a terra arreganhava a boca e a engolia, pelo menos não sobre mim como uma metamorfa ameaçadora; era sobre uma coisa perfeitamente razoável, pois isso ocorria às vezes na Islândia. Isobel foi para a cama ao lado de Gavin e ele acordou.

— Pobrezinha, você está com frio.

— Isobel, você já é uma menina grande — eu disse, em tom um tanto cortante. — Grande demais para dormir na cama com o pai. Gavin, leve-a de volta para o quarto dela e ponha-a na cama.

Gavin levou. Eu estava quase dormindo quando ele voltou e pôs os braços ao meu redor.

— Isso foi um pouco duro e inesperado — disse. — Mas acho que ela está crescendo mesmo. Nós pensamos que eles continuam pequenos, mas não é verdade.

— Depois de estarmos todos juntos por algum tempo ela vai parar de ter pesadelos.

De manhã alugamos uma caminhonete 4x4 e fomos para o leste de Reykjavík ver as planícies do interior; ficamos sobre a areia fria e preta de lava apreciando o monte Hekla, que entra em erupção de vez em quando sem aviso. O vento era bem forte. Um pássaro de crista dourada encontrou um abrigo solitário sobre uma rocha. Procurou as árvores familiares, mas decerto não ia encontrar nada por ali. Isobel tirou rapidamente uma foto com a câmera de seu celular antes que ele levantasse voo de novo e desaparecesse. Aquela área soturna e inóspita tem alguns pontos verdes brilhantes. Isobel encontrou uma florzinha vermelha no meio do verde, apanhou-a e a trouxe para mim.

— Para você — disse, e eu fiquei muito emocionada.

Considerações de Emily

Se Sappho não precisasse do dinheiro, poderia fazer formação para ser psicanalista; com um pouco mais de percepção do próprio comportamento compulsivo — usando a pobre Gwen como saco de pancada, por exemplo —, daria uma boa profissional. Será por sua educação ou por seus genes? Quem pode saber? O que ela diz sobre sociedade primitiva é interessante. Nas sociedades simples, os animais são considerados fontes de sobrevivência e riqueza, assim como as crianças geradas. Os meninos destinam-se ao trabalho e as meninas são postas à venda, e ambos destinam-se ao alívio sexual e lucro se forem mediamente desejáveis. Vemos os resquícios disso no sistema de dote. Os animais machos são sacrificados quando nascem; entre os humanos muito pobres as meninas são um fardo, pois têm de ser alimentadas durante anos até atingirem a idade de procriar. No início da sexualização das nossas meninas vemos hoje em dia a reversão a um estado natural — vestimos as meninas como que para um mercado sexual. Tiramos o estigma da prostituta e chamamos a menina de operária sexual. Pais cafetães não são novidade alguma. Projetamos nossas próprias culpas na pedofilia, e nos concentramos nelas como a fonte de todo o mal.

Pelo menos Sappho entrou em contato. Pelo menos ela está bem. Fiquei chocada com meu encontro com Isobel no portão da escola, saí de lá completamente arrasada. Aquela menina é capaz de qualquer vileza, e a gravidez de Sappho deve ter piorado as coisas. Quanto a Laura, sua aceitação da situação foi fácil demais. Ela também pode ter desejos de vingança inconscientes ou até mesmo conscientes. E Gwen? Talvez haja alguma coisa suspeita na minha defesa de Gwen, a figura da mãe má para os filhos, que é descartada. Veremos.

Faz mais de trinta anos que Rob morreu, que recebi seu seguro de vida. Não contei mentiras. Só omiti alguns fatos quando podia ter falado. Por que as coisas do passado me vieram assim, de repente? Eu poderia ter dito, esperem um instante, eu vi uma mangueira longa, sim, um corpo caiu do carro quando a porta foi aberta, não, não foi suicídio. De que adiantaria isso? Mais infelicidade para amigos e parentes, e acima de tudo para Sappho. Eu podia ter dito, esperem um instante, na verdade nós não éramos casados legalmente; dizíamos que éramos, mas nunca houve uma cerimônia. Qual seria o resultado? Uma casa vendida, uma vitória das brocas na madeira e dos incorporadores, e uns quarteirões feios de escritórios onde agora está Apple Lee. Não. Não foram mentiras, apenas omissão, quando foi apropriado.

O romance de Sappho continua...

CENAS DA VIDA CONJUGAL: 2004-8

Uma entrega atrasada

Uma tarde, Sappho estava escrevendo *I Liked it Here,* ou tentando escrever. Achou que quando a festa de casamento terminasse — seis meses antes — sua rotina seria restabelecida, mas isso não ocorreu. Gostava de mostrar a Gavin o que estava fazendo. Laura, que fazia suas críticas e até datilografava o que queria ler em vez de repetir exatamente o que Sappho escrevia — Sappho não percebia isso, ou só percebia na hora do ensaio, quando era tarde demais —, parou de fazer comentários, simplesmente datilografava o que tinha em mãos. Luke estava ficando cansado de tentar contemporizar com o Vanbrugh Theatre, e as datas de produção deles tiveram de ser refeitas; e os programas, reimpressos. Luke ligou para Sappho pelo telefone fixo, interrompendo-a no meio de uma frase, e ela atendeu mesmo reconhecendo o número. Tarde demais. Devia ter deixado o telefone tocar.

— Querida — foi a essência do que Luke disse a Sappho —, você não é mais aquela jovem escritora promissora da área. Não é bom ter mais de 30 anos e ser impopular, o que você certamente é. Você irritou o Departamento de Drama da BBC. Uma coisa é não aceitar trabalho em termos de tempo e dinheiro, outra coisa é explicar que está fazendo isso em termos morais. Eles vão desprezá-la, não admirá-la, e isso afetará sua renda.

Quando Sappho desligou o telefone, estava chorando. A porta abriu e Gavin entrou.

— Luke deve tomar cuidado — disse ele, que tinha ouvido a conversa na extensão. — Ele não tem direito de pressionar uma artista criativa como você. Quanto ele cobra?

— Como assim? — perguntou Sappho.

— Que porcentagem?

— Realmente não sei. É melhor perguntar a Laura esse tipo de coisa.

— Ah, meu Deus. Não é de admirar que suas coisas estejam tão confusas. Você joga dinheiro fora.

Sappho olhou em volta do escritório organizado à perfeição — onde os telefonemas eram atendidos em tempo, as caixas de arquivos eram catalogadas, as cartas dos fãs e os e-mails, sempre respondidos — e tentou entender o que Gavin queria dizer, mas achou que ele devia ter razão.

— Aposto como é de 15 por cento. Alguns agentes cobram apenas dez.

— É verdade que Luke não tem sido muito gentil comigo — admitiu Sappho —, mas estou acostumada com isso.

— Não aguento ver você chorando. Não precisa tolerar essas coisas. Você vale mais que isso.

Telefonou para Luke e falou horrores, e depois disso Luke passou a ligar raramente, o que foi muito gratificante para Sappho.

O retrato de Isolde

Isobel e Arthur estavam no antigo apartamento de Gavin ajudando-o a embalar suas coisas. A maior parte já estava em Apple Lee, portanto não fazia sentido ficar no apartamento. Gavin renovou o aluguel e o sublocou para um colega, Waldo, que tinha de viajar diariamente duas horas para chegar à cidade e agora podia passar a semana perto do trabalho. Segundo Sappho, sua esposa, Ellie, não gostou nada, mas o aluguel que Gavin pedia não era alto, menor que a despesa com o transporte semanal de trem. Era bom fazer novos amigos por intermédio dos outros. Waldo era jornalista e crítico cinematográfico, boa companhia para ela contar piadas e trocar ideias inteligentes. E era mais aberto que Gavin — isto é, escrevia com os mesmo entusiasmo sobre filmes simples com efeitos especiais ou sobre filmes mais obscuros do cinema europeu, dos quais Gavin gostava e Sappho tentava gostar.

Pouco depois das 4 horas naquela tarde de sábado, quando Sappho saiu do programa que estava usando no computador — o jogo *The Sims* de Isobel —, viu Gavin, Waldo, Isobel e Arthur passarem pelo portão, carregando o retrato de Isolde.

Isolde chegou, pensou Sappho, está me seguindo. O passado voltou para me assombrar. Depois se perguntou por que se sentia tão culpada. Eu deveria ter ido ao enterro, todos sabem que não fui. O fato de não falarem sobre isso não significa que tenham esquecido. Waldo provavelmente esteve ao lado da sepultura, pois era amigo antigo de Gavin. Tinha uma vaga lembrança dele, era um dos que visitavam Isolde em seu leito de morte, bebiam champanhe, contavam piadas, falavam de coisas inteligentes, desafiavam a morte.

Sappho foi abrir a porta e as crianças subiram com o retrato.

— Vamos precisar de pregos apropriados — disse Gavin por trás dos filhos.

— O que eles estão fazendo? — perguntou Sappho.

— Estávamos pensando no que fazer com o quadro — disse Waldo. — Eu tenho um quadro de Ellie que ela quer que eu pendure acima da nossa cama. Para criar uma mágica, suponho.

— Mulheres! — disse Gavin.

— Loucas — falou Waldo. — Mas não parecia certo suplantar a querida Isolde. Então Isobel falou que o retrato era deles por direito e que, como não havia lugar nas paredes de Gwen, seria melhor trazer para Apple Lee.

— Então aqui está — falou Sappho, com um tom um pouco cortante.

— Achei que você aprovaria — disse Gavin. — Eu tirei o quadro, mas você o recolocou no lugar.

É mesmo, pensou Sappho. Eu estava maluca? Ou será que pensei que era invencível?

— É a falecida mãe dela — falou Waldo, num tom de desaprovação. — Pobre menina!

— Por mim, tudo bem — disse Sappho. O que mais poderia dizer?

Waldo tinha trazido umas roupas para Sappho lavar. A máquina sofisticada dela tinha um programa de lavagem com água fria que a de Bloomsbury não tinha, e Waldo precisava para seus suéteres da cashmere preferidos. Em casa, explicou, Ellie lavava esses suéteres à mão. Quando Sappho acabou de falar com Waldo, subiu para seu quarto e viu Arthur pulando da cama de casal, deixando marcas das botas na colcha branca, e Isobel batendo palmas de satisfação.

— Eu disse que caberia — disse para Arthur.

— Mas o certo seria levar o retrato para o seu quarto — falou Sappho.

— Ele não tem minhas cores preferidas — disse Isobel. — Eu gosto de rosa e verde, e o quadro é todo azulado. Mamãe deixou-o para mim no seu testamento, mas vou dar ao papai de presente.

— Ok — assentiu Sappho, com voz fraca.

Mais tarde disse a Gavin que gostaria que o retrato ficasse em algum outro lugar da casa que não por cima da cama deles.

— Mas por que não disse isso na hora? — ele falou. — Agora é tarde demais. Isobel ficará magoada e pensará que está sendo rejeitada. Mas se isso realmente incomoda você...

— É claro que não — disse Sappho.

— De qualquer forma, não gosto de pensar que você seja supersticiosa. Pobre Waldo, ter de aguentar Ellie. Creio que ele sente alívio quando fica longe dela por algum tempo.

Mais dramas de quartos

Sappho nota que os pesadelos de Isobel vêm em ondas e chegam a um pico uma vez por mês. Sua menstruação não começou ainda, então não pode ser descrito como tensão pré-menstrual. O pico é quando ela própria está em fase de pré-menstruação, o que é estranho. Sappho tem a sensação às vezes de que esses sonhos ruins são calculados, para que Isobel tenha permissão de ir para a cama deles e atrapalhar seu sono. Talvez sejam até mesmo pesadelos inventados.

— Papai, papai, tive um sonho ruim. Estou tremendo. Posso acender a luz? Eu estava sendo perseguida na rua por uma dessas máquinas de café...

Como alguém pode ser perseguido por uma máquina de café? Sappho comenta isso com Gavin e ele diz que ela está sendo paranoica. "Você não está de TPM?" E ela tem de admitir que sim.

— Papai, papai, eu tive um sonho. Tinha um grande guindaste que abaixou e me pegou, me balançando bem no alto, acima dos telhados, e ia me soltar... Papai, estou com tanto frio e sozinha...

— Papai, papai, eu estava na escola e quando fui para a biblioteca meus dentes começaram a cair no meu caderno de ciências...

— Papai, papai, sonhei que estava sendo amarrada e um médico com cara de macaco segurava uma agulha e tentava enfiar em mim...

Isobel tem 13 anos agora. Esses sonhos deveriam parar. Eles ainda ficam com Gwen duas noites por semana e Gwen os deixa assistir à televisão, o que Gavin não deixa, a não ser programas muito selecionados no canal de história. Se ele afrouxasse as regras seus filhos não teriam tanta ânsia de ir para a casa de Gwen, diz Sappho. Se não houver comida orgânica fresca em Apple Lee, mas pudessem ocasionalmente comer uma pizza ou ir ao McDonald´s, também ajudaria. Mas Gavin não quer saber de nada disso. Arthur começa uma campanha para ir para um colégio interno de alta classe no sexto ano, onde poderá jogar rugby e não futebol. Sappho acha que o que ele quer mesmo é fugir para um mundo de pão branco, salsichas e pizzas. Arthur realiza seu desejo, mas Sappho continua a tirar a terra das raízes e de legumes e a raspar cenouras brancas para Isobel, que provavelmente ficaria mais feliz de dar um pulo na esquina com ela e comer um croissant de amêndoas no novo Costa's. No início da vida de Gavin, nas charnecas de Yorkshire — onde sua mãe perfeita, que morreu quando ele tinha 10 anos, cozinhava e fazia bolos, e o amava muito —, não havia comida empacotada. É certamente admirável ele querer o mesmo para seus filhos. Ele tem razão, comida empacotada é abominável.

Quando há algum problema em casa, quando Sappho tenta fazer Isobel comer mais (ela está quase anoréxica), os sonhos pioram.

— Papai, papai, estou com frio e com medo. Um fantasma entrou no meu quarto. Acho que era a mamãe, mas seu rosto estava comido de vermes, e não havia ninguém ali para cuidar de mim. Caí em um buraco no chão e toda a terra cobriu meu rosto e eu não podia respirar...

Estará se referindo a mim?, Sappho se pergunta. Por eu tê-la abandonado quando sua mãe estava morrendo? Por não ter ido ao enterro? Mas isso é paranoia e nenhuma dessas coisas pode ser discutida com Gavin. Por que ela acha que os sonhos de Isobel têm um "objetivo"? Por que deveriam ter?

— Papai, papai, você está acordado? Sonhei que Sap estava tendo um bebê, e a coisa saiu e arrastou-se pela cama e veio para cima de mim...

— Ela não quer que você engravide, Sap, é evidente — diz Gavin com uma gargalhada, mas Sappho acha que Isobel deseja que ela seja infértil e não acha graça alguma. Ele pergunta qual é o dia do mês e Sappho tem de admitir que está no seu período pré-menstrual e tenta reformular suas ideias. Seria melhor parar de menstruar e engravidar, que é seu desejo agora, e quanto mais pensa nisso mais esse desejo torna-se obsessivo.

Isobel é meiga e afetuosa, nunca xinga nem grita com Sappho, como outras meninas fazem. Vai à escola e traz bons boletins, com as melhores notas em tudo.

— Ela tem a inteligência da mãe — diz Gavin em uma de suas poucas referência a Isolde.

Sappho tem a sensação de que não é nem de longe brilhante como Isolde. Gavin tem tanto cuidado de não fazer comparações que ela pensa que talvez não seja mesmo.

Todos, até mesmo sua própria mãe, admiram Sappho pelo quão bem ela se dá com os enteados.

O quarto mal-assombrado de Isobel

Gwen diz que é estranho Isobel nunca ter pesadelos quando fica com ela — agora só nas noites de sexta-feira e sábado — e que talvez isso tenha a ver com seu quarto mal-assombrado em Apple Lee. O quarto de Isobel fica no sótão, um quarto grande com pé-direito alto e vigas. Ela começa a ouvir barulhos e sente calafrios, como se a temperatura tivesse caído.

— Papai, eu estava no meu quarto fazendo o dever de casa quando de repente senti um calafrio, como se fosse um fantasma andando sobre o meu túmulo. Ouvi uns passos e um homem suspirando. Aconteceu alguma coisa horrível nesta casa, papai?

Gwen ia buscar as crianças nas sextas-feiras depois do chá para levá-las a South Kensington; ficava lá um pouco, tomava uma xícara de chá e conversava com Laura enquanto as crianças juntavam suas coisas. Sappho em geral estava fora, em um ensaio ou em uma reunião.

— Tente ficar em casa e ser gentil com Gwen, Sappho — dizia Gavin. — Sei que é difícil, mas é importante para as crianças sentir que vocês se dão bem.

Então Sappho ficava em casa sempre que podia e se portava de forma encantadora.

— Sua casa não tem bom astral, Sappho, desculpe dizer isso — fala Gwen. — Manter a pobre Isobel naquele quarto no sótão é como trancar uma freira no convento.

— Mas é um quarto lindo — diz Sappho. — Um dos melhores da casa. Ela própria fez a decoração e escolheu as cortinas. E fez tudo muito bem!

— Ela não pode convidar as amigas para vir aqui porque os pais acham essa área muito violenta.

— Não é bem assim — diz Sappho. — Elas têm vindo, o ônibus para bem na nossa porta.

— Não é o que Isobel me diz — fala Gwen. — E elas não gostam muito de biscoitos de aveia! Diga-me uma coisa, Sappho, seu pai não morreu nesta casa?

— Sim — diz Sappho.

— Em que quarto?

— Na garagem, creio. Eu estava lá.

— A pobre Isobel enfiou na cabeça que ele se enforcou no quarto do sótão.

— Isso é um absurdo.

— Por que ela não pode dormir no quarto de hóspedes ao lado do seu?

Porque estragaria minha vida sexual com Gavin, pensa Sappho, lembrando-se do que ocorreu na sua lua de mel. A ideia de Isobel acordada no quarto ao lado ouvindo barulhos cinco noites por semana é intolerável.

— Daquele quarto se vê pela janela a linda macieira — continua Gwen —, e ela não terá de andar pela casa toda no escuro quando tiver sonhos ruins. São sonhos de abandono, é claro. Isobel diz que lembra que você não foi ao enterro da minha filha. Eu não senti sua falta, mas ela aparentemente sentiu.

— Ela nunca me disse nada — replica Sappho. — Meu Deus, Isobel tinha só 3 anos. Por que eu estaria lá? Era um enterro só para a família.

— Por favor, papai, posso mudar de quarto? Acordei no meio da noite e vi uma sombra na parede. Era um homem enforcado, girando e girando, o resto aparecendo a cada volta com olhos de caveira e um tubo dentro da boca...

— Você vai ter de pedir a Sappho — falou Gavin.

— Não pode não — disse Sappho. — Mas pode ir para o quartinho junto do escritório, no térreo.

— Não quero que ela fique num quarto com conexão com a Internet — disse Gavin.

Então Isobel ficou onde estava, até o técnico de computador retirar as conexões, mas Laura esqueceu de chamar o técnico, o que não era do seu feitio. Laura e Isobel estavam se dando muito bem.

Em uma sexta-feira à tarde Gwen apareceu com um homem vestido com uma batina católica, carregando um sino, um livro e uma vela. Tinha vindo exorcizar a casa e Gavin esquecera de avisar a Sappho. Na verdade, quando estava saindo pediu a Laura para avisar, mas Laura também esqueceu. De certa forma, o aumento de salário de Laura era menor que a porcentagem que ela recebia antes. A organização dos arquivos não era mais a mesma. O seguro do carro não foi pago, pois não lhe disseram para pagar. Ela não batia exatamente ponto no trabalho, mas às vezes era a impressão que dava. A transição entre "assumir responsabilidade por Sappho" e "esperar que Gavin lhe desse as ordens" não foi fácil como os sorrisos sugeriam. Gavin abria a correspondência, punha na mesa de Laura o que dizia respeito a Sappho e a Laura, e levava o restante para seu quarto. Era um sistema aleatório e envolvia discussões que ninguém queria ter, muito menos Sappho.

Sappho correu atrás de Gwen, do padre, de Gavin e de Isobel quando eles subiram as escadas. Felizmente Arthur estava na escola.

— Não quero que façam isso aqui — disse. — Não há nada de errado com a minha casa.

— É mal-assombrada — disse Isobel.

— Duvido — disse Gavin para ela. — Mas se isso for deixá-la tranquila, vamos fazer.

— Você deve querer que o espírito do seu pobre pai descanse — disse Gwen.

O padre diz que como esse espírito é inquieto e provavelmente morreu por suas próprias mãos, ele trouxe o sino, o livro e a vela caso sérias manifestações se tornem aparentes; mas certamente não precisarão disso pois há poucos grandes pecadores no mundo.

— Que tipo de padre é esse? — Sappho perguntou a Gwen.

— É um seguidor de Starhawk Wikka, a líder espiritual — respondeu Gwen.

Sappho levantou as mãos para o alto e não interferiu mais. O padre fez suas rezas e saiu. Os ruídos estranhos, os calafrios súbitos e as sombras fantasmagóricas continuaram.

— Tudo bem — disse Isobel, depois de contar sobre a última manifestação. — Eu posso pôr a cabeça debaixo dos travesseiros à noite e fazer o dever na escola. Não quero causar confusão.

Passou a comer ainda menos e a emagrecer ainda mais. Seus braços pareciam varetas, os olhos ficaram maiores, e até mesmo os lábios vermelhos perderam um pouco da cor. A enfermeira da escola telefonou e avisou-lhes que ela estava no limite da anorexia e que eles não deviam fazer comentários sobre seus hábitos alimentares.

— O anoréxico é um filho não problemático com pais problemáticos — disseram.

— Papai, papai, tive um sonho terrível. Eu estava sendo alimentada à força porque queriam comer meu fígado e não havia ninguém para me proteger. Eu já não devia mais ter esses pesadelos...

Ela aceitou ser levada à psicóloga da escola. Sappho teve de esperar do lado de fora enquanto as duas conversavam. Depois Isobel saiu e Sappho entrou.

— Você é a madrasta, não é? — perguntou a psicóloga, que lhe lembrou sua mãe. — Os sonhos de abandono são típicos da criança desolada.

— Parecem mais agressivos do que sonhos de mero abandono — disse Sappho.

— Você acha? — perguntou a psicóloga. — É uma pena ela ter de dormir sozinha no sótão da casa. Ao que eu saiba existe um quarto ao lado do quarto onde você dorme com o pai dela. Isobel é muito ligada ao pai.

— Eu sei — disse Sappho.

— Há também o problema da alimentação. Anorexia ocorre particularmente em famílias desfeitas.

— Minha família não é desfeita — disse Sappho. — É uma família reconstituída.

— Dá no mesmo — disse a psicóloga.

Sappho cedeu e deixou Isobel mudar-se para o quarto ao lado do seu, de paredes finas, portanto ela e Gavin só podiam fazer amor nas noites de sexta-feira e sábado, pois Gavin tinha medo de fazer barulho.

E como Isolde os observava por cima da cama de casal, se alguém estava assombrando a casa era ela, pensou Sappho. Era como se dissesse: "Gavin casou-se com você porque precisava de alguém para cuidar dos seus filhos. Ele gosta do seu dinheiro, não de você. Ainda a considera a empregada da casa, e sempre considerará."

Isobel deu pulos de alegria quando foi passada para o quarto de hóspedes e chegou a comer uns biscoitos de aveia que Sappho fez especialmente para ela.

— Na minha casa ela é bulímica — disse Gwen. — Come um pacote com seis barras de chocolate e um pacote com 12 iogurtes de frutas, depois vomita tudo no banheiro.

— Que coisa horrível — disse Sappho.

— Não sei — Gwen falou. — Isso nunca me perturbou. Ela vai parar com isso. E os sonhos pararam, não é?

— Sim — disse Sappho, contrafeita. Se é que ela tinha mesmo esses sonhos, pensou.

Isobel e as pílulas anticoncepcionais

Sappho queria engravidar e disse isso à família na mesa do café da manhã. Isobel falou que não queria, que ficaria encabulada na escola e que seu pai estava muito velho para ter um bebê.

— Mas um bebê viria unir nossa família — disse Sappho. — Não seria bom, Isobel?

— Não. Seria muito ruim.

— O que você acha, Arthur? — perguntou Sappho.

— Por mim tudo bem. Isso não me incomoda.

Arthur estava em casa e dormia no quarto que Isobel dizia ser mal-assombrado. Não notou nada de estranho. Mas ficava com o iPod no ouvido quase todo o tempo, como Gavin observou.

Estava agora mais alto e mais forte que Gavin, e Sappho achou que isso tinha a ver com o fato de ele ter permissão de usar um iPod e um celular, e Isobel não. As regras de alimentação em Apple Lee continuavam rígidas, mas a situação da televisão melhorou um pouco. Com a moda do DVD e o fechamento de muitos cinemas de arte, parecia pouco natural não ter um aparelho de DVD nem uma televisão em casa. Como Sappho estava escrevendo o roteiro de uma novela para televisão, um aparelho seria útil para seu trabalho, mas Gavin não achava que houvesse profissionalismo nessa área em particular. Era tudo uma porcaria, apesar de ser uma fonte de renda.

Waldo aparecia com frequência e era útil para ele ter um DVD na casa para assistir a novos filmes que tinha de resenhar. Ellie estava pedindo o divórcio. Elvira postava-se diante do apartamento de Bloomsbury noite após noite, ainda ansiando por Gavin, apesar de ele ter se mudado havia tempos para Apple Lee. Quando Waldo a viu ali, convidou-a a entrar, e uma coisa levou a outra. Foi um caso de curta duração, mas Ellie descobriu e agora Waldo estava livre como um passarinho — e feliz. Mas passava mais tempo em Apple Lee queixando-se de solidão que na cidade. Sappho achava que ele gostava de Laura.

— O que você acha, Gavin? — perguntou. — Essa é uma decisão familiar.

— Teria sido uma boa ideia me perguntar primeiro — disse Gavin, que às vezes era muito sensível. — Vamos falar sobre o assunto em particular.

— Isso quer dizer não — disse Isobel. — Conheço meu pai.

Mas ela estava errada. Gavin achou que talvez estivesse muito velho para assumir uma paternidade e que Isobel, que tinha tido problemas desde o início, não ficaria satisfeita, mas que não podia privar Sappho de ser mãe, se era isso que ela queria. Mas ela precisava pensar nas implicações financeiras; crianças eram dispendiosas.

— Nós temos muito dinheiro — disse Sappho.

Gavin disse que manter Apple Lee era caro e tomava muito tempo; com impostos a quarenta por cento e agentes a 15, sua renda anual baixara em cinquenta por cento com relação ao ano anterior. Ela deveria pegar táxis menos vezes, comprar menos roupas e pensar no que gastava.

— Você está pagando o aluguel do apartamento de Gwen? — perguntou Sappho. — Quanto gastamos com isso?

— Não tanto assim. Em torno de 2 mil libras por mês.

— Mas isso é dinheiro descendo pelo ralo — falou Sappho.

— Melhor do que ela vir morar conosco, que é a alternativa — disse Gavin, e ambos riram. Metade da casa estava no nome de Gavin. O casal precisa de dignidade igual.

Sappho finalmente acabou *I Liked it Here* e Luke tentou vender o título, mas sem sucesso. O Teatro Vanbrugh desistira da peça havia muito tempo.

— Os tempos mudam, querida — disse ele —, e a favorita de hoje é a *quem é essa?* de amanhã. Ia tudo bem quando você era uma jovem lésbica lutando pelos direitos da mulher, mas agora é uma burguesa branca e, o que é pior, casada e com filhos, o que é péssimo, então está do lado errado. Continue a trabalhar para a televisão e dê-se por muito feliz, e reze para que não lembrem que você é uma mulher com mais de 30 anos, senão não lhe restará nada a não ser escrever romances.

— Eu nunca fui lésbica de verdade — disse Sappho.

— Mas não diga isso. Minta até o fim.

Quando Sappho desligou o telefone, estava chorando de novo, vendo sua carreira, seu futuro e suas aspirações em ruína, e Gavin veio em sua defesa. Telefonou para Luke e o despediu, dizendo que estava economizando 15 por cento da renda de sua esposa e que passaria a ser seu agente. Os dois bateram boca. Sappho explicou que Luke ainda teria de receber 15 por cento de todos os contratos que tinha agenciado desde o início da sua carreira de escritora, e que não havia sobrado muito. Gavin ficou um tanto surpreso e falou que como a maternidade era seu objetivo, seria melhor concentrar-se nisso.

Então ela tentou. Mas não funcionou. Esperou um ano, durante o qual foi trabalhar uma vez por semana no departamento de drama de uma universidade de Londres. Seu nome ainda valia bastante em alguns lugares e era bom e útil receber um salário. No final de um ano foi procurar um médico, sem que soubessem, e ele resolveu agir. Fez exames de sangue e disse que ela tinha bastante estrogênio e perguntou se tinha parado de tomar as pílulas anticoncepcionais que ele receitara havia algum tempo. Ela respondeu que sim, que não era idiota. Ele falou que quando as mulheres decidiam ter filhos pareciam perder todo o bom-senso, e nada o surpreenderia. Sappho contou tudo a Gavin e ele a convenceu a procurar uma médica mulher. Não gostava de homens mexendo no seu corpo e ela sentiu-se protegida e agradecida. Não discutiu. Às sextas-feiras e sábados, quando Isobel ia para a casa de Gwen, eles faziam sexo, mas o bebê não chegava.

— Não há nada de errado comigo — disse Gavin. — Eu já tenho dois filhos. Talvez você não seja tão fértil assim. Pensando bem, você não tem irmãos, tias, tios ou primos.

— É verdade, como família nós minguamos, e eu não gosto disso. Mais razão ainda para construir uma família minha.

Mas lembre que meu pai morreu quando eu tinha 3 anos, não houve muito tempo para minha mãe ter mais filhos.

— Não com o mesmo homem, certamente — disse Gavin.

— Se meu pai não tivesse tentado limpar os faróis do carro com a porta da garagem fechada, eu podia ser uma entre seis filhos.

— No dia em que Gwen apareceu aqui com aquele ridículo exorcista, ela me disse que talvez o fantasma no sótão fosse do seu pai — disse Gavin. — Que não era de surpreender que Isobel estivesse recebendo vibrações. Disse também que a morte do seu pai não foi acidental, que ele tirou a própria vida.

Sappho falou que era um absurdo, que Gwen era uma fofoqueira e gostava de deixá-la perturbada. Como ela podia saber? Já haviam se passado trinta anos.

— Gwen ouviu essa história da antiga faxineira da sua mãe, que viu seu pai cair do carro quando o policial apareceu e arrombou a porta da garagem. Mas ela diz qualquer coisa que lhe vem à cabeça. Não lhe dê ouvidos. Sua mãe não mentiria para você todos esses anos a respeito de uma coisa assim. Esqueça o que eu disse. O passado é outro país, as coisas acontecem lá de forma diferente. Nossa vida começou no dia em que nos encontramos naquela festa no meio de uma sala cheia de gente.

— É verdade — disse Sappho.

Gavin a beijou, disse palavras muito românticas, fixou os olhos nos seus e ela fingiu estar olhando para ele, mas na verdade olhava para dentro de si mesma.

Sappho tinha o que chamava de "momento do quarto de hóspedes", da mesma forma que sua mãe tinha momentos do passado. Esse momento vinha quando ela se lembrava de coisas que talvez não tivessem ocorrido, lembranças facilmente construídas a partir de conversas sobre o passado. Você se lembra do passeio no feriado ou da foto que alguém tirou desse passeio? Era preciso haver testemunhas. Ela se lembrava do corpo do pai caindo do carro quando a porta da garagem abriu e se lembrava de Gavin em cima dela na cama do quarto de hóspedes, mas sabia que nunca perguntaria a sua mãe sobre a primeira lembrança, nem a Gavin sobre a segunda. Talvez fosse melhor começar a vida em algum momento que lhe fosse conveniente e não quando a vida realmente começara.

O estresse de Emily

— Não consigo ler mais — eu disse a Barnaby. — Estou tendo um ataque de pânico.

— Respire fundo, mas continue a ler — sugeriu ele.

Eu passava as páginas para ele à medida que ia lendo. Não tinha certeza se ele estava ligado ao meu interesse pela história ou se simplesmente queria saber o que aconteceria em seguida. Não se pode confiar nos homens.

— Gwen deve ter inventado isso — disse ele. — Sappho tem razão. Como ela podia saber?

— Porque quando Isolde estava doente Sappho cuidava das crianças e ajudava Gavin a cuidar de Isolde. Às vezes deixava as crianças comigo em Apple Lee e Gwen vinha buscá-las de táxi; quando eu não estava aqui ela tomava uma xícara de chá com Mary, que sempre foi minha faxineira e sem dúvida descobriu tudo que havia a descobrir. Sim, é possível. Por que Sappho não me falou sobre isso?

— Porque talvez não tenha ocorrido — disse Barnaby. — Talvez seja uma variação da verdade, uma ficção. Que tal fazer um sanduíche de queijo para mim enquanto se acalma e respira melhor?

Eu assim fiz. Preparei na torradeira um desses sanduíches fechados de queijo derretido, cheio de manteiga, esperando em parte que ele morresse e em parte que se salvasse e ficasse ali comigo para sempre. O "isolamento", com toda a dignidade da mulher solteira, estava mais me parecendo solidão. Os filhos recorriam a terapeutas, que lhes diziam para cortarem os laços que os prendiam, que suas mães eram responsáveis por todos os males que os afligiam e que seus próprios filhos não deveriam ter qualquer contato com a avó. Eu sabia que isso acontecia com amigas minhas, mas em geral depois de cerca de um ano as filhas se aprumavam, percebiam o que tinha acontecido, e as relações familiares continuavam. Eu gostaria de ter tido seis filhos e não uma filha só. Estava me sentindo muito vulnerável.

O romance de Sappho continua...

CENAS DA VIDA CONJUGAL: 2004-8

Isobel e as pílulas anticoncepcionais continuam...

Belinda apareceu e ao ver Sappho tomar sua pílula multivitamínica comentou:

— As minhas pílulas são grandes e amarelas, as suas são pequenas e brancas.

Sappho cuspiu o comprimido, foi ao armário do banheiro checar os remédios velhos acumulados lá — Laura não cuidava mais dessas coisas — e viu que as pílulas anticoncepcionais eram pequenas e brancas com uma pequena cruz em um dos lados, como as que ela estava tomando achando que eram vitaminas. Levou o pacote para a mesa em que Belinda estava sentada com seu novo namorado, Dwight Gordon. Dwight escrevia histórias de detetives e tinha ligações com a tropa de elite SAS, de modo que a maioria das suas histórias era sobre heróis feridos, ex-militares aprisionados em um mundo civil.

— São as mesmas pílulas, não é? — disse. Dwight olhou para elas, deu uma risada e falou:

— Deve ser coisa da sua enteada. Eles não gostam de estranhos no ninho.

— Quem seria o estranho, eu ou o novo bebê? — perguntou.

— Ambos. Dê-se por feliz de não ser uma dose diária de arsênico.

— Um ano inteiro da minha vida perdido! — Sappho falou.

— Quem se liga a um homem mais velho — disse Belinda, com ar de superioridade — liga-se também ao seu passado.

Mais tarde Sappho falou com Isobel.

— Querida, você andou mexendo nas minhas vitaminas?

Isobel caiu no choro e confessou que não queria que Sappho tivesse um bebê porque deixaria de gostar dela.

Sappho a abraçou e falou que tinha amor suficiente para dar a todos e perguntou como Isobel tinha conseguido as pílulas anticoncepcionais. Ela respondeu que tinha comprado pela internet da escola. Então Sappho perguntou como ela sabia que pílulas usar. Tinha vasculhado o armário do seu banheiro?

— Eu perguntei a Laura — disse Isobel, mas Sappho não acreditou muito nela.

— Não conte para o papai — pediu Isobel.

— Não vou contar — disse Sappho.

— Por que você não foi ao enterro da mamãe? — perguntou ela, chorando.

— Quem disse que eu não fui?

— Gwen — respondeu Isobel.

— Você sabe que a vovó Gwen gosta de inventar coisas. Eu fui ao enterro, sim.

Juntas, as duas jogaram no vaso sanitário as pílulas pequenas e brancas e deram a descarga. Gavin tinha concordado em fazer um exame de esperma, mas sua cara mostrava que ele não queria ir. Isobel e Sappho uniram-se na hora da mentira. Não disseram que ele não precisava mais fazer o teste, a natureza provavelmente seguiria seu curso.

No entanto, Sappho resolveu abrir mão de bebidas quentes a partir dali e evitava o chá e o café que Isobel às vezes preparava. Bebia água diretamente do gargalo da garrafa e explicava que não queria ingerir cafeína porque esperava engravidar. Com que facilidade e sensibilidade uma mentira passava para outra.

Sappho é tomada de culpa

— Aconteceu alguma coisa? — perguntou Laura a Sappho, que estava chorando por cima do teclado do computador. Era o primeiro mês do novo regime sem pílula.

— Não. Nunca estive mais feliz.

— Verdade? O Canal 4 quer as alterações até o final da semana e hoje já é quinta-feira. Sua reputação de entrega rápida já não é a mesma.

— Isso não me preocupa mais — disse Sappho.

— Então o que foi? Sua menstruação veio? — perguntou Laura.

— Sim — mentiu Sappho, pois era mais fácil concordar que suas regras tinham começado (Laura era claramente contra bebês) do que dizer qual era sua verdadeira preocupação.

Minha mãe mentiu para mim a vida toda, meu pai se matou. Por quê? Porque estava "deprimido"? Porque minha mãe o levou a isso com seus casos amorosos? Porque toda a vida da minha mãe foi pautada por autodissimulação e é por isso que ela dedica tanto tempo para esclarecer isso nos outros? Porque um dia minha mãe leu meus diários e eu nunca mais confiei nela nem lhe contei nada e fui privada dos meus direitos humanos?

Mas Sappho não disse isso. Percebeu que no momento não confiava em mais ninguém em termos de verdade. Poderiam usar a verdade contra ela, qualquer coisa que fosse. Laura agora fazia seu trabalho conforme as regras; tornara-se empregada de Sappho, não mais sua amiga e irmã gêmea. Luke não estava mais lá para repreendê-la e fazê-la rir ou chorar. Isobel parecia uma biruta adulterada pelo inimigo — dava para sentir o vento, mas não se sabia de onde vinha. Arthur, como ela não era uma bola de rugby, não se importava em conversar com ela. E Gavin? Certamente podia lhe contar seus segredos, mas Gavin tinha um moralismo masculino e não lhe daria razão só pelo fato de ela ser sua esposa. Ele estava certo, a vida de Sappho era responsabilidade dela, não da sua mãe. Isso valia para todos. Não havia como retomar a história desde o início; ela tinha mentido para Isobel sobre o enterro para sua própria conveniência e Gavin a desprezaria se soubesse.

Em outras palavras, Sappho naquela manhã estava tomada de autopiedade, basicamente porque temia que seus pressentimentos e ressentimentos fossem pré-menstruais. Pela 12ª vez em um ano viu que não tinha engravidado. Um plano frustrado, como a expectativa de *I Liked it Here* ser encenada; teria de aceitar que isso nunca se realizaria. Deus estava contra ela.

Por que Deus estava contra ela? Porque, para ser franca, ela nunca revelara ao mundo que *Ms. Alien* baseava-se em um roteiro de Isolde; que o trabalho que "encontrara na gaveta" era na verdade um rascunho a lápis de Isolde e, embora ela tivesse trabalhado meses para transformar a comédia de Isolde no seu próprio drama de fundo sociológico e reescrito essa versão várias vezes para que parecesse um trabalho diferente do original, no fundo era de Isolde. Ficou famosa e rica com sua peça e Isolde morreu pobre, portanto tudo que ela tinha era moralmente de Gavin e das crianças. Foi por isso que pôs metade da casa em nome dele quando se casou. E foi por isso que Deus se zangou com ela e por isso que o público se cansou e não queria ler mais nada seu.

Na verdade, Sappho sentia-se muito deprimida. Tão deprimida que se virou para o outro lado e achou que podia fazer uma pergunta ou outra a Laura.

— Laura — perguntou um pouco mais tarde —, o que você sabe sobre a morte do meu pai?

Ela estava no computador, tinha parado de chorar, mas empenhava-se em atender as exigências do Canal 4. Sappho não escrevia mais à mão, ia direto para o teclado. Gavin renegociara o contrato de Laura e suas horas de trabalho diminuíram, os feriados alongaram-se e seu salário foi reduzido.

— Só o que Gwen me contou — disse Laura. — Por quê? Isso aconteceu há muito tempo. Tem alguma importância?

— Para mim tem — disse Sappho.

— Ok. Houve um veredicto de morte "acidental", mas na verdade foi um suicídio. Sua mãe encobriu os fatos da morte do seu pai para poder receber o seguro.

— Isso é um absurdo — disse Sappho.

— Eu fui averiguar e encontrei os registros — disse Laura. — A apólice de seguro foi feita só um mês antes da morte, de modo que, se alguém descobrisse, sua mãe poderia ser processada por fraude.

— Mesmo agora? — perguntou Sappho.

— Pode acontecer, mas se ninguém falar sobre o caso, tudo ficará bem. Eu não vou falar, então quem poderá falar?

— Laura, por que você foi averiguar?

— Porque isso faz parte da minha maldita natureza — respondeu Laura. — E achei que Gwen não devia andar contando isso por aí. Eu lhe pedi para parar e ela aceitou. Não fez por maldade. Você sabe como ela é. Não se preocupe. Se terminou com o assunto, podemos ver os e-mails agora?

— Tente não xingar na frente de Isobel — disse Sappho. — Ela pode querer fazer o mesmo.

— Malditas crianças. Por que as pessoas têm filhos?

Sappho viu uma vida baseada em mentiras, roubo e tempestades. Viu que, se Gwen não tinha mentido, sua mãe tinha, e que, se seu pai não tivesse se matado, Apple Lee teria sido vendida havia muito tempo. E ele fizera isso por ela, sua filha. Não foi uma depressão comum, nem um ciúme sexual, mas um sacrifício nobre; um sacrifício completo, suficiente e perfeito para sua filha. Não era de admirar que sua mãe tivesse tanta ânsia de passar a casa para o nome dela. Sua mãe era a vilã da questão. Ela não estava errada. E viu que havia alguma bonança...

Sappho toma providências

Isobel estava mostrando sinais de rebeldia próprios da adolescência. Suas saias tornaram-se incrivelmente curtas e a cintura muito baixa, deixando a barriga toda à mostra.

— Você não pode ir à escola assim — disse Gavin.

— Posso — Isobel falou, e foi.

Mas foi mandada de volta para casa e agora suas saias iam até os joelhos e a barriga ficava coberta, talvez para que Sappho não visse suas costelas salientes e não a forçasse a comer mais. Agora ela só xingava ocasionalmente, o que não era mau. Sappho também xingava às vezes, mas estava se esforçando para parar com isso.

— Isobel está se sentindo insegura — disse Gavin. — Ela realmente não quer que você tenha o bebê. O que não quer dizer que você não deva ter, é claro. Há outras pessoas na família além dela.

— Se eu pusesse a outra metade da casa no nome dela e de Arthur, será que ela usaria saias mais compridas?

Ela estava brincando.

— Eu pensei nisso, mas parece uma coisa um pouco extremada. E é claro que eu poderia fazer um testamento deixando minha metade para você; preciso mesmo fazer, você é muito mais jovem que eu e decerto vou morrer antes. Talvez não seja uma má ideia.

— Minha mãe não aprovaria — disse Sappho.

— Não vejo por que ela seria contra. Sua mãe está muito bem-instalada, e Apple Lee voltará para sua família quando eu morrer.

— Nem pense nisso — disse Sappho. Ela não podia imaginar a vida sem Gavin.

Então eles marcaram uma hora com o advogado, que foi absolutamente contra a ideia de Sappho fazer isso, mas ele não sabia o que ela sabia. Os papéis foram preparados, selados e assinados. Gwen cuidaria da parte das crianças enquanto elas fossem menor de idade.

— Agora eu moro aqui por cortesia sua — disse a Gavin. — É um sentimento muito antiquado e muito erótico. Não tenho nenhum poder e você tem todo. Sou sua escrava e sua serva.

Gavin pareceu um pouco chocado.

— Isso é muito masoquismo — disse. — Não parece vir da autora de *Ms. Alien*.

Às vezes ela desejava ser casada com alguém menos prudente e cuidadoso que Gavin, ou talvez com uma versão um pouco mais moça de Gavin, que um dia matara um corvo como um gesto contra a morte.

Mas o sexo naquela noite de sexta-feira foi particularmente bom, e foi quando ela engravidou. Deus a recompensara.

Sappho à mesa do café da manhã

Sappho toma um café descafeinado com leite vendo o sol brilhar pelos galhos da macieira. Está convencida da existência de Deus. O bebê, já com nove semanas, sente-se feliz e contente na sua barriga. O médico disse que vai tudo bem.

Ela está contente de não ser mais uma escritora famosa. Não se importa de não ter dinheiro para gastar. Pensa naquela manhã em que Isobel veio bater na sua porta e na sua preocupação com o demiurgo e percebe que não precisava ter se preocupado. O demiurgo não ouviu ou pelo menos fingiu não ouvir. Ela conta às crianças que está grávida; Arthur murmura umas palavras agradáveis e Isobel fala, com gentileza e formalismo:

— Estou contente por você. — Um vento quente e suave sopra do sul, e Sappho relaxa.

Gwen lhe deu os parabéns e falou que recebera uma carta do seu senhorio queixando-se de que o aluguel estava atrasado, que o custo de vida tinha subido, que ia pedir mais dinheiro para o fim de semana das crianças e que talvez fosse hora de mudar-se para Apple Lee e dar uma ajuda com o bebê. Gavin desculpou-se pelo atraso do aluguel e falou que fora um erro do banco e que é claro que subiria sua ajuda de custo semanal. Concorda com Sappho que a ideia de a nova geração ser treinada a usar jarras para leite é intolerável. Diz que Gwen não tem vontade real de mudar-se para Apple Lee, quer apenas manter a ameaça sobre a cabeça deles.

Sappho escreve agora para a *EastEnders* e ganha o suficiente para fazer frente às dívidas. Gwen pede para Sappho lhe dar um cartão de crédito extra, assim quando for fazer compras para Isobel poderá usar o cartão em vez de cheques. Sappho assina os formulários necessários. Explica a Gwen que gostaria que ela não trouxesse à tona a morte do seu pai, pois isso incomodaria a todos. Gwen parece surpresa e diz que não fala sobre isso há anos, que não percebera que incomodava as pessoas, que não diria mais nada. Sua pele está começando a ficar enrugada e fina, mas ela continua elegante e bonita. Usa o cabelo como o de Isobel, só que o dela é branco e o de Isobel, louro e mais comprido. As duas têm a mesma elegância discreta.

Até Laura parece contente com a ideia de um bebê.

A mãe de Sappho está encantada. Sappho a perdoou, sem lhe dizer que tinha ficado magoada. Emily devia ter contado a verdade, mas Sappho entende por que ela não contou. Sappho também não vai contar ao seu filho; quem quer ter um suicida na história familiar se não for preciso? Ela não contou à mãe que Apple Lee pertence agora ao seu genro e aos netos postiços. Não contou para as crianças tampouco.

A máquina de café espresso finalmente estragou, talvez em protesto a ter de trabalhar com café descafeinado. Sappho a comprou no auge da sua riqueza. Agora a máquina assobia, joga café para fora e depois entra em um silêncio que a deixa inquieta. É o fim de uma era, e Sappho não tem bem certeza se quer se descartar dela, embora não tome café de verdade. Gavin chamou recentemente alguém para ver a cafeteira e o homem disse que ela não duraria muito tempo mais. Eles não tinham feito a devida manutenção, uma reforma geral custaria 800 libras. Um absurdo. Eles a levariam para a loja de caridade, talvez alguém pudesse usá-la. Gavin e os outros viveriam bem com uma cafeteira comum.

Na época em que Laura tinha poder, não deixaria de forma alguma uma máquina de café espresso sem manutenção. Às vezes Sappho acha que não custaria Laura dar avisos como, "Ei, lembre-se de mandar um técnico ver a máquina de espresso", "A bainha da sua jaqueta precisa ser costurada atrás" ou "Seu imposto rodoviário vence na próxima semana", mas ela não avisa mais. Sua atitude mostra que ela cuida do trabalho, não da família. Sappho sente-se impotente para mudar qualquer coisa. Além do mais, as coisas têm sido assim há anos. Casamento, Sappho conclui, é um negócio estranho. Suga seu senso de identidade e também de objetivo. Dormir na mesma cama com um homem faz com que você acabe sentando-se ao sol e aceitando seu destino sem revolta. Ou talvez o sexo seja apenas uma forma de medicação, a injeção semanal deixa-a impotente.

Isobel está na escola jogando basquete. Arthur voltou a estudar para suas provas semestrais e está comendo cereal com toda a calma, com um livro de matemática apoiado na jarra de leite. Sappho teria colocado a caixa de leite direto na mesa sem usar uma jarra, mas Gwen colocou na cabeça de Isolde a ideia de que tomar leite direto da caixa é vulgar, e Isobel, por sua vez, assumiu a mesma atitude. Sappho já percebeu há tempos que uma mulher morta é mais difícil de ser aplacada que uma viva. No mundo moderno, a jarra de vidro é antiquada; pode quebrar na máquina de lavar pratos e toma muito espaço e energia, mas Isolde está presa no seu próprio tempo. Sappho, em certos respeitos, deve viver no passado juntamente com Isolde. É um dos ônus pelo privilégio de casar-se com o marido dela. O marido tem um retrato de Isolde sobre a cama de casal deles. Às vezes ela ressente-se disso. Mas no geral sente-se feliz.

Isobel e a rajada de problemas

(*Estou escrevendo* "Isobel e a rajada de problemas" *na primeira pessoa. A coisa teve início como uma entrada curta no diário, mas foi o que me fez começar a escrever o romance, na tentativa de entender o que acontecia na minha vida. A ideia de Isolde de que as pessoas devem observar suas experiências à distância e registrá-las como se fossem para o palco pode ter vantagens terapêuticas, mas é limitada, e além do mais precisa de um ator para lhe dar vida. E é fundamentalmente evasiva. Não eu, não eu, diz o ator, diz o diretor, deixe-me fora disso, grita o escritor. Talvez seja por isso que haja tantos homens escrevendo para teatro e tão poucas mulheres, mesmo hoje, e as que escrevem são, em geral, lésbicas. Essa pode ser a natureza inibidora da maternidade. A mulher não quer invocar as fúrias. Lembro-me de Isolde dizer no final da vida a um de seus amigos que Angela Carter achava que devia parar de escrever sobre a crueldade fria dos contos de fadas assim que tivesse o bebê, era muito perigoso. Então passou a escrever amenidades, romances sobre coisas que possivelmente não levariam a desastre. Mas eu estou enfrentando as fúrias e escrevendo na forma de romance, na primeira pessoa, sem distanciamento e sem segurança. Coragem, coragem!*)

Um vento sopra sobre o lago normalmente calmo e tudo se torna instável, depois vem a calmaria de novo como se nada tivesse acontecido. Ou o sol brilha e de repente uma rajada de neve passa pela nossa cabeça, cobre o chão por um minuto depois derrete e desaparece. E alguém diz "Mas estava nevando", e o outro diz "Eu não vi, estava lendo o mapa no carro, você deve ter imaginado, pois não vejo nem vestígio de neve." Mas a neve caiu, e uma borboleta estremeceu e sacudiu as asas livres do peso branco passageiro. Houve um terremoto na China. Dá para ver como eu reluto em escrever o que se segue, seria mais fácil falar de terremotos na China.

Tudo aconteceu quando eu estava na cozinha em Apple Lee, achando a vida boa e tranquila, pensando em como minha casa era confortável e que eu podia deixar as lembranças ruins para trás. Arthur sentou-se, como no outro dia, com um livro apoiado na jarra de leite. Gavin estava trancado no escritório, agora no sótão onde Isobel sofrera à noite com os fantasmas dos mortos. Estava rodeado de cartas e documentos não catalogados que não conseguia encontrar. Não gostava que eu entrasse lá quando estava trabalhando e eu respeitava sua vontade. Nós tínhamos áreas separadas de trabalho. A minha era na estufa de plantas, onde antes era a garagem, nos fundos da casa.

Gavin resolvera que havia chegado a hora de escrever um romance, sobre um observador de pássaros. Ele não me mostrou nada, mas leu umas passagens para Isobel. Ela ia para o sótão depois do colégio levando uma xícara de chá e uns biscoitos, ele abria a porta e eu os ouvia rindo ou conversando; tentava não ir ao meu quarto quando estavam no sótão, pois podiam pensar que eu estava espionando. Às vezes, depois de uns vinte minutos, ela descia para pegar seu dever de casa e subia de novo para seu pai ajudá-la.

— Isobel — eu disse um dia —, você anda pedindo isso para seu pai? Ele está fazendo seu dever de casa? Tenho certeza de que a escola não aprovaria isso.

— É melhor que o Google, que a maioria dos alunos usa. Mas eles podem nos pegar copiando as matérias, por isso o papai é melhor. Ele sabe tudo. — Depois acrescentou, me olhando com aqueles olhos verdes que em geral olhavam de lado, com ar tímido, mas que agora tinham um ar vitorioso: — Por quê, está com ciúmes?

Percebi que ela já tinha a minha altura e em breve iria me passar. E que era esguia, jovem, cheia de expectativas, e minha gravidez, da qual eu tanto me orgulhava, de repente me fez sentir estranha e desengonçada. Eu tinha conseguido o que queria e agora não interessava a homem algum.

— É claro que não estou com ciúmes — disse, confusa, mas percebi que estava, e ela também percebeu. E não falei mais sobre o dever de casa, como ela queria.

— Querido — falei para Gavin —, talvez fosse melhor você não ler seu romance para Isobel já que não o lê para mim. Ela pode se sentir superior a mim, e isso não é saudável.

— Ah, meu Deus, não me diga que está com ciúmes. Isobel disse isso, mas eu ri dela. É verdade? Ela é a Branca de Neve e você é a madrasta? "Espelho, espelho meu, existe alguém mais bela que eu?" É isso?

— Não, nada disso. Só não leia seu romance para nenhuma de nós duas.

— Eu tenho medo da sua opinião e não da dela. Você dará sugestões e ela aceitará tudo. Você sabe que os homens gostam de aceitação.

— Ela admira muito você — disse. — E sempre admirou.

— Às vezes você é exatamente como sua mãe. Por que não diz que ela me ama? Eu a amo. Isso é permitido. Ela é minha filha. É muito simples.

Lembrei-me de uma coisa que minha mãe me disse: "O rosto no travesseiro pode mudar, mas a filha existe para sempre." Isso deixou de me preocupar e sobrevivi. Assim que Isobel conquistou seu lugar, parou de ir ao sótão. A xícara de chá, os biscoitos e o dever de casa desapareceram. Creio que o romance do observador de pássaros não era tão interessante para uma menina de 15 anos. Pelo menos ela não tinha namorado, não usava drogas, nem saía com o tipo errado de gente, e Gavin disse que eu deveria me considerar uma mulher de sorte.

Enfim, o chão debaixo dos meus pés balançado depois da pergunta "Por quê, está com ciúmes?" estabilizou-se de novo. Fiz café para mim e para Arthur, espremi laranjas para Isobel e coloquei o suco na geladeira para refrescar. Esperei que ela descesse, sem saber se deveria apressá-la para ir para a escola. Quando ela entrou na cozinha e eu tive a terrível sensação de um terremoto.

Rebobinando. Vou fazer isso como se fosse uma cena. Fico pensando em outras coisas para fazer em vez de escrever.

Cena: A cozinha de Apple Lee em uma manhã ensolarada

Entra Isobel com o uniforme da escola da cintura para cima, gravata, blazer, muito bem-arrumada e virginal. Da cintura para baixo usa uma saia vermelha godê curta, que Gavin chama de sainha de cortina, embora ninguém goste desse nome. Está com meias arrastão cinzentas que não chegam ao nível da saia, um suspensório e sapatos cor-de-rosa de salto alto, muito elaborados e bonitos e provavelmente também muito caros. Eu não conseguiria usá-los, mesmo não estando grávida. São muito frágeis e instáveis para andar. Isobel parece uma puta de luxo posando em um mercado de pedófilos.

ARTHUR (*olhando para o alto*): Puxa! Garota perigosa.

ISOBEL: Gostou? Comprei com a Gwen.

SAPPHO: Isobel, você vai chegar tarde na escola. Pare de experimentar roupas e ponha seu uniforme.

ISOBEL: O que aconteceria se eu fosse assim?

SAPPHO: Ia parecer uma boba e seria expulsa.

ISOBEL: E se eu não me importasse?

SAPPHO: Isobel, tire essa roupa antes que seu pai veja.

ISOBEL: Por quê? Acho que ele gostaria.

SAPPHO: Porque você é filha dele e já tem idade para não provocá-lo.

ISOBEL: Em termos sexuais?

SAPPHO: É. Isso mesmo.

ISOBEL: Você devia saber.

SAPPHO: O que quer dizer com isso?

ISOBEL: Gwen me contou. Quando você era empregada e minha mãe estava tossindo e morrendo no quarto, você fez sexo com meu pai no quarto de hóspedes e eu vi. Não me lembro, mas deve ter me marcado muito. Deve-se acusar o criminoso cara a cara.

ARTHUR: Foi algum programa idiota de televisão que ela viu. Cala a boca, Izzy. Está nos deixando constrangidos.

SAPPHO: Não entendo isso. Como assim, "Gwen me contou"?

ISOBEL: Não foi culpa dela. Saiu sem ela sentir. Eu perguntei por que você não tinha ido ao enterro da minha mãe, porque Arthur me disse que você não foi, e ela falou que você tinha sido despedida por ela. Eu perguntei por que e ela disse que foi em razão do que aconteceu no quarto de hóspedes. Ela me encontrou chupando o dedo e vendo você e o papai transando na cama do quarto de hóspedes.

SAPPHO: Não foi isso o que aconteceu.

ISOBEL: Aposto que foi. Gwen sempre diz a verdade. É por isso que todos a detestam, menos eu.

ARTHUR (*levantando-se*): Não aguento mais isso. Meu Deus, queria estar na escola agora.

Arthur sai.

SAPPHO: Tudo isso é pura fantasia.

ISOBEL: Sim, eu sei. Freud disse que fantasia é tão real quanto um fato, ou o contrário? Tenho lido Freud com o papai. Os Famosos Pensadores do Mundo. Foi uma cena primal com certa diferença, pois não era a mamãe com o papai. Ele falou que eu me confundi, então era você com ele.

SAPPHO: Você falou sobre isso com seu pai?

ISOBEL: Falei. Freud disse que a criança interpreta a cena primal como um ataque do pai à mãe, mas na minha fantasia pareceu que você estava gostando.

SAPPHO: Isobel, por favor vá tirar essa roupa. Isso não é justo com seu pai.

ISOBEL: Por que não? Não entendo isso. Por que não posso trepar com meu pai se eu quiser? Por que ele não pode trepar comigo? Qual é o problema? Não precisa corar, eu realmente quero saber.

SAPPHO: Incesto é um tabu universal, porque os bebês nascem defeituosos. Pare com isso e vá mudar de roupa.

ISOBEL: O papai diz que não é verdade. É preciso três gerações de incesto para os bebês serem afetados. E não é um tabu universal. É normal em muitas culturas. É uma relação de poder. Você tem metade da idade do papai e não vejo por que seja mais tabu do que entre mim e o papai. Seu bebê provavelmente vai nascer defeituoso por causa da diferença de idade de vocês. Acho um horror você ter um bebê. Já pensou como minhas amigas vão rir? Quantos anos você tinha quando seduziu meu pai? Era muito mais velha que eu? Por que pôde ter meu pai e eu não posso? Então?

Ela está meio rindo, meio chorando, histérica. Sappho lhe dá um tapa, Isobel cala a boca e começa a chorar. Sappho ouve os passos de Gavin descendo as escadas. São seus chinelos favoritos. Ela detesta esses chinelos. Fazem com que ele pareça um velho.

GAVIN: O que aconteceu com Isobel?

SAPPHO: Eu mandei-a mudar de roupa e ela ficou histérica.

ISOBEL: Sap está sendo má comigo de novo.

GAVIN: Isobel, você não pode ir para a escola assim. Eu gosto da roupa, mas sua professora não vai gostar. Vamos, você não tem mais 6 anos.

ISOBEL: Não tenho mesmo. Já sou crescidinha. Vou tirar as meias, mas a saia cobre o meu bumbum. É só com isso que eles se preocupam.

(Eu me deparo com o verdadeiro problema quando escrevo uma peça de teatro: as pessoas têm de pensar alto. Muita coisa pode ser feita com expressões faciais, mas não tudo. Nessas circunstâncias, Sappho não pode dizer a Gavin ou Isobel o que vai pela sua cabeça, então isso fica a cargo do escritor. Voltemos à forma de romance. Desculpe.)

Isobel vira as costas para o pai e abaixa-se, mostrando o bumbum coberto pela saia. Faz isso aparentemente de forma inconsciente, como se fosse uma criança, mas não é mais uma criança e sabe muito bem disso. É uma demonstração sexual. Está oferecendo-se para o pai e zombando da madrasta. Gavin olha para o lado rapidamente. Sappho nota que a parte de trás dos joelhos de Isobel, esticados no salto

alto, é elegante e retesada. Se eu fosse sua mãe, pensou Sappho, lhe daria um tapa com toda a vontade, mas sou sua rival e ela é destinada a vencer.

O rosto de Isobel aparece entre os joelhos, o cabelo louro caindo como uma cortina pelos tornozelos finos, e ela sorri para a madrasta, mas não de forma amistosa. Vejam bem, seu rosto está de cabeça para baixo. Talvez Sappho esteja só imaginando isso. Que expressão Isobel teria no rosto ao abrir a porta do quarto de hóspedes quando era pequena? Será que ela, Sappho, não se lembraria pelo menos disso se tivesse acontecido? Mas ela não lembra. A porta não estava trancada? Decerto estava. Eles sabiam que as crianças estavam em casa. Além do mais, não havia nada para ver. Ou havia? Nenhuma dor aguda, nenhuma marca de sangue que se segue à perda de uma clássica virgindade. Só aquela movimentação na cama, antes de os dois se levantarem quando ouviram a voz lamentosa de uma criança. "Onde vocês dois foram parar?" E a lavagem da colcha? O que Gwen lembra não é nada disso. Lembra-se do que gostaria de ter visto, não do que ocorreu, e usou isso como desculpa para expulsar Sappho da casa. Mas era uma maldade contar esse tipo de coisa a uma criança. Porém, não se esperava que Gwen fosse racional. Isolde era sua filha, e ela adoraria pensar mal de Gavin. Mas como não podia fazer isso pois não queria perder a guarda das crianças, foi Sappho quem levou a culpa.

Sappho fecha os olhos e tenta pôr em ordem suas lembranças. Por que o rosto de cabeça para baixo de Isobel a perturba tanto? Porque tudo agora está diabolicamente de cabeça para baixo. Porque as meninas não devem usar desejos incestuosos pelo pai como uma arma em uma briga doméstica.

Sappho abre os olhos e Isobel ajeita o corpo. Parece uma criança de novo. Gavin está rindo. Não vê nada de mal naquilo. Sappho sabe que deveria desmentir ali mesmo, em voz alta, juntamente com Gavin, as ideias que Gwen pôs na cabeça de Isobel. Emily como uma farsante, ela como uma jovem sedutora, Gavin traindo a esposa agonizante. Eles todos podiam ter uma boa conversa sobre tabus relativos a incestos. Mas seria muito aflitivo e embaraçoso. Então Sappho não diz nada. E todos são culpados, conforme foram acusados.

Gavin diz a Isobel para mudar de roupa, mas ela demora para obedecer ao pai.

— Gavin — diz Sappho, aproveitando a oportunidade para se queixar —, Isobel e Gwen foram fazer compras e foi esse o resultado. Gwen a encorajou. Os sapatos devem ter custado uma nota preta.

— Cento e setenta libras em uma liquidação da Harrods — diz Isobel. — Custavam originalmente 310 libras.

Sappho mostra indignação e diz que é um absurdo, e que vai retirar o cartão de crédito de Gwen.

— É melhor não fazer isso, sua vaca — diz Isobel.

Gavin levanta as sobrancelhas e Sappho diz a Isobel que ela está de castigo em casa. Isobel zomba dela:

— De castigo! Você tem visto enlatados americanos de novo. O papai tem razão. Você não tem cultura, nem bom gosto. É apenas uma empregada.

Sappho prende a respiração. Gavin a olha com ar superior. Isobel sai balançando o bumbum, dando um sorriso de cumplicidade para o pai por cima do ombro. Sappho sabe que o momento da revelação já passou. Agora ela está nas mãos de Isobel.

— Minha filha tem cérebro demais para um corpo tão pequeno — diz Gavin. — Você não sabe lidar com ela, Sappho.

Sappho leva um tempo para recuperar-se, depois fala:

— Com certeza Isolde faria um trabalho melhor.

Ela tem sempre cuidado de não dizer coisas assim, criar uma competição entre ela e Isolde. Em geral consegue. Mas não agora. Vê a expressão de Gavin passar de benigna a magoada e distante.

— Nunca vamos saber, não é? — ele diz, e segue Isobel para fora da sala. Os dois vão para quartos separados.

O desabafo de Emily

— A culpada é a casa — digo. — A culpada é Apple Lee.

Barnaby me observa enquanto ando de lá pra cá pelo quarto.

— Você é Hécate — fala ele. Eu ignoro suas palavras.

— Hécate, a mãe vingativa — continua Barnaby. — Hécate, a inspirada, a primordial, embelezada pela raiva. Olhe para você!

Continuo a ignorá-lo. Tudo bem, mas um homem com disfunção sexual dizer que você é bonita não é a mesma coisa que se um homem cheio de energia sexual fizesse elogios. Os elos de Barnaby com o coração palpitante de Gaia — falo e útero, falo e útero, entrando e saindo, entrando e saindo, acusando o universo — são muito inadequados para mim. Eu sou freudiana, ele é junguiano, dá bem para ver. Meu cabelo escuro espalha-se por todo lado. Estou envolta em um penhoar velho, é tarde da noite, jogo o diário no chão, sou uma criatura uivante na noite, saída da floresta: o demônio estava lá com seus olhos amarelos brilhantes e atentos, cascos peludos bipartidos, esperando por mim. Eu o vi, dei uma olhada nele. Dei sim. Queria ficar com ele, mas tive medo.

— A culpada é Apple Lee — repito, sacudindo os punhos. Barnaby fica em silêncio. Ele que se prostre aos meus pés descalços, é um pobre infeliz. — Se não fosse por aquela casa, aquela pilha de madeira apodrecida caindo aos pedaços, Rob não teria morrido. Eu não teria ficado viúva, teria seis filhos, não essa filha única infeliz, Sappho, determinada a autodestruir-se. Ela não merece minha solidariedade. O suicídio está nos seus genes, vejo isso com clareza. O que pode significar esse seu casamento com Gavin, um homem velho, rancoroso, manipulador e ganancioso, a não ser a morte do seu espírito, seu talento e sua individualidade? Rob morreu para que Apple Lee vivesse. Foi uma loucura e eu o culpo, eu o amaldiçoo, ele que torre no inferno.

— Emily — diz Barnaby —, isso não é bom para o seu carma, só Deus sabe como está embotando seus chacras. Não é com o pobre Rob que você está zangada, é com você mesma e com Sappho.

— E com você — digo. — E com você.

— Isso é uma projeção.

— Foda-se — digo, e vou até a mesa que veio de Apple Lee, pertencente ao bisavô de Rob desde 1814, que tem uma gaveta secreta.

Foi ali que guardei o bilhete de Rob que encontrei na garagem e nunca mostrei a ninguém. Eu teria guardado ali a mangueira de borracha que devia ter ligado o exaustor à janela do carro, mas era muito grossa, então enfiei debaixo do cascalho junto do vizinho e ninguém notou. Mexo em várias cavilhas de madeira e a gaveta finalmente abre. Mostro o bilhete a Barnaby. Ele precisa procurar os óculos para ler. Gostaria que ele fosse um rapaz com jeans apertado e visão perfeita.

O bilhete diz: "Minha querida, cuide da pequena Sappho. Estou fazendo isso por vocês. Gaste o dinheiro para trocar as madeiras podres da casa. Não deixe de pintar os marcos das janelas antes do inverno senão tudo terá de ser substituído. A vidraça do quarto é georgiana original, não deixe que quebre. E não esqueça de podar a macieira. Eu te amo, Rob."

— Está vendo o que quero dizer? — pergunto. — Está vendo como é estarrecedor? Que merda é essa? Ele me deixou no meio dessa confusão e agonia com uma filha, e simplesmente caiu fora!

— Emily, este bilhete é muito comprometedor. A apólice de seguro cobre suicídio? Isobel tem razão, você pode ser acusada de séria fraude.

— Não, a apólice exclui suicídio especificamente. Mas não foi suicídio. Não foi exatamente *felo de se*, um crime contra si. Foi um ato tresloucado em virtude de uma necessidade premente de dinheiro. — E eu rio com vontade.

— Pelo menos Sappho está livre disso — acrescento. — Legalmente minha filha idiota não é responsável por Apple Lee, não tem mais direito à casa, depende da boa vontade do marido e dos enteados. Terá de se comportar muito bem se quiser se manter lá.

Eu maldigo todos que gostam de suas casas mais que de si mesmos, que põem suas posses acima da felicidade, que deixariam de ter mais um filho para fazer uma extensão do banheiro, que despedem a babá para poderem construir um novo deque no jardim, que possuem casas e não as alugam (afinal, não fomos feitos para viver em cavernas?), que identificam seu status com suas "casas" a custo de sua humanidade. Maldigo e condeno o sistema usurário e louco que inventou as hipotecas para nos controlar, para nos deixar passivos e impotentes, pendurados em uma corda bamba de juros — a forma sombria que balançava no quarto do sótão de Isobel — e vivendo uma vida de ansiedade e aflição. Quando estou delirando e resmungando, deitada no chão, enlouquecida, batendo com os pés no tapete, vejo Barnaby aproximar-se de mim, excitado, inspirado pela minha raiva, servo desejoso de Hécate, consequência da raiva e talvez de uma visita a um médico, e deitar-se em cima de mim.

Mais tarde, um pouco menos zangada e vendo realmente um futuro para nós afinal, decidimos ir juntos a Apple Lee de manhã ver o que está acontecendo. Nesse meio-tempo volto para o romance de Sappho, rezando para que ela nunca o publique. Não consigo dormir.

O romance de Sappho continua...

CENAS DA VIDA CONJUGAL: 2004-8

Isobel e os cartões de crédito

Algumas semanas após a confirmação da gravidez de Sappho, Gavin e ela fizeram uma modesta comemoração no bar Groucho's, entre 5h30 e 8h30 da noite, na sexta-feira, para que soubessem que eles continuavam vivos e produtivos. Já estavam casados havia quatro anos. Nem todos compareceram, pois tinha se passado muito tempo desde a coluna de Gavin, do enterro de Isolde e do badalado casamento de Sappho, oito anos depois da morte dela; decerto ninguém se importava mais se era Sappho ou Isolde a responsável por *Ms. Alien*. O debate terminara, a peça estava esquecida e Sappho não era mais fotografada saindo de boates com os peitos à mostra. Mas alguns amigos compareceram, o que foi bom.

Gwen não apareceu porque não gostava "dessa gente vulgar de mídia", Emily porque estava muito ocupada com seu novo admirador junguiano, Barnaby, e Isobel porque ficaria encabulada com uma madrasta grávida. Arthur tinha acabado de entrar para a universidade de Keele para estudar biologia marinha. Sappho o levara até lá com todos os seus pertences, inclusive um micro-ondas, travesseiros confortáveis e um computador com WiFi e Skype recém-instalados. Os dois abraçaram-se afetuosamente quando se separaram. Arthur não desejava nada mais que entrar para o time de rugby e lá permanecer. As meninas o ignoravam. Ele não estava interessado em entrar em conflito com seu pai. Os dois eram muito diferentes. Algumas pessoas são regidas pelo intelecto e outras pelo corpo; Isobel e Arthur tinham nascido do mesmo ventre, mas representavam espécies distintas. Um via o outro como um alienígena.

Laura não comparecia mais a esses eventos; em outros tempos não só organizava tudo como recebia os convidados, levava seus amigos também e muitas vezes fugia com os de Sappho. Nesse dia, disse que não seria apropriado aparecer, pois ela era apenas uma funcionária da casa.

Eram 5h45 da tarde, os convidados ainda estavam chegando. Serviam champanhe e suco de uva para Sappho, é claro. Então o telefone tocou. Era Laura.

— Desculpe interromper vocês, mas acabei de receber um e-mail da Liga de Proteção às Aves de Rapina, com a qual Gavin está envolvido. O e-mail é para você. Diz que agradece a doação recebida ontem de 25 mil libras. Achei que você deveria saber disso.

Laura resolveu abrir a fatura do American Express endereçada a mim, que estava fechada na mesa do hall havia umas duas semanas, e viu que 75 mil libras tinham sido doadas a várias associações de animais e pássaros. O cartão Platina estava no limite máximo. Sappho passou a informação para Gavin.

— Ela não tinha o direito de abrir nossa correspondência — disse Gavin, alto o suficiente para Laura ouvir enquanto falava ao telefone com Sappho —, aquela puta intrometida. — Mas ficou tão perturbado que mal sabia o que estava dizendo na festa. Além do mais, tinha bebido champanhe, o que não lhe fazia bem.

Sappho já estava sentindo uns dos primeiros efeitos da gravidez — tudo lhe vinha estranhamente filtrado, censurado, antes de chegar a seus ouvidos. Havia um espaço de tempo entre causa e efeito.

— É bom você dizer ao Gavin para ligar para o cartão de crédito e conversar com eles — disse Laura. — Espero que você esteja segurada!

— Você fez o seguro, é claro — disse Sappho. — É você quem faz esse tipo de coisa.

— Isso está na lista do Gavin. Eu preparei uma lista separando as responsabilidades dele das minhas e o fiz assinar para não haver discussão mais tarde. Espero que tenha prendido a lista na parede, que não a tenha perdido. Eu não entro naquele escritório, ele não gosta.

É claro que eles não estavam segurados.

— Como você pode fazer uma coisa dessas comigo? — disse Gavin para Sappho, quando voltavam para casa de táxi. — Qualquer idiota sabe que cartões de crédito devem ter seguro.

— Estava na sua lista de providências — disse Sappho. Eles tinham largado os convidados sozinhos e voltado para casa para resolver o problema.

— Uma lista! Laura e sua louca mania de listas. Eu não sou sua babá e você não é criança. Os cartões estão no seu nome. Obviamente cabe a você pensar no seguro. — Ele estava enlouquecido. Sappho tentou acalmá-lo, dizendo que tudo daria certo no final.

Quando ela explicasse a todos que uma menina tinha feito isso, as associações cancelariam a doação e o American Express seria compreensivo. Isso o enfureceu ainda mais.

— Como assim, uma menina fez isso? Eu sou vítima de fraude de identidade e sua mente doentia vai direto para cima da minha pobre filha.

Sappho lembrou-se de Gavin matando o corvo. Se tivesse uma espingarda agora, talvez a matasse. Seus olhos brilhavam, ele estava fora de si. O que estava acontecendo com ele?

— É uma possibilidade, só isso — disse ela.

— Por que cargas d´água Isobel tentaria me destruir?

"Eu", atualmente. "Nós", raramente. Era um sentimento que Sappho conhecia havia muito tempo, quando Gavin e Isolde estavam juntos: ela não tinha papel nenhum naquele drama, era uma mera extra em uma peça encenada por outros. E continuava no mesmo palco. Era um drama, não uma vida real. Era a vida de Isolde, não a dela; ela era o corpo que Isolde usava agora. Levou Arthur para Keele e pagou suas contas para que ele não ficasse sobrecarregado com um empréstimo para estudante. Mas era Isolde quem a estava dirigindo. Na hora de dormir, ela ia para o quadro da parede e Isolde passava para a cama ao lado de Gavin.

Ela também estava cansada, preocupada, perturbada e, obviamente, grávida. Será que essa súbita mudança de percepção, essa conscientização de horrores negros tinham a ver com a gravidez? Gavin estava bêbado, só isso.

— Vai dar tudo certo — disse ela, acalmando-o.

— Eu lhe fiz uma pergunta. Faça o favor de responder. Por que você, com sua imaginação vulgar, acredita que Isobel faria uma coisa assim?

— Porque ela não aceita minha gravidez — disse Sappho finalmente, furiosa. — Ela me deu pílulas anticoncepcionais durante um ano inteiro sem que eu soubesse.

Gavin manteve-se em silêncio. Aquilo era novidade para ele.

— Minha pobre menina, solitária e insegura — disse, um pouco depois. — Olhe só o que seus cuidados maternais fizeram com ela.

Ele não estava semienlouquecido, estava totalmente enlouquecido. Ou tinha desenvolvido uma paixonite por Isobel. Sappho calou a boca. Não tinha calma suficiente para falar.

— E você, você me fez passar por tudo aquilo, sua puta.

Tudo aquilo? Ah, sim, o exame de esperma. Sim, talvez ela pudesse tê-lo poupado do constrangimento. Mas chamá-la de "puta" era demais. Ele tinha aberto uma porta que dava em uma fornalha de desconfiança e ressentimento. Como escondera bem essas coisas dela. As palavras suaves, os sorrisos gentis e durante todo o tempo a porta bem-trancada. Não passava nem ao menos uma luzinha por trás das bordas. Estavam quase chegando em casa. As ruas transbordavam de gente desesperada. Os cafés Starbucks e as lanchonetes que vendiam *tapas* brilhavam com suas luzes poderosas, mas eram acessórios, coisas insubstanciais. Apple Lee não estava mais sitiada, era uma peça única por fora e por dentro. A pressão do mal corroendo o lado de fora foi tanta que finalmente suas defesas cederam e a pressão penetrou, criando raízes, crescendo em segredo, como a madeira podre da qual sua mãe falava. A história, a linhagem, a entrada de carro, o lugar para estacionar e as luzes de segurança não serviam mais de defesa.

— Eu disse para você rasgar todos os papéis que jogava fora — disse Gavin —, mas você não podia ser incomodada com isso. O que fez, então? — Ela lembrou que estava tão habituada a ser culpada de tudo que nem notava mais se merecia as culpas ou não. Mas por que ele não rasgara?

Quando chegaram, Laura já tinha ido embora, mas deixara à vista as faturas do cartão de crédito, os cartões das lojas e uma pilha de recibos que iriam para o contador.

Sappho olhou tudo ligeiramente, prestando mais atenção aos cartões das lojas. A maioria tinha atingido o limite máximo. Gwen vinha usando esses cartões para comprar suas antiguidades. Comprara um relógio antigo do século XVIII por 625 libras no Liberty's, vinhos no Waitrose e roupas da moda em lojas de grife, tamanhos 36 para Isobel e 44 para ela. Sappho informou a Gavin o que tinha encontrado.

— Mas todos os cartões de crédito deveriam ser pagos no final de cada mês — falou ela, desanimada.

— Então por que você não pagou? Foi você mesma que deu vários cartões para Gwen. Eu lhe disse para não fazer isso. Ela não tem senso algum. Nem ao menos é minha mãe, é mãe da minha falecida esposa. Eu não devo nada a ela. É você que precisa dela para cuidar das crianças enquanto se concentra em fazer de mim um pai. Sabe o que você é? Uma puta insaciável. Ouvi falar que você fazia sexo com qualquer um, operários, construtores, qualquer um.

Sappho ficou pensando em uma novela barata criada por ela própria. Seus ouvidos estavam ensurdecidos, o som vinha de um ponto distante, como que de um palco com uma acústica muito precária. Achou que ele ia bater nela. Quando alguém atinge o outro com palavras, pode atingir com os punhos também.

Ainda assim, não respondeu.

— Eu dei os cartões a ela. — A situação ainda podia ser salva. Uma vida, um casamento, não podiam desabar de repente com uma simples conversa. — Não quero que Gwen saia por aí contando a todo mundo que meu pai se matou e não quero que Isobel tente prejudicar o bebê, o que é capaz de fazer. Ela não se importa de se destruir para me destruir. Os cartões de crédito são simples subornos. Nunca pensei que elas fossem gastar tanto. A torradeira estranha para Gwen, a joia estranha da Topshop para Isobel; não houve nenhum conflito nessa guerra doentia. Só um ataque violento.

— Você é que é doentia e má. Não se importa em fazer mal aos outros.

— E você está um pouco bêbado — disse Sappho. — Amanhã estará mais calmo. Então poderemos esclarecer isso. Eu não devo me perturbar. Estou grávida.

— É claro que está. Você sabe o que faz.

Olhou para ela como se esperasse que o bebê morresse, quanto mais depressa melhor. Ela nunca o tinha visto assim, e, se tinha, não se lembrava. Andava se esquecendo de muita coisa. Achou que o sexo acabava com a memória. Será que ele tinha sido tomado pela personalidade de outra pessoa, como um manto do mal, ou será que disfarçara desde o início e estava finalmente se revelando?

— Nós teremos de re-hipotecar a casa — falou Sappho — se as coisas piorarem muito.

— Eu e meus filhos somos os proprietários, o que é muito justo, pois os lucros de *Ms. Alien* são moralmente nossos; foi por isso que você passou a casa para nosso nome. Sua consciência estava pesada. Então não tem direito de dar opinião sobre o que vai acontecer.

Os dois foram para quartos separados. Ele para o sótão e ela para seu quarto de sempre, mas tirou o retrato de Isolde da parede.

— Você dirigiu minha vida por tempo demais, sua puta — disse, como seu marido lhe dissera, e riu. O quadro era pesado, mas ela tentou pegar com os braços sem forçar os músculos da barriga. Não queria sofrer um aborto. Colocou-o no armário de vassouras, onde esperava que a umidade e o calor estragassem a pintura. Acabou de escrever seu romance. Quando finalmente dormiu, o romance estava bem.

Sappho e Gavin separam-se

De manhã, Sappho telefonou para todas as empresas de cartões e sustou-os "enquanto pensava no que fazer". Eles pareciam estar habituados a esse tipo de pedido. Depois que Laura entrou, telefonou para a administração das Aves de Rapina e eles disseram que é claro que lhe restituiriam a doação, mas levariam mais ou menos uma semana para preparar os papéis. Telefonou também para o American Express e lhe disseram que fariam o cancelamento da transação, mas, é claro, os juros teriam de ser pagos. Laura falou que isso era normal.

— Laura, por que me deixou entrar nessa confusão toda?

— Você queria fazer as coisas ao seu modo — respondeu ela.

Gavin desceu de chinelos e desculpou-se por coisas que talvez tivesse dito enquanto estava bêbado e transtornado. Sappho falou que estava tudo bem. Não estava, e provavelmente nunca mais poderia estar, mas Laura estava por perto e louca para escutar a conversa. Sappho disse a Gavin que suas providências tinham tido um sucesso parcial. As 75 mil libras estavam salvas, ou pelo menos estariam depois de alguns dias. Os cartões de crédito das lojas eram outra questão. Gavin disse que estava aliviado, e que teriam de pensar em uma história para explicar a ausência súbita deles da festa. Não queria que corressem boatos de que Isobel tinha alguma coisa a ver com isso. A menina já tinha muitas dificuldades. Talvez pudessem dizer que a polícia tinha sido avisada de um assalto à casa deles. Ninguém se surpreenderia, Archway não era considerado um lugar seguro para se morar. Ele pessoalmente achava que gostaria de mudar-se para o campo.

— Eu sei que você nasceu aqui, Sappho, sei que tem uma ligação sentimental com o lugar, que gastou muito dinheiro aqui e que um incorporador derrubará a casa, pois é só para eles que vai conseguir vender, mas devemos encarar os fatos. Gwen tem razão. Aqui não é um bom lugar para criar os filhos. E não é justo comigo. Eu me mudei para cá e me adaptei ao seu espaço, mas poderíamos ser mais felizes se recomeçássemos a vida em um lugar novo para nós dois, com o novo bebê. O que você acha?

Ela disse que pensaria no assunto, ele riu e falou que "pensar" talvez não fosse a palavra adequada, pois, em termos de Apple Lee e Sappho, "sentir" seria mais apropriado.

Estava subindo para preparar sua conferência para as Ilhas Faroes, pois ia viajar no fim de semana.

Sappho achou que talvez fosse possível consertar o estrago feito entre os dois na noite anterior; na verdade, eles só tinham trocado palavras ofensivas, só isso, ninguém tinha *feito* nada fora do normal, só Isobel e Gwen. Ela tinha sido acometida de uma semissurdez, se fosse surdez total não estaria se sentindo tão alienada. Talvez fosse bom ir às Ilhas Faroes com ele. Foi até o sótão e falou isso.

Gavin falou que seria bom para Isobel passar algum tempo sozinha com ele e que, quando ela chegasse no final da manhã, lhe diria para matar um dia de colégio a fim de ir com ele para as ilhas.

Sappho disse que quando Isobel chegasse, ele deveria lhe falar sobre todas aquelas doações para várias instituições de caridade, inclusive para a proteção da salamandra-aquática e uma doação substancial para as Vítimas de Abuso Doméstico.

— Foi uma travessura infantil — disse Gavin. — E até meio engraçada, pensando bem. Ela foi provavelmente atiçada pelas amigas. Você já sustou o acesso dela aos cartões de lojas, e o de Gwen também, o que talvez venha a ser um problema, então para quê tanto estardalhaço? A gravidez a está deixando uma pessoa muito séria.

— Bom, isso faz uma diferença, não é? — Ela sabia que deveria parar, mas não conseguia.

— Reclamações não combinam com você, Sappho. Não foi por isso que me casei com você.

— Você se casou comigo pela minha casa, meu dinheiro e meus contatos — disse Sappho. — E para que Laura pudesse datilografar seu maldito romance. Precisava de alguém que cuidasse dos seus filhos porque não queria mantê-los mais tempo com Gwen.

— Você não se saiu muito bem em nenhuma dessas coisas. Eu nunca deveria ter me casado com você. Você não faz tanto dinheiro, não tem mais contatos, ninguém quer o seu trabalho, é uma madrasta má e é ruim de cama.

Ocorreu a Sappho, e ela viu que as horas passavam depressa, que Gavin estava fazendo uma manobra para tirá-la da casa e de sua vida. E que era uma coisa calculada. O que ele disse era provavelmente verdade, exceto que ela era uma madrasta má. Gavin a sugara ao máximo, ficara com a casa e agora sentia prazer em expulsá-la, tudo em nome do amor. Ele não percebia que estava errado. Sappho esperou para ver o que Gavin diria em seguida que ela não poderia perdoar.

— Eu tive pena de você — ele falou. — Já estava com 30 anos e ninguém queria sua companhia por mais de uma noite. Então comi você por piedade e para deixar Elvira com ciúmes. E você se entregou a mim, abriu os portões. A vantagem para mim, Sappho, é que você tinha espaço. Apple Lee é um bom espaço com quartos grandes. Eu precisava de quartos grandes. Brincadeira.

Mas ele não estava brincando. Sappho pensou se seria possível divorciar-se de alguém por coisas ditas sem testemunha, ou se deveria se basear em ações.

— Não se preocupe com a casa — disse ele. — Tenho certeza que está preocupada. Se nos separarmos, faço questão que volte para o seu nome.

— É claro. Você vai fazer isso sem pressa, como fez seu testamento deixando a casa de volta para mim.

— Você não é boa em respostas prontas. Nunca foi. É um fracasso. E como se preocupa com bens materiais! A pobre Isobel gastou isso, Gwen gastou aquilo. Você não tem um só osso artístico ou criativo no seu corpo. Só depois que entrou na nossa vida é que minha mulher ficou doente e morreu.

— Entendi — disse Sappho pouco depois, ainda um tanto pasma. — Então eu suguei toda a energia dela e destruí seu sistema imunológico?

— Isso mesmo. Alguma coisa assim. Você destruiu seu próprio pai da mesma forma. A morte caminha ao seu lado.

Isso foi ruim o suficiente, mas o pior ainda estava por vir. Ela não devia ter entrado no quarto dele. Sentia um nó no estômago. Achou que não se importaria se sofresse um aborto. Não queria ter um bebê de Gavin. Um pouco dele, um pouco dela, continuando pela eternidade. Não. Isso teria de parar. Ela tinha apenas 30 anos. Podia começar tudo de novo.

— A empregada — disse Gavin. — Você era apenas isso para nós dois. E uma puta também. Mesmo quando a pobre Isolde estava morrendo, você não parou. Foi para aquele quarto semivestida, bancando a pobrezinha. E abraçou-me, pôs os braços à minha volta na frente das crianças. Eles notaram, mesmo sendo pequenos.

Sappho percebeu que estava chorando, embora tentasse se controlar. Supôs que fosse apenas o choque. Não estava particularmente infeliz, estava pasma.

— Eu queria despedir você, mas Isolde não deixou, achou que iria perturbar as crianças. E você acabou nos deixando.

— Para a Rua da Amargura, de repente. — Ao ouvir isso, Gavin riu.

— Você e sua tendência para clichês. Maravilhoso! Isolde e eu adorávamos isso. Seus anagramas patéticos. E sua mãe louca. Você foi uma grande fonte de diversão.

Sappho achou que era hora de sair dali.

— Não vá embora, ainda não terminei. Quando você foi para a cama comigo, Gwen nos flagrou.

— Não é verdade. Gwen não estava em casa.

— Então por que ela despediu você?

— Talvez você tenha lhe contado — respondeu Sappho. — As pessoas se lembram de todo tipo de coisas quando lhes convêm. Você deve se lembrar das coisas erradas. Eu era muito jovem e perturbada, eu era virgem.

Ao ouvir isso, Gavin deu uma boa risada. Ela imaginou que devia ser assim nos processos de divórcio. Os dois se diziam as coisas mais ofensivas que pudessem lembrar. Sabiam que botões apertar e os apertavam. Nada a ofendeu tanto quanto a questão dos anagramas, um absurdo, pois não era nada relevante. E ele ia levar Isobel para as Faroes, não ela. Àquela altura Sappho o odiava, mas mesmo assim sentiu-se magoada. Extraordinário como eram diferentes os universos que as pessoas construíam para morar e preservar sua autoimportância.

Parecia não haver muita necessidade de dizer alguma coisa ou fazer alguma pergunta que ela própria não pudesse responder, como "Por que se casou comigo, então, se me tinha em tão baixo conceito?". Ele já tinha respondido. Por sua casa, por sua renda, por seus contatos e pelas crianças. Agora ele tinha a casa, mas ela falhara sob todos os outros aspectos. As 75 mil libras de Isobel foram a gota d´água.

Se ele dissesse de repente "Porque eu te amo", todos os outros problemas desapareceriam? Provavelmente sim, essa era a triste verdade. Foi só quando ele parou de dizer isso que os outros problemas começaram a avolumar-se e ela voltou à razão.

Seu universo construído com tanto cuidado terminara com algumas brigas e ofensas, mas basicamente com uma lamúria desagradável. Em apenas dois dias. É claro que houve uma série de sinais de advertência, mas ela não notou. Achou que era como uma peça musical que o compositor tem dificuldade de terminar, então vai criando um acorde final, depois outro e quando sente que deve parar, vem outro evento ruidoso, outro sinal de que nada termina muito bem. Veio então Isobel subindo a escada correndo e atirou-se sobre Sappho, mordendo-a e arranhando-a.

Sappho segurou-a com força, e até mesmo Gavin teve dificuldade de dominar a filha.

— Sua puta — gritou Isobel. — Você é uma mulher detestável e cruel! O quadro da minha mãe. O que você fez com a minha mãe?

— O que você fez com a mãe dela? — perguntou Gavin. Ela ainda agitava os braços, mas estava se acalmando.

— Guardei no armário de vassouras — disse Sappho.

— Você é completamente louca — disse Gavin.

Isobel caiu nos seus braços, ofegante, mas sentindo-se protegida, olhando para Sappho com os olhos arregalados como se ela fosse um demônio pérfido e perigoso.

— Já passou, gatinha — disse Gavin. — Ela vai sair para sempre da nossa vida.

Quando Sappho se virou para ir embora, achou que tinha percebido um sorriso em Isobel antes de ela apertar os braços em volta do pescoço de Gavin e chorar no seu ombro para ser confortada, como ela, Sappho, tinha feito uma vez. O pai torna-se o homem, ela conhecia bem essa síndrome.

Eu a transformei em mim, pensou Sappho. Eles provavelmente têm razão, eu sou um perigo. Há quanto tempo tinham contado para Isobel sobre o incidente no quarto de hóspedes? Ela teria ficado desesperada e Gavin a teria consolado. Consolo era o que Isobel queria, e descobriria sua própria forma de ser consolada pelo pai; todos os antigos tabus foram quebrados, e o consolo seria sexual, pois era a isso que tudo levava. Sappho hesitou na porta. Sentia uma obrigação, mas não sabia qual.

— Ela está escrevendo um romance, papai — disse Isobel, num ataque final triunfante, dando de novo o sorriso maldoso que Sappho percebeu, mas Gavin não. — Você está escrevendo, então ela tem que escrever também. Sappho é tão ciumenta! Só que você escreve coisas bonitas sobre mim, ela escreve coisas horríveis, venenosas e mentirosas sobre você.

— Eu sempre preferi pensar que tivesse sido por isso que você se casara comigo — disse Gavin para Sappho. — Não por uma respeitabilidade literária, mas para ter uma coisa sobre a qual escrever. Meu Deus, você é uma puta ácida, pervertida e desleal. Quero que me dê o que escreveu.

— Não — disse Sappho.

Mas Isobel queria a atenção do pai de volta. Batia com os punhos brancos e as unhas perfeitas na jaqueta de tweed dele.

— Por que ela nos detesta tanto? Por quê?

— Já acabou, querida, já acabou — disse Gavin.

Sappho desceu a escada, foi para o quarto e encontrou as páginas do seu trabalho espalhadas pelo chão, jogadas por Isobel. Procurou a sacola do Waitrose que usava para levar roupa suja à tinturaria, juntou todos os papéis depressa e enfiou na sacola, depois foi até o porão e pegou um chapéu de lã e a mochila que Arthur usava quando fazia trabalho nas cavernas. Sentiu-se confortada e compreendida. Arthur era legal, não era e nunca tinha sido seu inimigo. Emily era contra mochilas, mas porque estava velha e detestava novidades, da mesma forma que Gavin. Subiu, juntou uns artigos pessoais e aprontou-se para sair. Pensou em ir até o armário de vassouras para rasgar com o pé o quadro de Isolde, mas achou melhor não. Já tinham ocorrido muitos danos.

Olhou para Laura quando estava saindo.

— Estou indo embora, Laura. Agora estamos todos por conta própria. Desculpe.

Laura meneou a cabeça.

— Você sabia o que Gwen estava fazendo com os cartões das lojas? — perguntou.

— Sabia — respondeu Laura. — É claro que sim. Eu saí com elas uma ou duas vezes, sábado de manhã. Elas compram um bocado.

— Mas por quê, Laura? — Sappho estava magoada.

— Você está parecendo seu marido. *"Mas por quê?"* Porque as pessoas têm de assumir as consequências de seus atos. Vou pôr em ordem tudo que puder, já que você vai embora. Em homenagem aos velhos tempos — disse Laura, num tom carinhoso. — Foram bons tempos, não foram?

— Foram, sim — disse Sappho, saindo. Ouviu Gavin pisando forte e Isobel descendo a escada. Estavam provavelmente procurando seu romance. Ela tinha apagado o arquivo do computador, mas levava na mochila uma cópia impressa.

Gwen estava lá fora no táxi e com a ajuda do motorista e de um passante foi retirando malas e objetos preciosos da calçada e colocando por trás do portão.

— Está se mudando para cá? — perguntou Sappho.

— Estou. Alguém precisa cuidar da família.

— Repetição de cena, não é? — disse Sappho.

Gwen sacudiu a cabeça, como que se despedindo. Estava muito elegante, com uma pele verdadeira, nada velha e gasta, e muito à vontade, dando ordens para subalternos.

Sappho percebeu que não sabia bem para onde ir. Estranho como se podia conhecer tanta gente, e em uma hora de necessidade não ter ninguém pronto a ajudar, ou então teria de ouvir a célebre frase, "Eu avisei". Pegou o primeiro ônibus que passou.

Emily livra-se da culpa

Quando me recuperei, quando minha raiva amainou, minha ansiedade maternal diminuiu só de pensar que pelo menos minha filha se encontrava longe daquele inferno, onde quer que estivesse. Levei umas duas horas para me acalmar, mesmo sendo analista, e agora digo a Barnaby:

— Minha principal preocupação é que ela queira livrar-se do bebê. Imagine se na próxima vez que eu a vir sua barriga estiver chata como uma prancha. Como vou reagir?

— Como ela vai reagir? — pergunta Barnaby. — Esse é o problema. É tarde demais para ela fazer um aborto. Seria um crime a essa altura. Não é da natureza dela, é?

— Não sei mais o que é da natureza de Sappho — digo, lamuriosa.

Lembro-me de Sappho pequena, de pé na sua caminha, com as pernas firmes, dando um sorriso radiante quando eu entrava no seu quarto. Ela era cheia de expectativa, de fé. As nuvens da glória com que ela entrou no mundo ao nascer e que a seguiram na sua infância turvaram-se, e fui eu que deixei isso acontecer. Creio que o amor é sempre falho entre mãe e filha, filha e mãe, o interesse pessoal prevalece. As duas começam como uma, mas se subdividem e precisam sobreviver. Não há como acertar. Pobre Sappho, não deve ter sido fácil para ela ser criada por uma impostora, como não foi fácil para mim ser a própria impostora. Não é de surpreender que tenha adotado os Garner como sua família. Não tenho direito de me sentir magoada. Nós terminamos os diários, eu ainda estou chorando. Foi tudo muito doloroso. Minha carapaça, como a de Sappho, quebrou. Pelo menos a dela durou anos, não décadas.

— Eu me culpo — digo, imaginando que Barnaby vá discordar de mim, o que ele não faz; decerto é por isso que sempre o recebo na minha casa. A capacidade de confronto e perturbação, para não mencionar a possibilidade de sexo, agora existente. Ninguém deve pensar que o desejo acaba com a idade. É bom a visão não estar mais tão boa, e a própria idade cuida disso.

— Então você deve se culpar — diz Barnaby. — Há muita projeção entre mãe e filho. O filho culpa os pais por seus próprios erros. Os pais culpam o filho quando as próprias insuficiências aparecem na sua prole. Um julga o outro com muita rigidez.

A campainha toca. É Sappho, como eu sabia que seria. Está com uma cara melhor, mas vestida com roupas que me parecem compradas na liquidação do Tesco. Graças a Deus a barriga continua.

— Você já leu tudo a essa altura? — pergunta ela. — Minha confissão total?

— Li — respondo.

— E ainda assim vai falar comigo?

— Creio que sim.

— Que bom — diz ela, e me passa uma sacola do Tesco com umas folhas de papel dentro.

— Essa é uma atualização. Agora vou tomar um café no bar. Volto quando, e se, você acenar para mim

Final da confissão de Sappho

Resolvo ir para a faculdade. Segundo meu contrato, trabalho só uma vez por semana. Tenho minha própria sala, um computador, alguns livros e um telefone. Preciso de um tempo sozinha para descobrir quem e o que eu sou, ou era, ou serei. Lá é um bom lugar para ficar, na floresta onde João e Maria cobriram-se com folhas e esconderam-se da madrasta perversa. Minha mãe tinha razão, o arquétipo mudou. A madrasta é que deve esconder-se dos enteados criminosos. Essa floresta em especial é um labirinto de salas para se estudar e passar nos exames. A pilha de folhas à minha frente são papéis, e-mails, avisos, notícias, instruções — primeiro ano nesse escaninho, pós-graduação em outro, deixem suas dissertações aqui, atrasos podem atrapalhar suas notas, igualdade compulsória, treinamento de incapacidade e workshops sobre bullying para todo o corpo acadêmico.

Ok. É a vida, ou quarenta a cinquenta por cento dela, é a porcentagem que vai para a faculdade agora, aumentando cada vez mais. Ok. Todos têm o maior interesse por todos. À noite eu saio de mansinho carregando lençóis e travesseiro — são mais baratos na loja do campus — e vou à sala dos veteranos; abro a porta trancada com meu cartão magnético, junto duas poltronas, ligo a luz pálida de emergência para vestir a camisola e durmo.

De manhã sou acordada pelos pombos arrulhando nos peitoris da janela da sala. Dobro os lençóis e a camisola, ajeito os braços das poltronas, coloco-as de volta ao lugar, afofo as almofadas, abro as janelas, já sem os pombos, me lavo, escovo os dentes e tomo o elevador para meu escritório no primeiro andar. Sappho Garner, palestrante, Estudos Dramáticos. Se mantiver a porta fechada, ninguém sabe se estou ali ou não. São todos muitos gentis e têm medo de me incomodar, caso eu esteja no meio de um trabalho criativo, pelo qual têm o maior respeito. Muito diferente de Gavin. Minha vida está em suspenso. Tento não pensar em nada que se relacione a minha vida passada imediata. Telefono a minha mãe para dizer que estou bem.

"Proibido dormir nos escritórios", apareceu no meu e-mail no outro dia, mas como isso circulou por todos os departamentos, sem menção de penalidades, ignorei o aviso. Talvez haja outras pessoas fazendo o mesmo que eu, mas não vi ninguém. Porém a floresta não é muito segura, é preciso lembrar disso. Há umas bruxas vivendo em algum lugar por aqui e uma casa de gengibre para a qual serei atraída e cozida viva juntamente com os outros fugitivos. Será que Gwen é uma bruxa? Ela sempre me desejou mal, e funcionou. Em que quarto ficaria? Provavelmente em meu escritório. Sem escada, um belo banheiro com chuveiro, melhor e maior que a maioria dos banheiros. Telefono para Laura, mas não atendem no escritório personalizado, como ela diria. Estou um pouco melhor, começando a funcionar, saindo do choque. Meu cavaleiro branco com a armadura brilhante, destinado a me salvar, apareceu, mas infelizmente já estava casado com Isolde; sua armadura foi descartada e carcomida de ferrugem, agora nada mais é que uma pilha de ossos roídos ainda em movimento, animados apenas pelo ódio que sente por mim. Mas isso não quer dizer que eu não possa sobreviver.

Lavo minhas roupas nas pias do departamento de arte — são maiores que as minhas do departamento de drama —, tiro o máximo possível de água com toalhas de papel e penduro nas costas da cadeira do meu escritório para secar. Raramente sou incomodada. Saio para a cantina dos alunos para fazer uma refeição quente quando sinto necessidade — a comida da cantina vem em recipientes de alumínio: brócolis com curry, peixe com molho, batatas fritas. É ok, como eu digo. Posso ler um livro enquanto como. Gavin detestava me ver lendo durante a refeição. Às vezes são "bons" livros, a maioria de suspense. São brochuras, podem ficar sujos de comida, não importa. Ninguém me reconhece, por que iriam me reconhecer? Os alunos estão preocupados com as próprias vidas. Sinto-me segura entre eles. Essa universidade é multicultural — 230 línguas são faladas aqui, mas provavelmente não escritas. Espera-se que sejam todos de fora, como eu sou.

Estou me escondendo, é claro que estou. Mas não sei se da raiva criminosa de Isobel, do desprazer de Gavin ou da minha própria estupidez. Tudo o que sei é que a cada dia que passa torna-se menos provável livrar-me do bebê. Estou tentada, não vou negar, seria bom começar de novo, sem a bagagem do passado. Mas não posso fazer isso. O bebê é meu castigo e meu prêmio. Está no palco tremulante. Depois do primeiro chute vou me sentir bem, e ele estará seguro comigo.

Gosto da universidade à noite, quando todos vão para casa menos eu. O espírito de intelecto puro paira pelos corredores. Essa presença não compensa completamente a falta que sinto de casa, mas quase. Um dia eu estava vindo do banheiro, por volta da meia-noite, e vi uma coisa ao mesmo tempo escura e clara, retorcendo-se e correndo pelo corredor como um fogo-fátuo. Não imagino o que mais poderia ser.

Chego a umas conclusões. Descobri que o que se exige das madrastas é que elas forneçam uma comida palatável, apoio logístico, roupas limpas, que fiquem fora dos quartos dos enteados, não interfiram na vida deles, não façam comentários sobre suas atividades e não briguem com o pai deles em público. Tudo isso eu consegui durante os anos em que vivemos sob o mesmo teto, e muitas vezes Arthur e eu demos boas risadas e nos divertimos bastante.

O que se exige das segundas esposas é que reconheçam seu lugar, no final de uma longa fila de lembranças, deveres e rituais ligados ao primeiro casamento. Eu me esforcei ao máximo, mas a esperança comum às segundas esposas de que o marido deixe o passado para trás logo morreu. Eu devia ter controlado melhor meus protestos, olhado com ar mais favorável para o quadro da primeira esposa acima da minha cama. Ou não ter me casado.

Deveria, deveria. Deveria ter me casado com um banqueiro ou alguém mais adequado, não deveria ter vivido a vida agitada de escritora. Não deveria ter roubado a ideia de Isolde e usado como se fosse minha. Desafiei o demiurgo quando desci a escada descalça naquela manhã e ele me ouviu. Agora ando devagar, grávida, com sapatos confortáveis de sola de borracha. Eu não devia estar sendo culpada de tanta coisa, mas sou Eva levando a culpa por Adão ter comido a maçã. Ela não devia ter oferecido a maçã, devia ter comido sozinha. Teria poupado problemas sem fim.

Os filhos podem agir de forma estranha quando as mães se casam de novo, mas o pior é quando as filhas encontram uma nova ocupante na antiga cama conjugal dos pais. Isso também eu aprendi. Queria muito amar Isobel e receber seu amor. Infelizmente, não está na natureza da enteada amar a madrasta. As fêmeas de todas as espécies amam e nutrem criaturas desamparadas, é alguma coisa ligada à proporção dos olhos com o crânio. Mas é um amor de mão única.

Dizem que são dois os momentos críticos nos primeiros casamentos ou em outras ligações que levam à ruptura: primeiro, quando nasce o primeiro filho e a mãe desenvolve um amor sensual pelo novo bebê e esquece o pai; segundo, se o casamento sobreviver, quando a primeira filha chega à puberdade. As complexidades da convivência são demais para o homem. Não são os prazeres do novo que atraem o macho para braços mais jovens, é o terror de estar velho. Em famílias "reconstituídas", como a que eu tentei criar, uma nova gravidez traz à tona tensões antigas. Traz mesmo.

Todos me avisaram, mas eu não dei ouvidos a ninguém. Ela era uma menina doce e eu conheci bem sua mãe. Agora odeio Isobel e ela me odeia; seu ódio é mais forte que o meu porque ela é mais jovem que eu, mais bonita que eu, suas pernas são mais compridas que as minhas, e ela não se detém diante de nada.

E Gavin? O corpo sente falta daquele que o mantém quente à noite. Isso é só o que direi.

Eu estou bem longe disso tudo.

Emily meneia a cabeça e acena em despedida

Da minha janela eu meneio a cabeça e aceno para Sappho, que está sentada no café do outro lado da rua. Espero que esteja tomando chocolate quente sem conservantes e sem cafeína. Mas provavelmente, como para muitos da sua geração, "bebidas quentes" não são uma prioridade. Água serve. Dá para perceber que ela está ansiosa. Vê que estou acenando e sorri, com o mesmo sorriso que dava para mim da sua cama quando era pequena. Está vindo para casa. Olha para os dois lados, aprendeu a ser cuidadosa, não confia mais tanto no mundo como confiava. Eu abro a porta.

— Pensei em voltar para casa — diz. — Achei que você podia me fazer nascer de novo.

— E o bebê?

— E o bebê também, é claro. Podíamos tentar de novo e fazer a coisa certa.

Sappho entra e olha para Barnaby.

— Oi, Barnaby — diz.

— Eu ia me casar com Barnaby — digo. Barnaby está pálido.

— Esse lugar é meio pequeno, mas podemos dar um jeito. Se pusermos uma escada em espiral juntaremos os dois apartamentos. Nada como uma reforma, não é?

— É isso mesmo que penso às vezes — diz Barnaby num tom meio amargo, mas aceitando a situação.

— Você pretende ser escritora quando renascer? — pergunto.

— É claro. Depois que o bebê chegar. Já tenho um romance rascunhado.

Eu estremeço.

Quase sinto pena de Isobel, que desde a primeira dor de parto de Isolde tornou-se farinha no moinho de Sappho.

Este livro foi composto na tipologia Minion Pro,
em corpo 11,5/16, e impresso em papel off-white 80g/m²
no Sistema Cameron da Divisão Gráfica
da Distribuidora Record.